I0567971

Antonio Stango Editore

Mario Masdea

Sarajevo Prigioni dell'anima

Ad una piccola stella senza cielo.

Prefazione

Le prigioni dell'anima, quel luogo angusto dove i nostri sogni vengono spesso reclusi, umiliati dalla quotidianità feroce e spoetizzante. Il viaggio di un ragazzo attraverso una realtà cruda dove la vita ed i sentimenti vengono mercificati e piegati alla ragione della brutalità. Un filo conduttore lega il protagonista agli altri personaggi del racconto, la voglia di sfuggire ad un destino già scritto, la necessità di recuperare sogni perduti, di guardare il mondo attraverso la macchina da presa dei sentimenti.

Massimiliano, il personaggio principale, incarna la situazione esistenziale di molti protagonisti della moderna società; persone che hanno studiato, persone preparate a svolgere al meglio il proprio lavoro che spesso ruba a noi stessi attimi di esistenza, quel lavoro troppe volte diviene fine anziché restare mezzo per sopravvivere. Il lavoro di Mario Masdea ha in sé la forza delle storie autentiche, la passione di chi racconta il vissuto, la magia della verità romanzata o del romanzo storico; tra le righe si scorgono scorci della nostra Storia, dal banditismo sardo alla banda della Uno bianca, dalla leggendaria figura del boss della camorra alla spietata ferocia dei criminali di guerra.

E' un romanzo d'azione dove però non ci sono eroi, semmai professionisti, dove chi si racconta mette a nudo le fragilità proprie e di chi lo circonda, dove la convinzione di perseguire il giusto viene spesso messa a dura prova dalle urla della propria coscienza. Un travaglio interiore che non porta, in ogni modo, alla cesura col mondo che ci ospita ma funge da viatico per cambiare quel che si può, per agire secondo i codici della propria sensibilità, per perseguire ciò che veramente ci rende felici; il coraggio che traspare è anche quello di arrendersi dopo aver combattuto, dopo aver provato a cambiare le storture del nostro microcosmo, una resa senza codardia ma lecita e sacrosanta poiché alla ricerca della dimensione in cui vivere.

Finalmente l'anima è libera di vagare, di evitare le unghiate mortifere dell'orso con cui divide la gabbia, libera di informarsi ad uno spirito nuovo, ad un novum organum che ci dia la chiave di volta della nostra esistenza.

Un romanzo dove ognuno di noi può riconoscersi, nella misura in cui ci misuriamo ogni giorno sulle tavole logore del palcoscenico della nostra vita. Le poesie ed i rap di Mario tracciano una sottile linea di continuità tra la realtà e la fantasia, rappresentano la colonna sonora di quella dimensione a metà tra ciò che siamo e ciò che vorremmo essere.

Conosco l'autore personalmente e credo che in queste pagine emergano la sua visione della vita, l'onestà con cui si arrende alla forza del destino, il riconoscimento dei suoi limiti coram populo, l'eterna fanciullezza di chi non si arrende alla ragione, di chi crede sempre che l'importante è trovare la morte quando si è ancora vivi.

Nella sua filosofia appare nitida la distinzione tra sogno ed obiettivo, la sua scelta di rincorrere eternamente il primo attraverso il raggiungimento dei secondi; ciò che conta non è raggiungere il sogno ma averne sempre uno da inseguire.

ALESSANDRO VALORI

Capitolo 1

La voce fredda dell'altoparlante che annunciava l'imbarco del mio volo non mi distrasse dai pensieri che mi accompagnavano da giorni, osservai divertito la calca che si formava al gate come se i posti sull'aereo potessero finire e diedi un'occhiata distratta al mio bagaglio. La mia borsa di pelle era sempre lì di fianco, compagna silenziosa di un altro trasloco: già, una nuova città dove cominciare ancora una volta tutto daccapo, le amicizie abbandonate, l'amore tralasciato, la famiglia sempre più lontana. Forse a trent'anni sarebbe stata ora di mettere radici da qualche parte dopo quindici anni di vagabondaggio, ma non era possibile, non con il mio lavoro; quanti sacrifici e responsabilità per duemila e quattrocento euro, ma il prestigio dove lo metti? Già, un Ufficiale dei Carabinieri è un'autorità!

Quello forse è ancora vero, l'ultima verità insieme alla passione per il nostro lavoro e all'amore per il Paese; peccato che prestigio ed autorità siano messi ogni giorno in discussione e ridicolizzati dal primo ragazzino che vince il concorso in magistratura, che tutto venga vanificato con una firma messa distrattamente su un ordine di scarcerazione o su un trasferimento d'autorità. Ma di cosa mi lamentavo, i colleghi mi assicuravano che ero fortunato ad essere trasferito ad Alghero perché la Compagnia era tranquilla e valeva come sede disagiata, al più avrei dovuto prenotare l'albergo a qualche Generale per la stagione estiva.

Bologna era però un'altra cosa, avevo vissuto appieno la città e mi ero immerso in quell'aria un po' scanzonata e pacifica che si respirava in giro; avevo conosciuto lei e mi sembrava che fosse la volta buona per approdare a qualcosa di serio ma ora chissà cosa sarebbe successo con la lontananza. Avevo una morsa allo stomaco, mi succede sempre quando devo affrontare qualcosa d'ignoto e cambiare le mie abitudini ed il mio stile di vita; mi chiesi se il camion con le masserizie, i bagagli, le uniformi e la moto fosse già arrivato sull'isola come promessomi dalla ditta di traslochi. Il cellulare non aveva suonato per tutta la mattina nonostante i patti fossero di avvisarmi non appena giunti a destinazione, ed ormai era ora di pranzo.

Possibile che la nave fosse così in ritardo?

Il pessimo inglese che annunciava l'ultima chiamata del volo AZ 752 per Alghero mi convinse controvoglia ad avviarmi verso l'uscita quasi come se volessi inconsciamente ritardare il più possibile il mio distacco da tutto ciò che fino ad allora aveva rappresentato il mio mondo e che ora era spazzato via da un dispaccio asettico e perentorio. Percorsi lentamente i pochi metri che mi separavano da ciò che in quel momento rappresentava il punto di non ritorno, trascinai i piedi sul marmo rosa e diedi un'ultima occhiata alla pubblicità della stagione teatrale all'Arena del Sole, in quell'istante mi sopravanzò una nuvola di capelli biondi ricci e lunghissimi che consegnò la carta d'imbarco all'hostess.

"Buon viaggio e arrivederci".

Risposi automaticamente al saluto rivoltomi e mi addentrai nelle spire del *tube* che conduceva all'autobus, mentre scendevo cercavo di scorgere in viso la donna che mi aveva sopravanzato ma ad ogni curva mi rivolgeva le spalle proprio quando stavo per giungere alla distanza giusta per cogliere i suoi lineamenti. Camminava velocemente e palese fu il contrasto sullo stato d'animo che si evinceva dalle nostre contrastanti andature, la mia indolenza era dettata dalla scarsa voglia di rimettermi in discussione professionalmente e personalmente, lei invece sembrava camminare ad alcuni centimetri da terra come se la voglia di giungere a destinazione le facesse accorciare ad ogni passo la distanza che la separava dalla sua ambita meta. Salii a bordo dell'aereo dalla parte posteriore, mi ero, infatti, accontentato di uno degli ultimi posti pur di stare accanto al finestrino ed evitare così di essere disturbato dall'ipercinetico vicino di turno che puntualmente doveva passare per andare alla toilette; sapevo già che avrei dormito per scacciare via i pensieri tristi e risvegliarmi quando ormai il destino era già compiuto.

Stavo sistemando la borsa di pelle nello scompartimento portabagagli quando un profumo intenso ed inebriante mi colpì come la brezza d'agosto all'imbrunire, senza neanche voltarmi associai immediatamente quel profumo alla nuvola bionda.

"Mi scusi permette, quello è il mio posto". La sua voce era proprio come mi aspettavo che fosse, in linea con le sensazioni di freschezza e vitalità che destava il suo aspetto.

"Io sono accanto al finestrino, se entro per primo è più facile".

Il movimento che compii per raggiungere la poltrona mi sollevò leggermente la *Lacoste* che portavo sui jeans scoprendo così la pistola che avevo al seguito, lei notò l'arma ed i suoi occhi tradirono una certa paura.

"Non si preoccupi non ho intenzione di dirottare l'aereo, porto la pistola per lavoro". Accompagnai la frase con un largo sorriso che cercava di essere il più rassicurante possibile ed al contempo indurre ad un principio di conversazione. La sua risposta si limitò ad un sorriso di circostanza e la cosa rafforzò il mio intento di addormentarmi, poggiai la tempia sinistra contro il finestrino e mi abbandonai cercando di rilassarmi. Purtroppo mi assalì quello che definisco il male di vivere: una sensazione subdola, sgradevole, che lascia tutto indefinito, dove non ci sono punti fermi, dove non esiste una meta, una ragione per lottare, quando i progetti sembrano troppo lontani e difficili da realizzare. Fui fortunato perché i lugubri pensieri furono sopraffatti dopo pochi minuti dalla sonnolenza conciliata dal ronzio dei motori e dalla digestione.

"Il signore gradisce qualcosa da bere ?"

La voce professionale della *stewardess* spazzò via gli ultimi torpori.

"Un bicchiere d'acqua, grazie."

"Ha dormito profondamente, deve aver avuto una giornata intensa."

La nuvola bionda mi guardava divertita così come si guarda un bimbo appena svegliatosi dal sonnellino pomeridiano ed ancora intontito.

"Più che altro è stata una settimana di forti emozioni."

"Emozioni positive spero."

"Al momento purtroppo no, spero che potranno diventare tali nei prossimi giorni quando comincerò a conoscere la città dove mi appresto a vivere."

"Quindi sta cambiando città, e dove andrà ad abitare ?"

"Ad Alghero e non ci sono mai stato prima."

"Che combinazione anch'io abito ad Alghero…"

"Allora mi può suggerire qualcosa sulla sua città"

"Veramente no, avrei dovuto dire che abiterò ad Alghero perché io sono di Milano."

"Siamo allora compagni di trasloco, anche lei si trasferisce per lavoro."

"Potrei dire che mi trasferisco per amore, il mese prossimo mi sposo con un ragazzo d'Alghero."

La conversazione continuò piacevolmente, nelle parole di quella ragazza c'era uno spirito entusiastico che mi coinvolgeva facendomi apparire il futuro meno buio; la confidenza crebbe con il passare dei minuti e scoprimmo d'essere coetanei, i nostri nomi e le nostre occupazioni.

Marina mi disse che il suo futuro marito apparteneva ad una nota famiglia d'imprenditori vinicoli, si erano incontrati in Fiera a Milano dove lei lavorava come *hostess* congressuale; io le raccontai del mio lavoro incalzato dalle sue domande curiose sull'organizzazione dell'Arma e sulla gerarchia militare.

La piacevole dissertazione fu interrotta dall'improvviso apparire della costa sarda, lo spettacolo era talmente bello da togliere il fiato: una miriade di scogli, penisole ed anfratti rocciosi si susseguivano senza soluzione di continuità, la bassa vegetazione dai colori scuri contrastava con l'incredibile limpidezza dell'acqua. Questo paesaggio, che si stagliava contro l'intensa luce dorata, sembrava il frutto di un abile scenografo e l'assenza di movimento apparente contribuiva ad accrescere questa sensazione; durante le numerose virate, che l'apparecchio compì nella fase d'avvicinamento all'aeroporto di Fertilia, mi trovai più volte dal lato in cui l'aereo s'inclinava repentinamente verso terra ed alla meraviglia destata dal paesaggio sottostante si aggiunse l'attrazione verso il vuoto che avevo sempre provato in maniera così intensa da spaventarmi. Mi tornò in mente l'irripetibile sensazione che provai al mio primo lancio con il paracadute: lo schiaffo violento del vento sul viso, la perdita della cognizione spaziale, il volo verso la terra, la grande cupola bianca che si apriva e, soprattutto, l'insostenibile silenzio che riempiva le orecchie e l'anima. Un silenzio talmente assoluto da indurmi a gridare, come un bambino, frasi sconnesse, una sensazione talmente violenta da sembrare orgiastica.

Mentre salivamo sulla navetta che ci avrebbe portato all'aerostazione annusai l'area come un *pointer* e fui colpito dalla persistenza dei profumi che si addentravano nelle narici fino ad arrivare al cervello. L'atmosfera era calda ed il profumo della salsedine misto a quello del mirto scacciava via la pur minima traccia d'inquinamento così che ad ogni respiro i polmoni sembravano riempirsi in misura maggiore del necessario, il cielo era terso ed un refolo di vento leggero ma costante portava il calore della terra direttamente sulla mia pelle.

"Allora può darsi che c'incontreremo in giro per Alghero."

La voce di Marina mi distolse dai miei pensieri ma mi arrivò, come prima, carica di dolcezza.

"Credo non sarà difficile, così avrò anche il piacere di conoscere tuo marito."

"Ma certo, e ci tengo ad averti a pranzo da noi in tenuta non appena mi sarò sistemata."

Ci salutammo con grandi sorrisi, e non potei astenermi dall'osservare la bellezza e la solarità di quella giovane donna che aveva infuso nel mio animo una certa tranquillità; del resto non ero ancora arrivato a destinazione e già avevo fatto delle nuove amicizie.

Per deformazione professionale pensai che l'uso della parola "tenuta" doveva far presupporre ad una certa agiatezza economica e che il futuro sposo doveva essere uno dei notabili della città; una certa dose di cinismo mi disse che la dolce Marina aveva fatto un bel colpo ad accasarsi con il giovane viticultore sardo.

All'esterno del *Terminal* la vidi salire su una lussuosa Mercedes e la circostanza rafforzò i miei precedenti pensieri, nello stesso istante scorsi un maresciallo ed un giovane carabiniere che aspettavano di fianco ad un auto di servizio. Mi avvicinai cercando di assumere l'aria più professionale possibile.

"Sono il capitano Rossi, lei è il maresciallo Spanu ?"

"Signorsì, ben arrivato Comandante."

Il carabiniere mi si avvicinò salutandomi militarmente.

"Comandi signor capitano, vuole darmi il suo bagaglio ?"

"Non preoccuparti ho solo questa borsa e non è per nulla pesante."

Salimmo sulla *Brava* ed io mi sedetti davanti lasciando il maresciallo sul sedile posteriore intento a farmi da cicerone, percorremmo un viale stretto con alberi molto prospicienti la strada e pensai che in piena estate gli incidenti stradali dovevano procurarci un bel po' di lavoro. Spanu continuava a farmi un inquadramento topografico della zona che mi sembrò alquanto precoce, lo interruppi chiedendogli notizie del mio predecessore che appresi era in ufficio ad aspettarmi.

Prima di giungere in città l'autista volto a sinistra cominciando quello che in seguito seppi essere un abituale *tour*, panoramico e di controllo, che effettuavano gli equipaggi prima di rientrare in sede; costeggiamo il lungomare, ci lasciammo alle spalle un'antica torre d'avvistamento, percorremmo a passo d'uomo i camminamenti in ciottolato delle mura del bastione. Pensai che fosse assurdo permettere alle auto di accedere ad una zona di così grande interesse storico e totalmente inadeguate a sopportare il traffico automobilistico. Quasi mi avesse letto nel pensiero il maresciallo intervenne:

"Questa zona è a traffico limitato, l'accesso è consentito solo ai residenti perché è la parte più antica della città."

Alla mia destra c'erano le abitazioni dei residenti, delle sorte di garage che somigliavano ai classici bassi napoletani e che in origine dovevano essere destinati a magazzini. Dopo una curva a gomito, la strada si allargava leggermente dando spazio ad edifici architettonicamente più validi che affacciavano su una piccola piazzetta, dove trovava posto anche un caratteristico ristorantino che pregustai di visitare. Le facoltà divinatorie di Spanu mi furono riconfermate destando in me un certo disagio.

"Qui fanno una delle migliori aragoste alla catalana della zona, merita senz'altro una visita."

Mi mostrai poco interessato alla cosa.

"Lei è di queste parti Spanu ?"

"Veramente sono nato a Porto Torres ma vivo ad Alghero da vent'anni."

Tra me e me pensai che vent'anni nella stessa sede di servizio erano troppi e che forse era giunta per il Maresciallo l'ora di cambiare, poi rivolsi la parola anche al carabiniere che si era chiuso in un rispettoso mutismo.

"Anche tu sei sardo ?"

"No signor capitano io sono di un paesino vicino Roma, Palombara Sabina."

Dopo aver percorso una piccola discesa arrivammo al porto per poi proseguire verso il Comando di Compagnia.

L'edificio era identico a quello di tante altre caserme dell'Arma dell'ultima generazione: dipinto di bianco, con tre piani ed ampi garage nel seminterrato; mi sembrò di immaginare già le fattezze del mio ufficio ed, in effetti, non mi sbagliai di molto. Il collega che andavo a sostituire mi venne incontro per stringermi la mano e congedò il maresciallo che uscì battendo i tacchi e chiudendo la porta; il mio predecessore tornò a sedersi dietro la scrivania ed io mi accomodai su una poltrona di fronte a lui. L'ufficio era ampio e spazioso con due finestre alle spalle della scrivania ed i muri circolari che recavano i segni dei *crest* e dei quadri ormai già impacchettati per il trasloco, anche sulla scrivania c'erano le tracce della smobilitazione essendo oramai rimasta solo una sottocartella in similpelle ed un datario con la base rossa.

Il mio predecessore aveva due anni in più d'anzianità di servizio ma nel cedermi le consegne non mi fece in alcun modo pesare questa situazione: era calabrese, sposato e padre di due bambine, al Comando Generale avevo sentito dire che era un tipo in gamba anche se un po' troppo irruente con i sottufficiali. La gestione del personale fu l'aspetto su cui si soffermò più a lungo:

"Qui c'è una grande maggioranza di sottufficiali sardi che risiedono in zona da decenni ed hanno interessi svariati sul territorio. A volte possono tornare utili per compenetrare la realtà locale però devi capire bene di chi ti puoi fidare, perché spesso tendono a spingerti nella direzione che a loro fa più comodo."

Mi disse che da un punto di vista operativo la Compagnia non era molto "lavorata" se si eccettuavano i problemi di droga e microcriminalità comuni a qualunque parte del territorio italiano; le pubbliche relazioni erano invece molto delicate per la presenza di grosse personalità, civili e militari, durante il periodo estivo.

Il primo impegno ufficiale fu la presentazione al Comandante del Comando Provinciale di Sassari che mi squadrò come se fossi un marziano:

"La Compagnia che si appresta a comandare è molto prestigiosa e pertanto rappresenta un banco di prova impegnativo per un giovane capitano come lei, si dovrà dedicare con tutte le sue risorse fisiche ed intellettive."

"Signor colonnello il mio impegno sarà senz'altro all'altezza della tradizione di competenza ed efficienza che appartiene a questo Comando e che è stata così degnamente perpetrata dal mio predecessore, vorrei rispettosamente farle osservare, così come si può facilmente evincere dal mio curriculum vitae, che l'esperienza operativa non mi manca data la mia provenienza dal Ros di Bologna e che l'aspetto forse non tradisce la mia anzianità nel grado di capitano che è già di quattro anni."

La mia puntualizzazione non fu molto gradita, ma eravamo alle solite: la mia lingua non sapeva mordere il freno davanti alle situazioni di sterile formalismo conformistico. Il risultato fu che dovetti sorbirmi un predicozzo di quindici minuti, anch'esso stereotipato.

Nel pomeriggio dello stesso giorno affrontammo due ore e mezza d'auto lungo la *Carlo Felice* per la presentazione al Comandante della Regione, arrivammo a Cagliari esausti dal caldo e dalla pericolosità della strada. Varcai la soglia del palazzo di marmo, d'epoca ventennio, che si affacciava in Via Sonnino alle 16,30 ed alle 16,45 ero già sulla via del ritorno. Il Generale fu, infatti, molto sbrigativo e in quanto a me non proferii parola spossato com'ero dalla stanchezza.

Nei giorni a seguire mi spostai sempre in compagnia del mio collega che mi mostrò tutto quanto poteva essere d'interesse: spacciatori, confidenti, attività sospette, ristoranti, e notabili della città. Fra questi ultimi mi fu segnalato anche il futuro marito di Marina che vidi di sfuggita all'uscita del "Circolo della Caccia": era un ragazzo molto alto, di carnagione scura e dai tratti regolari, si sarebbe potuto definire un bel ragazzo se non fosse stato per la pelle un po' butterata e qualche chilo di troppo che si trascinava.

Quando la confidenza tra noi crebbe, il mio collega mi confessò di pensare seriamente di congedarsi perché deluso dalla mancanza di protezione da parte dei nostri superiori; ci trovammo a parlare di colleghi gettati nella mischia e poi abbandonati al loro destino, senza che nessuno avesse mosso un dito per proteggerli da una Magistratura sempre a caccia delle streghe, dei rischi e della fatica da sopportare ogni giorno per uno stipendio da impiegato medio, delle traversie che pativano le famiglie costrette a continui e cambiamenti di luoghi, abitudini ed amicizie. La sua prossima destinazione era Bergamo:

"Ci pensi a mia moglie che in quattro anni è passata da Napoli ad Alghero ed ora a Bergamo, realtà diverse che lasciano comunque il segno soprattutto per chi è a casa ad aspettarti tutti i giorni per tutto il giorno."

Seppi che era più grande di me di soli due anni ma sembrava mio nonno: i capelli corti non riuscivano a nascondere la calvizie, la barba ispida ne induriva i lineamenti, gli occhi avevano perduto ogni luce di spensieratezza. Un brivido mi corse lungo la schiena, mi chiesi se anch'io stavo per imboccare quel lugubre viale che rende dei trentenni simili a vecchi disillusi ormai spremuti dalla vita come tubetti di dentifricio. Se così fosse stato quale carriera fulgida e quali onori avrebbero potuto supplire alla giovialità scanzonata che mi contraddistingueva facendomi apparire un ragazzino entusiasta quando smettevo i panni dell'implacabile tutore dell'ordine.

Dopo una settimana di affiancamento mi ritrovai come un aquilotto pronto a spiccare il suo primo volo, il mio collega era andato via.

Non mi spaventava affatto la competenza tecnica e la capacità di saper gestire situazioni spinose, l'esperienza non mi mancava grazie ai miei quindici anni di stellette; ciò che mi metteva ansia era la necessità di capire immediatamente in quale direzione muoversi, di pesare il valore e l'onestà delle persone che mi circondavano, individuare i nemici e gli amici. Alla Scuola Ufficiali, nelle noiosissime lezioni di governo del personale, si parlava della "tecnica della sterzata" che consisteva nel cambiare repentinamente registro anche se le cose andavano bene, giusto per far capire al personale che la musica era cambiata e che il nuovo comandante era un osso duro; nella mia esperienza avevo invece sentito tutti parlare del "fruscio di scopa nuova" con la consapevolezza che il nuovo arrivato si sarebbe calmato alla prima scottatura. Anch'io una volta avevo peccato di esperienza applicando la tecnica insegnataci, il risultato fu di rompere le uova nel paniere a qualcuno più in vista di me che si premurò di farmelo notare per vie ufficiali.

Questa volta decisi di non fare nulla, lasciai le cose esattamente com'erano ripromettendomi di apportare gli eventuali correttivi dolcemente ed allorquando avessi avuto una visione più completa dello scenario che mi circondava. Le settimane seguenti mi affidai completamente al maresciallo Spanu che, come una chioccia premurosa, mi condusse nei meandri dell'illegalità cittadina e mi introdusse nel rutilante mondo della mondanità algherese; mi affidavo completamente a lui e nel contempo studiavo attentamente le sue mosse, mi piaceva dare l'impressione di essere un po' stupidotto e facile da raggirare per poi scoccare il colpo decisivo al momento giusto.

Un mio comandante una volta mi disse:

"Rossi lo sai cosa mi piace di te? Il fatto che stai lì silenzioso e quasi abulico, sembri un *coglioncello* ed invece quando gli altri si accorgono di te è troppo tardi, li hai già fottuti."

La frase mi parve tratta da un film con Al Pacino ma mi piacque tanto da farla diventare una massima di vita.

Ciò che mi colpì maggiormente in quei giorni fu la bellezza dei luoghi che mi circondavano, sfruttando la necessità di visitare le stazioni dipendenti girai per tutto il territorio di mia competenza e lo scenario naturale mi affascinava in modo quasi estatico. Mi fermavo spesso lungo la strada ad ammirare le insenature che si inoltravano prepotentemente nella costa frastagliata come fiordi norvegesi, le colline coperte da una bassa macchia mediterranea allungavano le loro propaggini degradanti fin all'acqua limpida che rifletteva i colori circostanti. L'area era odorosa e calda come quella delle isole tropicali, il tempo sembrava fermarsi ed invitare ad un dolce ozio, le gambe si facevano molli e prepotente avanzava la voglia di farsi accarezzare dal caldo vento di ponente.

In tutta quella situazione c'era comunque un malessere che mi tormentava, si manifestava improvvisamente somatizzandosi all'altezza dell'anima; era una sensazione di accidia, una sorta di inutilità esistenziale, la paura di essere soli, di non essere capiti, di rimanere imprigionati dal ruolo che ci hanno affidato. Ed era in quei momenti che la mia anima si torceva in cerca di una via d'uscita in un esercizio di escatologia troppo complesso per riuscire, le sbarre invisibili ed invalicabili erano troppo fitte, le mura troppo spesse, i chiavistelli e le catene troppo robusti. Rimanevo così imprigionato nelle prigioni dell'anima cercando disperatamente qualcosa o qualcuno che mi restituisse il mio io e che mi restituisse, soprattutto, alla vita che valeva la pena vivere. La sera e la notte rappresentavano solo un interludio ad un'altra giornata di lavoro che mi appariva vuota ed inutile ed era proprio in quella inutilità che per assurdo cercavo l'anestetico per non pensare, per tenere la mente occupata su tutte le brutture del mondo; spacciatori, ladri, prostitute, miseria ed emarginazione facevano parte della mia vita in maniera ormai così familiare da rappresentare essi stessi il mondo in cui vivevo ed avevo trascorso gli anni più belli della mia giovinezza. Mi sedevo sul balcone del mio alloggio guardando il mare che ora mi appariva nero come l'incognito verso il quale viaggiavo e rimpiangevo un amore, una famiglia, la dolce tranquillità della casa delle vacanze, la sensazione di benessere che avevo quando mi sedevo sotto il mio albero preferito. Tutto questo non c'era più, sembrava lontano anni luce essendo stato spazzato via dal peso di un'esistenza raminga che ora diveniva insopportabile; sentivo che dovevo aprire la porta di quella prigione se volevo continuare a vivere, se volevo continuare ad avere una speranza ma, non sapevo dove trovare la forza per farlo.

Erano passati ventisette giorni e dodici ore dal mio arrivo nell'isola, alle due e trenta stavo dormendo profondamente ed il trillo insistente del telefono mi sembrava integrato nel sogno in corso; si confondeva, infatti, con il rumore delle cime che scorrevano veloci nei verricelli durante la regata alla quale stavo partecipando. Nel lato di bolina un onda più forte fece beccheggiare violentemente la barca, il sobbalzo così reale mi destò ed allora mi resi conto del telefono che seguitava a trillare.

"Capitano sono Spanu ! Un sequestro di persona circa venti minuti fa, l'allarme è appena stato dato ed il piano antisequestri è già scattato. Dovrebbe avvisare subito le autorità competenti."

Le parole del sottufficiale mi giungevano ovattate e l'unica cosa che capii distintamente fu "sequestro di persona".

Mi vestii in un attimo muovendomi come un automa, cercavo di ragionare ma l'emozione mi attanagliava senza permettermi di mantenere la necessaria lucidità; scesi di corsa le scale che portavano al mio ufficio e già mi giungevano le voci che facevano intuire una fervente attività in sala operativa. Entrai rallentando il passo per non dare l'impressione di essere teso, Spanu mi venne incontro e cominciò a ragguagliarmi senza che avessi aperto bocca.

"E' accaduto alle due circa, hanno sequestrato Marco Matta all'ingresso della loro tenuta. L'autista era con lui ed è stato immobilizzato, dopo circa dieci minuti è riuscito a liberarsi ed ha dato l'allarme. Il piano è stato subito attuato ma finora senza risultati, tutte le arterie prestabilite sono state bloccate dalle pattuglie. La polizia e le Compagnie limitrofe hanno già inviato i loro equipaggi a presidiare le zone di competenza, bisogna avvisare il Comando Provinciale."

Mi sorse in modo spontaneo un quesito che non aveva nessuna connessione con il susseguirsi delle procedure da adottare ma fu l'unico che mi sovvenne in modo spontaneo.

"La moglie del Matta è stata coinvolta ?."

"No, non mi risulta signor capitano. Vuole che le faccia il numero del Comandante del Gruppo ?"

D'un tratto la mia mente si liberò dal velo di apatia e timore che la ottenebrava.

"No, chiamiamo dall'auto. Abbiamo già perso abbastanza tempo!"

Mi parve di scorgere sul viso del mio subordinato una smorfia di soddisfazione mentre ci infilavamo nell'auto che partiva a sirene spiegate, ora eravamo in ballo e ci conveniva ballare bene se volevamo avere qualche *chance* di sopravvivere nel marasma che ci avrebbe coinvolto dal quel momento in poi.

Sette minuti: fu il tempo necessario per giungere alla tenuta dei Matta e scorse via così in fretta che feci appena in tempo a completare le telefonate di rito. Al nostro arrivo due pattuglie avevano già delimitato la zona d'interesse e lasciavano accessibile solo uno stretto passaggio nel tratto di strada prospiciente il cancello d'ingresso della villa. Senza bisogno di parole io e Spanu ci separammo per svolgere due compiti assai diversi tra loro; a me toccava andare dai parenti del sequestrato per un compito di formale rappresentanza e di delicata investigazione, al sottufficiale era deputata la parte prettamente tecnica di repertare la scena del crimine.

Prima di lasciarci il Maresciallo mi disse:

"Signor capitano prima di uscire dalla villa si sistemi bene il nodo della cravatta perché al suo ritorno ci saranno i giornalisti."

"Così presto? E poi penseranno proprio a me?"

"Signor capitano i giornalisti prima o poi sarebbero arrivati e allora mi sono permesso di attivare qualche mia amicizia ed indottrinarli, in cambio del premuroso avviso, su chi deve apparire nei telegiornali locali e nazionali."

"E bravo Spanu, ne parliamo dopo di questi *vasetti.*"

Mi allontanai con aria risentita ma in cuor mio, ed ero certo che anche lui lo sapeva, non biasimavo per nulla l'iniziativa di Spanu.

Nella quotidiana gara di efficacia ed efficienza tra le forze dell'ordine, la visibilità portava in dote un punteggio altissimo; la Polizia non era ancora arrivata e noi partivamo con un bel vantaggio.

Sapevo anche che da quel momento avrei nuotato in un mare infestato di pescecani che dall'interno dell'Arma avrebbero cercato di farmi le scarpe con tutti i mezzi, leciti e no; la mia competenza territoriale sul caso non era in discussione ma il ruolo nella partita era tutto da definire, apparire al telegiornale poteva essere una sorta d'investitura *ad honorem*.

Oltrepassato l'ingresso della tenuta trovai un guardiano che mi attendeva a bordo di una macchina elettrica come quelle usate sui campi da golf, mi invitò a salire per raggiungere la casa padronale; ci avviammo lungo i vialetti odorosi di ginepro illuminati dalla luce discreta che fuoriusciva da enormi otri rovesciati, il cicalio degli insetti si accompagnava al sommesso ronzio del motore elettrico.

" E' una cosa terribile, fate tutto il possibile per riportarlo a casa."

La supplica del guardiano, pronunciata sull'uscio di casa, mi colse impreparato; risposi con un cenno d'assenso del capo ed entrai oltrepassando l'enorme cancello in ferro battuto. All'interno le luci erano soffuse e l'atmosfera accogliente: il pavimento in cotto e le pareti con i mattoni in vista davano calore all'ambiente, le antiche travi massicce conferivano un'elegante rusticità, in alcuni angoli erano posizionate delle grosse botti di rovere, con le centine in ferro battuto, nelle quali erano collocati dei fiori secchi dorati. Mi addentrai nel lungo corridoio, preceduto da uno zelante maggiordomo, fino a giungere all'enorme salone che si aprì alla mia vista man mano che mi avvicinavo. Era enorme, spropositato pensai, e situato su diversi piani con un soppalco in legno scuro che lo sormontava per un quarto; nella parte più bassa, di forma circolare, erano posizionati dei divani bianchi anch'essi circolari, nella parte più alta potei scorgere un grande tavolo rettangolare e dei mobili bassi che mi parvero di produzione indonesiana. Il soppalco era spettacolare: in legno rossastro con delle venature più scure, la passamaneria della scala e la balaustra del pianerottolo erano in ferro battuto, con un elegante intarsio floreale.

Trovavano posto su di esso un tavolo da biliardo, illuminato da lanterne marinare, ed un pianoforte a coda attorniato da due chitarre ed un contrabbasso.

"Signori è arrivato il capitano Rossi."

Il maggiordomo mi annunciò mestamente e tutti i presenti rivolsero lo sguardo verso di me, il patriarca della famiglia mosse qualche passo in mia direzione e mi condusse al centro del salone dove sostavano le altre persone. Mi furono dapprima presentati gli uomini: l'avvocato di famiglia, il commercialista, il fratello minore del rapito, il cognato. Fu poi la volta delle donne che si trovavano sedute sugli ampi divani, avevano tutte gli occhi arrossati: la madre, la sorella, la futura cognata e Marina che inaspettatamente rispose al mio saluto con un abbraccio. Mi sembrò il gesto disperato di chi ripone in te l'unica speranza di salvezza, mi sovvenne naturale confortarla:

"Mi dispiace molto ma non disperare, vedrai che tutto si risolverà per il meglio."

Iniziai le domande di rito rivolgendole a tutti i presenti, chiesi di eventuali minacce precedenti, sospetti, avvenimenti inusuali nei giorni precedenti e così via; poi fu la volta di toccare l'argomento più scottante e lo feci rivolgendomi al patriarca ed ai suoi professionisti di fiducia.

"Come saprete al momento della richiesta di riscatto, se questo sarà un sequestro di persona a scopo di estorsione, la Magistratura disporrà il sequestro dei beni della famiglia. Vi consiglierei di attenervi completamente alle disposizioni che vi saranno impartite per non ostacolare le indagini, da parte vostra sarebbe opportuno chiedere il silenzio stampa."

Il patriarca storse la bocca quasi a soffocare un imprecazione, poi si rivolse a me stizzito.

"Lei faccia il suo dovere capitano ma se permette ciò che serve per il bene di mio figlio lo deciderò io!"

La mia risposta fu serafica, pronunciata molto lentamente e proprio per questo sembrò ancora più minacciosa.

"L'unica cosa che permetto è il rispetto per la legge e per il vostro dolore, si ricordi che nulla può essere fatto se ostacola le indagini."

L'avvocato di famiglia intervenne con la sua pomposa dialettica per sedare gli animi, gli assicurai che non vi era nulla da sedare e che comprendevo il nervosismo del momento, poi chiesi di interrogare l'autista presente al momento del sequestro.

L'uomo era ancora sotto shock e continuava a rammaricarsi per non aver potuto impedire il misfatto:

"Ho rallentato per evitare della sterpaglia che credevo fosse stata portata dal vento... sono usciti fuori dal nulla, hanno sfondato il parabrezza... avevano delle armi grosse, dei fucili... ho visto quattro banditi ma credo ce ne fossero degli altri alle mie spalle...mi hanno legato le mani ed incappucciato così non ho potuto vedere come lo portavano via ma mi sembra di aver udito il rumore di due auto."

"Ha notato qualche particolare che l'ha colpita ? Non so magari un altezza particolare, una corporatura fuori dal comune, un accento caratteristico..."

"C'era sicuramente un capo perché era l'unico che ha parlato, con un accento sicuramente sardo ma non molto marcato. Ha detto di stare calmi e nessuno si sarebbe fatto male, gli altri non hanno aperto bocca ma sarà durato tutto trenta secondi..."

"La ringrazio molto, nei prossimi giorni la chiameremo per verbalizzare le sue dichiarazioni. Se ricorda qualcos'altro mi contatti immediatamente."

All'uscita della tenuta si era già formato un capannello di curiosi, giornalisti e reporter; incrociai il collega della Polizia di Stato che mi salutò con un cenno del capo, era un investigatore molto preparato ma in quel momento sapeva di partire con un gap imperdonabile: essere arrivato per secondo.

Le luci delle telecamere mi abbagliarono mentre qualcuno dall'oscurità mi poneva delle domande:

"Capitano Rossi può dirci qualcosa sulla dinamica del rapimento? E' già stato chiesto un riscatto?"

Per un istante tirai diritto ma poi riflettei sul fatto di essere stato chiamato per nome, già ero identificato con il titolare delle indagini e non potevo farmi sfuggire quest'occasione anche perché il colonnello non era ancora arrivato. Mi fermai, attesi un istante per dar modo alla telecamera di inquadrarmi e decisi di parlare senza dire nulla:

"Stiamo appena acquisendo i primi elementi utili alle indagini, a tempo debito sarete certamente informati sugli sviluppi delle stesse.

Scusatemi ma abbiamo molto da lavorare."

Mi appartai, allontanandomi di alcuni metri, con Spanu che mi relazionò sul sopralluogo appena effettuato: mi confermò la presenza di due autovetture e mi mostrò il posto dove si erano verosimilmente appostati i banditi. Non erano state trovate cicche di sigarette od altro che potesse permettere un esame del DNA, l'unico elemento utile erano le tracce lasciate dai copertoni sul terriccio umido. Il nostro colloquio fu interrotto dall'arrivo del Comandante Provinciale.

"Un bel casino eh? Rossi da questo momento non prenda nessuna iniziativa personale, ogni sua mossa deve essere prima concordata con il sottoscritto. Lei è appena arrivato e non sa nemmeno come muoversi, dovremo vagliare con il Comandante della Regione i nomi dei responsabili delle indagini. Ora mi ragguagli sulla dinamica dell'azione."

La prosopopea di quell'uomo mi mandava in bestia, ero nel mio territorio, avevo già avviato tutte le procedure del caso, e lui veniva a dirmi che bisognava decidere ancora i responsabili delle indagini; ero penalmente e disciplinarmente responsabile di tutto ciò che avveniva sul territorio di mia competenza e nessuno si sarebbe mai sognato di darmi una mano in caso di difficoltà, ma ora tutti cercavano di venire a mettersi in luce a casa mia. Da quel momento presi una decisione che in seguito si rivelò fondamentale: capii che non potevo fidarmi di quell'uomo, decisi che non avrei collaborato con lui anche se era il mio diretto superiore, dovevo saltare un livello ed interfacciarmi con il Comando Regione.

"Signor colonnello è ancora tutto molto vago, non sappiamo di preciso quanti uomini abbiano partecipato all'azione né la direzione di fuga dei banditi. I parenti del Matta erano ansiosi di poter parlare con lei, l'accompagno."

Tornai nella villa ed assistetti in religioso silenzio alle mille assicurazioni che il colonnello fece alla famiglia del rapito, si prodigò in consigli e si improvvisò anche psicologo:

"L'Arma non lesinerà energie per il buon fine di questo atto criminale…. i nostri migliori investigatori saranno impegnati a tempo pieno sul caso….le nostre conoscenze in materia ci permettono di essere sufficientemente ottimisti circa l'esito della vicenda…da parte vostra dovrete mantenere la calma… lo sconforto non dovrà mai essere vostro compagno così il vostro caro percepirà l'energia positiva che gli trasmettete…."

Dopo dieci minuti di queste banalità l'uditorio cominciò a mostrare visibili segni di turbamento, la prima fu Marina che si alzò e mi tirò in disparte. La seguii nel portico dove l'aria odorosa di mirto diventava più intensa con l'approssimarsi delle prime luci dell'alba.

"Massimiliano dimmi la verità, cosa pensi tu di tutta questa storia?

Dimmi qualcosa perché mi sembra di impazzire, ho conosciuto queste persone da così poco tempo e mi ritrovo a condividere con loro una tragedia simile. Mi tengono un po' all'oscuro di tutto e tu sei l'unica persona di cui posso fidarmi."

Per un attimo dimenticai di essere un ufficiale e mi commossi davanti al dolore sincero di quella giovane donna, fu per me spontaneo il gesto di stringerle forte un braccio per farle sentire quanto le fossi vicino.

"Marina i tuoi suoceri sono persone molto facoltose quindi tutto farebbe presupporre che ci troviamo dinanzi ad un sequestro di persona a scopo di estorsione, ciò che è strano è il fatto che sia avvenuto in questa zona, solitamente scevra da questi fenomeni. Certamente non è una cosa bella soprattutto perché con il passare dei giorni tuo marito subirà maggiormente il trauma della detenzione così dobbiamo sperare che tutto si risolva il più presto possibile. So che noi ci conosciamo appena ma se vuoi affidati pure a me, oltre al mio impegno professionale posso offrirti tutta la mia amicizia e comprensione. Ti prego Marina, se venissi a conoscenza di qualunque fatto, anche apparentemente insignificante, riferiscilo a me e soltanto a me."

La ragazza mi abbracciò forte per un attimo poi rientrò in casa con il capo chino.

Capitolo 2

La sala briefing del Comando Regione era gremita, le più alte sfere dell'Arma erano a raccolta per definire la linea da adottare in merito al sequestro matta. Il generale Pallanzi era la più alta carica presente sull'isola, nell'occasione era coadiuvato dal comandante dei Reparti Operativi Speciali; erano presenti tutti i comandanti provinciali della Sardegna, due colonnelli del Comando Generale, due persone vestite con abiti borghesi appartenenti al Sismi o forse al Comando Centrale dei Ros, i quattro comandanti delle Compagnie limitrofe alla mia, il sottoscritto ed una pletora di aiutanti, segretari e lacchè. Le prime due ore furono a disposizione del comandante dei Ros per illustrare il probabile scenario che si sarebbe sviluppato di lì a poco: fu ipotizzata la richiesta di riscatto, la probabile somma, il contesto entro il quale probabilmente era stato ideato il sequestro, le linee di condotta che il Comando Generale intendeva proporre alla Magistratura. Dopo il coffee-break furono definiti ruoli e competenze, fu quello un momento decisivo per la mia vicenda personale.

La parola fu presa dal più anziano dei due uomini dei Servizi.

"Riteniamo che questo sia un sequestro atipico che probabilmente vede coinvolti elementi estranei al tradizionale banditismo sardo…. la mente organizzatrice dell'azione è senz'altro da ricercarsi nella comune delinquenza isolana, probabilmente nuorese…. viste le possibili finalità dell'atto criminoso che potrebbero prescindere dal mero guadagno economico….. considerata la posizione socio economica dei Matta che travalica i confini regionali… riteniamo che la vicenda debba essere gestita a livello centrale da un pool di esperti, di cui ho qui una lista di candidati, che si avvarranno dell'azione indagatrice del naturale titolare dell'inchiesta ossia il capitano Rossi.... l'ufficiale in questione ha bene operato presso il Reparto Operativo Speciale di Bologna ed ha il vantaggio di essere un uomo nuovo nell'isola, potrà così agire con maggiore autonomia di spostamenti....lo scotto del noviziato territoriale potrà, a nostro avviso, essere superato con l'affiancamento al capitano Rossi di un mentore da noi individuato nell'ufficiale di cui al presente rapporto..."

Avevo vinto, non sapevo cosa ci fosse dietro quelle decisioni ma avevo vinto. Il comandante provinciale era diventato paonazzo, sembrava dovesse scoppiare da un momento all'altro. Quando mi giunse il foglio con i nominativi dei componenti del pool di esperti, capii che la riunione era solo una formalità ed era stata tenuta solo per *silurare* formalmente qualcuno: il comandante provinciale. Il pool di esperti era composto dai tre colonnelli del Comando Generale presenti alla riunione e dal generale Pallanzi, naturalmente nessuno mosse obiezioni circa la composizione del pool anche perché fu lapalissiano che tutto era già stato deciso; certamente non avevo ottenuto quel trattamento di favore per il mio peso politico, praticamente inesistente, ma ero stato beneficiato da una circostanza favorevole. Dopo un attimo di intima euforia mi sovvenne il dubbio di poter diventare un mero strumento nelle mani del mio *tutor,* così cercai di conoscere al più presto il nome dell'ufficiale con cui avrei dovuto lavorare. Dall'altro capo del tavolo scorsi uno degli agenti dei Servizi che porgeva il rapporto con il fatidico nome al generale Pallanzi, questi, confabulando con il comandante dei ROS, annuiva largamente con il capo; il foglio passò di mano in mano e cercai di leggere, come un buon giocatore di poker, le reazioni sui volti di chi apprendeva il nome del prescelto. La reazione più evidente fu certamente la mia, lessi tre volte il foglio per essere sicuro di non sbagliarmi: dopo una formale nomina si leggeva un solo nome, Pierino.

Ma cos'era uno scherzo? Una barzelletta?

L'elevato profilo della riunione in corso mi fecero scartare queste idee, riflettei un attimo e giunsi alla conclusione: un nome in codice. Era stato affiancato ad un uomo dei Servizi, ero fregato; per loro non ci sono regole, leggi e regolamenti, mi avrebbe manovrato come un burattino per poi usarmi come capro espiatorio nel caso che la missione fosse andata a male. Altro che fortunato, avevano scelto me perché ero carne da macello, senza santi in paradiso, una vittima sacrificale ai maggiori interessi dello stato; la riunione per mia fortuna finì in quel momento, non ero più in grado di ragionare serenamente a causa della collera che mi saliva al cervello.

Il programma prevedeva una colazione di lavoro, declinai l'invito spiegando al segretario del generale Pallanzi di preferire un rapido rientro in ufficio, visto il gravoso impegno che mi attendeva. Il tenente colonnello mi assicurò che il generale avrebbe compreso ed apprezzato la mia scelta e mi congedò con una stretta di mano. Mentre percorrevo il lungo corridoio che mi avrebbe portato all'androne di ingresso, incrociai il comandante dei ROS che usciva dalla toilette; ci conoscevamo dato i miei trascorsi a Bologna così accompagnai il saluto militare con un *buongiorno* molto formale.

"Rossi dove scappa, venga un attimo qua. Non mi sembra molto contento dell'esito della riunione eppure questa è per lei una grossa occasione per mettersi in luce."

La mia risposta fu spontanea:

"Se sarò lasciato libero di lavorare potrei anche mettermi in luce, se farò da parafulmine mi brucerò soltanto."

"So cosa sta pensando capitano ma non è così, le assicuro che il suo mentore la seguirà e consiglierà come un padre affettuoso. Non ci sono inganni e poi come potrei permettere di bruciare uno dei miei ragazzi."

Risposi al sorriso del colonnello con un altro sorriso, poi una stretta di mano, saluto militare e via verso la mia auto.

Ero soprappensiero così sbagliai strada, mi avviai verso l'uscita pedonale ed uscii su Via Sonnino; il rumore del traffico mi distolse dalle mie elucubrazioni, tornai indietro ed il piantone alla destra dell'ingresso mi sorrise commiserevole. In auto mi aspettava Spanu:

"Allora signor capitano com'è andata, non mi sembra contento."

"Inferno e paradiso spesso si somigliano Spanu, dobbiamo cercare di capire dove ci hanno mandato. Comunque l'inchiesta è nostra."

Esaltato dalla notizia il maresciallo sgommò all'uscita della carraia, una mia occhiata lo calmò immediatamente.

Ripresi a parlare all'altezza di Sardara fornendo ulteriori particolari al mio autista che moriva dalla voglia di sapere di più:

"Dobbiamo stare attenti perché avremo un uomo dei Servizi alle calcagna, controllerà ogni nostro movimento e riferirà a Roma ad una commissione ad hoc. Speriamo almeno che l'Autorità inquirente ci tuteli in qualche modo."

"Non si preoccupi comandante, questa sarà la sua grande occasione; vedrà che condurremo un'indagine a regola d'arte e molti si mangeranno le mani. Ho degli amici nei Servizi se vuole posso prendere informazioni su questo tizio."

"No, facciamo le cose con calma. Aspettiamo che si metta in contatto con noi e vediamo che tipo è, se è il caso cercheremo di difenderci."

"Signor capitano dobbiamo festeggiare, perché non ci fermiamo a mangiare qui che fanno dell'ottimo pesce? Da domani non credo avremo più tempo di svagarci."

Cedetti alla spensierata razionalità del mio sottufficiale e decisi di far diventare quel pranzo come l'ultimo convivio prima dello scontro decisivo, ormai eravamo cavalieri medievali e da domani sarebbe cominciata la Giostra.

Davanti ad un piatto di spaghetti con la bottarga e le arselle discutemmo, in allegria, delle linee di condotta da tenere nell'immediato. Convenimmo che un aspetto importante sarebbe stato conoscere al più presto il nome del magistrato incaricato dell'inchiesta e studiare il modo più appropriato per relazionare con lui.

"Signor capitano scommetto la tredicesima che sarà incaricato il dottor Venezioni, quello è un magistrato con i coglioni, mi scusi il termine. Vedrà che lavoreremo bene con lui: è competente, ha una grande esperienza in sequestri di persona, ed è machiavellico nel senso che per lui il fine giustifica i mezzi. Insomma poche parole e molti fatti."

"Se è così speriamo bene perlomeno potremmo avere le spalle coperte dalla magistratura, vedi Spanu il problema dell'Arma e che tutto è demandato alla buona volontà dei singoli quando i risultati dovrebbero essere frutto di un metodo di lavoro consolidato. La criminalità si evolve e noi restiamo al palo, condizionati da troppi vincoli burocratici e penali; io spesso ho la sensazione di lavorare in un ambiente dove il bene comune sia solo il pretesto per realizzare il proprio tornaconto personale e non il fine ultimo per cui sacrificarsi. La magistratura dovrebbe smettere di atteggiarsi ad inquirente e smettere i panni sensazionalistici di cui si ammanta per collaborare più strettamene con le forze dell'ordine. Dovrebbero essere i nostri consiglieri, dovrebbero indicarci l'alveo i cui muoverci per restare nella legalità e non aspettarci al varco per perseguirci ad ogni minimo sbaglio. L'Arma deve rinnovarsi, i giovani tenenti devono rappresentare il futuro, continuare nel solco tracciato da chi ha ottenuto risultati eccellenti, ed invece vengono tenuti all'oscuro di tutto negli istituti di formazione e poi gettati nella mischia come carne da macello. E' sintomatico che da noi si parli ancora del capitano Tizio o del colonnello Caio che dieci anni fa hanno compiuto gesta memorabili contro la mafia, i terroristi, i trafficanti di droga; mai che si parli del Comando di Compagnia di Roncopallino o del Comando Provinciale di Porto Frittella, tutto è affidato ai singoli.

La nostra ora dedicata al pranzo scorse via velocemente e d'un tratto, vista l'ora fattasi, chiedemmo un sollecito conto; questo arrivò nel giro di pochissimi minuti e quando mi apprestai a pagare anche per il mio sottufficiale mi accorsi che la cifra era irrisoria: Spanu aveva colpito ancora. Prima di lasciare il ristorante afferrai la bottiglia di vermentino con la quale avevamo pasteggiato e decisi un colpo di teatro che sapevo piacevano tanto al maresciallo:

"Vedrai che il nostro Matta tornerà ad imbottigliare il suo vino, o giuro che non ne berrò più un bicchiere in tutta la mia vita!"

Gli occhi di Spanu si illuminarono, uscimmo dal locale e ripartimmo con la solita sgommata che odiavo perché faceva tanto polizia ma che testimoniava la volontà e l'impegno del mio vice.

Alle 8,05 del mattino seguente avevo appena finito di prendere il caffè quando il telefono del mio ufficio trillò:

"Sono Pierino."

Rimasi in silenzio per alcuni secondi aspettando che il mio interlocutore aggiungesse qualcosa, poi presi l'iniziativa in modo brusco:

"Ci diamo del tu o del lei?"

"Non credo che questo abbia molta importanza, comunque io sono un tuo superiore. Fa come vuoi."

Il suo tono era calmo nonostante facessi trasparire tutto il mio nervosismo.

"Allora mi dica Pierino..."

"Perché non ci incontriamo e facciamo due chiacchiere, così vediamo come dobbiamo tirarci fuori da quest'impiccio."

"Mi dica dove e quando."

"Se a te sta bene direi tra mezz'ora al *Cafè Latino*, davanti al porto. Se vieni in borghese è meglio, siediti ad un tavolino ed io ti raggiungerò."

Alle 8,40 mi sedevo al tavolino del bar; indossavo un paio di jeans neri, una camicia bianca ed un giubbotto di pelle. Cercavo di non farmi riconoscere indossando gli occhiali ed un cappellino di velluto ma sapevo che l'impresa non era facile, aspettai un paio di minuti scrutando ogni uomo che entrava nel locale e cercando di individuare il mio contatto.

Entrarono diversi avventori ed ognuno di essi mi sembrò un plausibile interlocutore, poi mi ricordai che doveva trattarsi di un mio superiore ed allora cominciai a scartare i ragazzi troppo giovani e gli uomini troppo vecchi; così facendo il campo si restrinse notevolmente fino al punto che non ci furono più candidati, nella mia fantasia, a ricoprire quel ruolo.

Quando quell'uomo si sedette al mio tavolo pensai di tutto tranne che potesse essere lui il fantomatico Pierino: era alto circa un metro e settanta, di corporatura robusta tendente al grasso, pochi capelli bianchi, spesse lenti tondeggianti, indossava un completo verde bosco con un dolce vita nero che era un pugno in un occhio. Credo di averlo guardato esterrefatto per qualche secondo, aveva al seguito una ventiquattr'ore scadente e mi sembrava un piazzista che cercasse di vendermi qualcosa; il suo aspetto era così ordinario, se non dimesso, da non poter credere che fosse l'uomo a cui il Comando Generale affidasse un'indagine così delicata.

"Ciao Rossi, sono Pierino. Prendi qualcosa, hai già ordinato?"

"No, non ho ordinato. Vorrei una spremuta d'arancia."

Il mio contatto chiamò un cameriere ed effettuò l'ordinazione prendendo per se un caffè macchiato.

"Sai noi ci conosciamo già, anche se telefonicamente. Quando tu eri a Bologna, credo un anno e mezzo fa, mi chiamasti alla DIA di Reggio Calabria per alcuni informazioni...."

Ricordai chiaramente quell'episodio e cercai di scavare nella memoria per trarre qualche elemento utile per dare un passato al mio interlocutore, ero certo che lo interpellai per avere informazioni circa alcuni calabresi che si erano insediati a Budrio, nella prima periferia bolognese, come materassai. Ero certo che fu il mio comandante a dirmi di rivolgermi a quell'ufficiale, forse un maggiore, che era certamente il più qualificato della DIA di Reggio; non riuscivo però a ricordarmi il cognome, ma ero certo, ora che ascoltavo il suo accento, che fosse di origine sarda.

"Che ne dici Rossi di farci una bella passeggiata sul porto così prendiamo un po' di sole e ci conosciamo meglio?"

Camminammo a lungo, su e giù per la banchina, e Pierino continuava a sembrarmi una sorta di Babbo Natale fuori stagione: aspetto bonario, calmo, amichevole e disponibile. La cosa non mi convinceva affatto e mentre lo ascoltavo cercavo di ricordare il più possibile su di lui per conoscere meglio il mio nemico, ma per quanti sforzi facessi non aggiungevo nulla al poco che già sapevo anche perché forse non avevo mai saputo di più. Pierino si accorse della mia diffidenza, tra l'altro malcelata, e ruppe gli indugi parlando con franchezza:

"Senti Rossi, non prendiamoci per il culo. Come avrai visto non sono certo un ufficiale lanciato, la mia carriera è finita già da un pezzo. Tu sei giovane e a quanto mi dicono anche in gamba, ti assicuro che non ho nessuna intenzione di rubarti l'indagine né di interferire con la tua azione; se non ti fidi di me lo capisco ed allora ti faccio una proposta. A me non frega un cazzo di apparire, anche perché non posso permetterlo, perciò starò nell'ombra ed interverrò solo e se tu me lo chiederai; ho un bel po' di anni più di te, considerami un fratello maggiore a cui chiedere consiglio se ne avrai bisogno."

"Scusami Pierino, non è niente di personale ma ammetterai che tutta la faccenda è alquanto insolita. Io non valgo molto per l'Arma così ho paura di essere un capro espiatorio se le cose dovessero andare male, se tutto finisse bene sono sicuro che i meriti andrebbero ad altri."

"Se ti hanno affidato l'indagine stai tranquillo che credono in te perché l'Arma se deve rimetterci la faccia butta a mare chiunque. Avrebbero potuto scegliere un altro e lasciarti lì come un cane di paglia, ma non l'hanno fatto e questo è un segnale positivo. Per quanto mi riguarda non ho niente da rimetterci ma ho una mia morale ed una mia dignità: mi hanno chiesto di farti da tutore ed è proprio ciò che ho intenzione di fare, né più né meno. Ormai è ora di pranzo ed ho un invito in zona, questo è il numero del mio cellulare. Se hai bisogno di me chiamami in qualunque momento, sarò sempre nei paraggi. Ciao Rossi, in gamba mi raccomando!"

Si allontanò con l'aria scanzonata di chi si avvia tranquillamente verso casa pregustando il pranzo domenicale e l'affetto della famiglia riunita attorno al tavolo.

Tornai lentamente verso l'ufficio riflettendo su quell'uomo che si mostrava così disponibile ma che una parte di me tendeva a tenere a distanza. Il gioco era forse troppo grande per me, dovevo conoscere prima le regole per poter essere della partita ma qualcosa dentro di me mi diceva che in quel *match* non c'erano regole.

Consumai il pasto domenicale e mi rimisi a lavoro per cercare di conoscere tutto quanto possibile sui Matta e fare una stima approssimativa della loro disponibilità economica, ero sicuro che l'indomani la Procura della Repubblica avrebbe disposto il blocco dei beni. Affidai l'incarico ad un giovane brigadiere napoletano di nome Gargiulo che affiancava alla competenza professionale anche una buona cultura generale ed una certa capacità nelle pubbliche relazioni; in serata arrivò sulla mia scrivania un primo rapporto del brigadiere ed un messaggio da parte di Spanu. Il primo mi informava che la famiglia del rapito stava trattando un grosso affare per la fornitura, in esclusiva, di vino a tutte le compagnie marittime operanti sull'isola; il particolare non mi faceva presupporre una vendetta trasversale poiché il precedente fornitore era una ditta laziale e nell'ambito isolano non vi erano concorrenti capaci di duellare commercialmente con i Matta. Ad ogni buon conto disposi degli accertamenti, tramite il Comando Provinciale di Frosinone, sulla ditta spodestata per verificare possibili collegamenti con la malavita sarda. Il messaggio del maresciallo mi anticipava la notizia che il magistrato incaricato era quello da noi sperato: il dottor Veneziani.

Alle ventitré salii nel mio alloggio, sapevo che, fino a quando le indagini non si sarebbero concluse, i miei ritmi lavorativi sarebbero stati anche più serrati. Quel giorno però cominciava il campionato di calcio ed ero curioso di dare un'occhiata alle immagini delle partite prima di addormentarmi in cerca delle energie per affrontare la settimana che stava per iniziare, mi ero appena messo a letto quando sul cellulare mi arrivò una telefonata inaspettata.

"Pronto, chi parla?"

"Già non mi riconosci più ?"

Il numero che era apparso sul display non era memorizzato ed in più aveva solo tre cifre, il tono misterioso del mio interlocutore mi rese nervoso.

"Non ti conosco, chi sei ?"

"Uè stai calmo, sono Marco Sgrò."

Marco era un mio carissimo amico che aveva militato tanti anni al Nucleo Presidenziale. Il Presidente lo apprezzava molto e così il suo passaggio ai Servizi fu un fatto quasi naturale, era un ragazzo in gamba e soprattutto un amico vero.

"Marco, quanto tempo è passato ? Scusami ma ero un po' nervoso per il lavoro."

"Non preoccuparti, so del casino che hai e ti ho chiamato proprio per questo."

"Dimmi tutto, ti ascolto."

"Pierino è il tuo lasciapassare, la tua assicurazione sulla vita. E' in gamba, uno dei migliori ! Da solo ha fottuto tutto il clan dei Piromallo giù in Calabria, è pulito e onesto di lui ti puoi fidare."

"Perché hanno fatto questa scelta insolita?"

"La scelta è politica, l'esecutivo è debole e bisogna portare a casa un risultato sicuro. Pierino è l'uomo giusto e tu sei uno poco assetato di protagonismo, sanno che non solleverai polveroni ma porterai all'opinione pubblica il caso già risolto."

"Cosi dici che debbo fidarmi…"

"Assolutamente, sul bene che ti voglio. Ora devo andare ma mi farò sentire spesso, chiedi a Pierino di raccontarti la storia del laureato e ricordati di Angelo. Ciao."

"Ciao Marco, grazie."

Rimasi con il cellulare in mano ripensando alle ultime parole del mio amico, chi era il laureato? Ed Angelo? Il bagliore dello schermo della TV mi distolse dai miei pensieri e volsi lo sguardo verso l'apparecchio proprio mentre le immagini documentavano la sconfitta del Napoli.

La radio sveglia funzionò puntualmente alle sei e trenta, il pezzo rap mi entrò diritto nel cervello come un funesto presagio:

"Vivere con tanta gente intorno inconcludente, spesso con l'atteggiamento da perdente che denigra, che attribuisce tutto alla sfiga, è duro ti rallenta, ti intristisce, ti porta di sicuro a cambiare direzione, a pensare ad un sistema che magari ha vita corta che di certo dura poco, che forse si conclude prima ancora dell'emozione dell'aspirata scoperta, simile all'agognata soluzione di una situazione degenerata, rovinata che così concepita è già finita prima ancora che cominci la partita mai giocata, ridotta alla sconfitta non cercata, ma di fatto tollerata dalla mentalità perdente di quella gente cui accennavo, quella folla di coglioni che da tempo conoscevo, frequentavo, che sempre attorno mi giravano come i cerchi di Saturno che talvolta sono belli, ma che limitano, ti circondano la visuale senza la quale spesso stai male, ti butti giù, pensi che il domani tanto non cambierà più e allora perché affannarsi a cercare il modo di mutare il mondo, di diversificare la scena che ormai non ti appartiene, ma che ancora ti trattiene. Ok, mi ribello, lasciamo 'sto macello alla massa avvilita, sfinita dallo stress, creiamo un by-pass, passiamo all'azione, risolviamo il problema. 'Sta massa di coglioni, al drappello di sfatti elementi, di soggetti vinti, falliti, spersi come gatti nella nebbia a contemplare l'insuccesso fermo lì sul piedistallo a monumento dell'inerzia del concetto ormai acquisito che la vita va subita non vissuta che se muori era scontato come il pianto al funerale, come Giuda l'ha tradita la fiducia mal concessa dal Signore

speranzoso nel concetto realizzato dal sapore forse odioso che da
tutti è tollerato, denso solo di emozioni, grigie come ratti, prive della
soluzione che vi fornisco io, quella vera senza bugie, la suggerisco,
ma fermo al posto mio, dedicata alle generazioni da cui mi
disconnetto, quelle buie che ancora non capisco e il cui futuro non
esiste, questo è sicuro, io mi dissocio, voi andate a fare in culo!"

Quando si dice che il buongiorno comincia dal mattino, mentre mi radevo arrivò la telefonata di Pierino.

"Ciao Rossi, tutto bene? La notte ti ha ritemprato? Volevo dirti che forse sarebbe il caso che ti accompagnassi dal dottor Veneziani, sai è u tipo un po' particolare ed io lo conosco molto bene."

"D'accordo, dimmi dove posso passare a prenderti."

"Non preoccuparti, ci vediamo alle otto e mezza all'ingresso del Palazzo di Giustizia."

Arrivai con cinque minuti di ritardo e Pierino era già lì ad aspettarmi, mi avvicinai a lui con un atteggiamento diverso dal solito forse perché rinfrancato dalla telefonata di Marco.

"Scusami per il ritardo ma ho dovuto evadere il registro alla firma prima di uscire."

"Figurati stavo qui a godermi il sole, cinque minuti non sono un ritardo."

Ci addentrammo nel dedalo di corridoi infiniti che correvano lungo i fianchi del palazzone di epoca ventennio, strada facendo Pierino mi erudì sul personaggio che stavamo per incontrare.

"Vedi Rossi il dottor Veneziani ha un concetto tutto suo della legalità, ma ti posso assicurare che è una persona onesta ed è anche capace. Non ha famiglia e vive sempre un po' sopra le righe, esagera nel bere, nel cibo e nei modi ma, ti ripeto, possiamo stare tranquilli."

Arrivammo alla porta del giudice senza aver mai chiesto informazioni ad alcuno, Pierino si muoveva in quel tempio della burocrazia con la naturalezza della frequentazione abituale. Non c'era un usciere né servizio di anticamera, l'unico filtro era rappresentato da un campanello; Pierino bussò energicamente e dopo qualche secondo si accese la luce rossa con la scritta *attendere*.

Ci accomodammo su due sedie di legno ai lati della porta ed attendemmo il via libera per entrare.

"Hai lavorato molto con questo giudice ?"

"Un paio di indagini, ma di quelle grosse. Un omicidio ed un sequestro di persona molto importante; un bambino, non so se ricordi."

Pierino aveva la capacità di parlare di indagini straordinarie e di avvenimenti epocali con una semplicità disarmante. Sarei dovuto essere un alieno per non ricordare il sequestro a cui accennava, l'opinione pubblica fu inchiodata per settimane a seguire la vicenda di quel bambino e la sua liberazione fu un trionfo per lo Stato.

Il mio mentore era molto loquace quella mattina e riprese il discorso senza bisogno di essere imbeccato.

"Mi ricordo che una volta mi fece trovare in un casino pazzesco! Indagavamo sull'omicidio di questo *balente* e riuscimmo a scoprire il mandante, si trattava di un omologo di una paese confinante che per questioni di onore aveva ordinato di uccidere il rivale. Veneziani decise di andare a parlare con questa persona, che tra l'altro era latitante, per farsi consegnare l'autore materiale del delitto; il nipote del mandante aveva parecchi debiti nei miei confronto e con la sua intercessione riuscimmo a combinare l'incontro. Era inverno e pioveva a catinelle, ci vennero a prelevare in una strada di Talana davanti casa del famigerato Stocchino, non so se ne hai mai sentito parlare; dopo averci portato a spasso per un ora, per farci perdere l'orientamento, arrivammo in un ovile al cui interno c'erano zio e nipote. Ci sedemmo attorno a un tavolo sul quale campeggiavano una forma di pecorino, *pane carasau* ed una bottiglia di *fil 'e ferru.*

Veneziani esordì dicendo: *grandissimo pezzo di merda hai finito di andare in giro ad ammazzare la gente per poi romperci i coglioni?* Il latitante lo afferrò per il bavero e lo sbatté sul tavolaccio dicendogli in dialetto che avrebbe ammazzato anche lui, io ed il nipote intervenimmo per calmare gli animi e dopo un po' la trattativa riprese in modo più tranquillo. Il mandante poggiò una pistola davanti a sé e si versò da bere, poi offrì da bere al giudice che, in una sorta di esaltazione di *balentia,* butto giù tutto di un fiato; a quel bicchiere ne seguirono altri in una sorta di gara ad oltranza con il risultato che i due, tra parolacce e improperi reciproci, si ubriacarono.

Con molta fatica io ed il mio confidente riuscimmo ad intavolare una bozza di accordo e dopo più di un ora stabilimmo che l'indomani si sarebbe costituito l'esecutore materiale dell'omicidio, in cambio non sarebbe stata disturbata la latitanza del mandante. I miei sudori divennero gelidi quando al momento di uscire lo zio puntò la pistola alla tempia del giudice chiedendo al nipote se volesse vedere il cervello di un giudice e di uno sbirro; come se non bastasse Veneziani gli rispose che avrebbe preso la pistola e gliela avrebbe infilata nel culo. Per fortuna i due si reggevano male appena in piedi, così il nipote disarmò lo zio ed aprendo la porta ordinò all'autista di riportarci indietro; nessuno sapeva che eravamo lì, se avessero voluto ammazzarci non ci avrebbero mai più trovato."

Penso di aver assunto un espressione da ebete mente ascoltavo il racconto di Pierino, poi esclamai ad alta voce:

"Minchia, questo è perché possiamo stare tranquilli! Figuriamoci se ci fosse capitata una testa di cazzo."

Il mio collega rise di gusto e mi appoggiò una mano sulla gamba in segno di paterna comprensione.

Il cicalino del campanello annuncio l'*avanti*.

Seguii Pierino all'interno dell'ufficio e fui colpito dal disordine che vi regnava: la scrivania era sommersa da faldoni ed altri si trovavano su tre sedie lungo la parete di destra, su quella di sinistra si trovavano un numero spropositato di calendari dell'Arma e l'etagere era stracolmo di pubblicazioni e codici.

"Carissimo Maggiore, che piacere rivederla era un secolo che l'aspettavo. So che ha fatto fuoco e fiamme in Calabria, è così?"

Pierino si schernì e ricambiò le parole di affetto del giudice; pensai che quell'uomo che somigliava a *Napo orso capo*, con il papillon rosso e le guance rubizze sarebbe potuto essere più un presentatore da circo che un giudice, comunque c'era di buono che finalmente avevo saputo il grado di Pierino.

Dopo un altro po' di convenevoli si ricordarono di me, il collega mi presentò al dottor Veneziani che mi strinse energicamente la mano riservandomi la più classica delle frasi di circostanza.

"Capitano lei e così giovane eppure ho sentito parlare molto bene di lei."

Come avesse potuto sentir parlar di me era sicuramente un

mistero, per quanto riguardava la mia età decisi di non replicare tutt'al più mi sarei fatto crescere la barba per invecchiare un po'.

"La ringrazio dottore, spero di poter confermare quanto le è stato riferito."

La conversazione si indirizzò verso i possibili scenari che si sarebbero presentati da lì a poco, si ipotizzò una imminente richiesta di riscatto tamponata con il blocco dei beni della famiglia. Si tracciarono anche le possibilità in relazione agli autori del sequestro che si convenne dovessero essere esponenti del banditismo sardo; in questi casi è necessaria la collaborazione, se non la regia, di un latitante che possa fungere da carceriere mentre i complici tornano alla vita di tutti i giorni.

"Dottore lei sa che la mia rete di informatori sul territorio è abbastanza estesa, ho già provveduto a richiedere la loro collaborazione ma le spese confidenziali potrebbero essere molto alte...."

La naturalezza con cui Pierino trattava argomenti così scabrosi e pericolosi mi lasciava esterrefatto, pensai che doveva avere una confidenza elevata col dottor Veneziani.

"Maggiore sa che a questa incombenza provvedo sempre personalmente e le assicuro che avremo tutto ciò di cui abbiamo bisogno immediatamente."

Il magistrato aprì una rubrica in pelle che tirò fuori dal primo cassetto della scrivania e cominciò a comporre un numero di telefono.

"Buongiorno sono il dottor Veneziani ho urgenza di parlare con il titolare."

L'attesa fu brevissima.

"Cavaliere carissimo mi scusi se la disturbo... come saprà è un brutto momento per la nostra lotta alla delinquenza...è necessario ancora una volta fare fronte comune...la pregherei di fissarmi un appuntamento entro domani... allora aspetto la chiamata della sua assistente... la ringrazio cavaliere, a presto."

Seguirono altre quattro telefonate a fantomatici commendatori, ingegneri ed avvocati; il tenore era sempre lo stesso ed io stavo cominciando a farmi un'idea di ciò che stava succedendo anche se mi sembrava impossibile.

Il magistrato scambiò con Pierino i numeri personali per tenersi costantemente in contatto e ci congedò cordialmente. Percorremmo a ritroso i corridoi che ora mi apparivano più tetri come se fossi appena uscito dalla stanza degli orrori, avevo paura di chiedere a Pierino spiegazioni su ciò che stava succedendo: la realtà avrebbe potuto sferzare un duro attacco alle mia già vacillante devozione, al contempo volevo sapere perché pur avendo visto schifezze di ogni genere mi sembrava di aver vissuto nella bambagia fino ad allora.

Appena usciti all'aperto diedi voce alle mie elucubrazioni mentali.

"Pierino che ne diresti di spiegarmi quello che sta succedendo?"

"Certo! Ti spiego tutto quello che vuoi ma prima devo chiederti un favore."

"Che cosa?"

Domandai con un tono ed un viso talmente sospettosi da destare un sorriso sul viso del collega.

"E' un sacco di tempo che non vedo le grotte di Nettuno, mi ci porti?"

Doveva essere pazzo, avevamo un sequestro in corso e lui pensava a fare il turista alle grotte marine. Le frasi che avevo ascoltato, i suoi gesti, il tono della sua voce, mi avevano fatto capire di trovarmi di fronte ad un ufficiale eccezionale; avevo tanto da imparare da lui e non mi sembrò il caso di negargli un piccolo favore.

"Ma certo così possiamo parlare in pace e magari mi racconti anche la storia di Angelo, che ne dici?"

"E bravo Rossi, vedo che ti stai dando da fare, lo sapevo che eri un ragazzo in gamba."

Arrivammo alla mia motocicletta, la inforcai e misi in moto. Pierino mi guardò interdetto.

"Ma vuoi andare in giro con questa?"

"Io la macchina non ce l'ho e non credo sia il caso di andare in giro con l'auto di servizio. Non avrai mica paura?"

Alle mie parole balzò in sella quasi con spavalderia ma dal modo con cui si strinse ai miei fianchi capii che non doveva avere un buon rapporto con quel mezzo; in quell'occasione lo aveva in pugno e decisi di approfittarne, guidai in maniera un po' spinta in modo da fargli sciogliere la lingua senza paralizzarlo dalla paura.

"Allora, il laureato ed Angelo?"

"C'era una volta un brillante ragazzo napoletano, laureato e figlio di un benestante commerciante. Doveva sostenere l'esame di Stato per procuratore legale ma un brutto giorno la camorra gli uccise il padre, lo crivellarono di colpi per non aver pagato il pizzo.

Il ragazzo conosceva i taglieggiatori del quartiere, responsabili dell'assassinio del padre, dopo due settimane li ammazzò. Sapeva che la sua vita oramai non valeva più nulla ed allora escogitò il suo lasciapassare personale, chiese protezione al capoclan che apprezzando il suo coraggio lo affiliò. Il ragazzo era un leader ed inoltre era un vero manager del crimine, le sue intuizioni portarono una crescita esponenziale negli affari gestiti dalla famiglia e le sue quotazioni personali salirono fino a diventare il braccio destro del boss. La sua scalata era invisa agli altri luogotenenti che tra l'altro non gli avevano mai perdonato l'assassinio di due dei loro ragazzi, congiurarono contro di lui per eliminarlo; la mente di quel ragazzo oramai divenuto boss era troppo veloce per farsi sorprendere dai suoi compari, così cambiò casacca passando al clan rivale. Per prima cosa fece eliminare tutti i cospiratori e mandò all'aria parecchi affari della sua ex famiglia, ma la sua presenza era troppo ingombrante ovunque e dopo qualche anno si ritrovò da solo tra due fuochi; i clan più potenti della camorra napoletana gli erano contro, aveva i giorni contati. La sua attività criminosa lo aveva portato a fare affari soprattutto in Spagna e Sud America, mettendo su una fortuna inestimabile; dopo aver tramutato il suo patrimonio in contanti sparì, inseguito da tutta la malavita organizzata. Nel mese di maggio di due anni fa stavo zappando l'orticello della mia casa al mare quando ricevetti una telefonata, era lui che mi dava appuntamento in un albergo romano. All'epoca ero alla D.I.A. ed avevo parecchia libertà di movimento, chiamai un giovane capitano con il quale avevo collaborato e che lavorava al R.o.s., gli chiesi se aveva problemi a mettersi a mia disposizione; il ragazzo era giovane ma in gamba, un po' come te, capì che c'era qualcosa di grosso e mi fornì tutto ciò di cui avevo bisogno. Il giorno dopo ero all'appuntamento a Roma, il boss mi disse che si ricordava di me per via dell'indagine che condussi sull'assassinio del padre, che mi stimava e che voleva trattare la sua cattura; gli diedi le assicurazioni che cercava circa l'ottenimento dello status di pentito ed informai i vertici dell'anticrimine, la condicio sine qua non era che fossi solo io a trattare con lui."

" E lo Stato accettò?"

"Era il terzo latitante più pericoloso d'Europa, secondo te?"

La mia domanda era stata inopportuna, temetti di aver urtato la sua suscettibilità ma Pierino riprese il racconto senza problemi.

"Da quel giorno iniziò un'attività frenetica di deposizioni, interrogatori e riscontri. Era assolutamente attendibile, in pochi giorni ci fece recuperare decine di miliardi in contanti e ci svelò decine di covi e nascondigli; era un manager di altissimo livello con una preparazione politica ed economica eccezionale, una volta dovette ripetere tre volte ad un generale della Finanza come faceva a ripulire i soldi del narcotraffico e poiché l'ufficiale continuava a non capire quel sistema sofisticatissimo, lo invitò a studiare un po' di più. Tutte le azioni di verifica dei riscontri e di recupero erano affidate al giovane capitano che si era agganciato alla cordata vincente, andava come un treno, i risultati erano eccezionali. Una sera eravamo a Milano in un albergo extralusso, mi chiamò in camera e mi pregò di raggiungerlo nella sua suite. Appena entrato mi disse: - *Voi forse credete di aver a che fare con un pezzente? Non sono abituato a vivere in queste stamberghe, non c'è il collegamento con internet e manca pure il Bordeaux dell'86. Trasferiamoci in una relais che conosco io.-*

Gli feci presente che ci trovavamo in un albergo di lusso e che non ero autorizzato a spendere ulteriori soldi per una residenza migliore, lui replicò: - *La prego mandi un suo uomo in Via delle Belle Arti 79 interno 6, queste sono le chiavi dell'appartamento. Nello studio troverà una credenza vittoriana al cui interno c'è una borsa di pelle, la faccia portare qui.-* Mandai un brigadiere fidato che ritornò in venti minuti consegnandomi la borsa, a mia volta la diedi al boss che l'aprì e svuotò il contenuto sul letto: - *E' un miliardo, mi permette di offrire il soggiorno in una sistemazione più decorosa?-* Avvisai i superiori e ci spostammo in un alberghetto alle spalle del Duomo, aveva soltanto suite e solo dodici, era di un lusso incredibile ed al nostro arrivo il "commendatore" fu accolto come uno di casa. Dopo cena andai in camera sua e gli dissi: - *Non mi piacciono i capricci da star, finora abbiamo scherzato. Lei ci ha dato le briciole, è ora di dirmi qualcosa di importante.-* Lui annuì con convinzione e mi rispose: - *Le interesserebbe il numero uno?-* Dal giorno dopo ci rivelò spostamenti e nascondigli del boss più pericoloso della camorra, il capitano effettuò sei irruzioni nei covi indicatici ma senza risultati. Arrivavamo sempre un attimo dopo, il rifugio era ancora caldo ma del latitante nessuna traccia; evidentemente la sua rete di controllo funzionava ancora bene e noi non sapevamo coglierlo di sorpresa, dopo quattro mesi non lo avevamo ancora preso. Un giorno il pentito ci indicò un casolare vicino Siena, consigliandoci di non muoverci con troppo clamore; il capitano fece irruzione con solo altri due collaboratori, trovarono la tavola apparecchiata ma del latitante nessuna traccia. Pensarono che gli era sfuggito ancora per un soffio ed uscendo dal casolare un maresciallo diede, per la rabbia, un calcio ad uno sgabello; questo cadde sul pavimento facendo un rumore sordo, i tre si precipitarono sul punto d'impatto e scoprirono una botola. La aprirono ed illuminarono il fondo con una torcia, all'interno c'erano il latitante e due scagnozzi che credendo ad una irruzione dei Gis si arresero invocando pietà. Questa è la storia, personaggi e interpreti: il laureato è Salvatore Sallago, il numero uno è Carmine Falieri ed il capitano è Angelo Di Santo."

Appena Pierino terminò il suo racconto decelerai istintivamente quasi come se i miei pensieri fossero così importanti da meritare più attenzione.

Il mio passeggero aveva inferto un colpo mortale alla camorra storica, era stato capace di conquistarsi la fiducia di Sallago per arrivare al latitante più pericoloso d'Italia; mi sorprendeva ancora di più come la sua regia fosse sempre stata occulta, come a lui non fossero stati attribuiti onori ufficiali. Conoscevo personalmente Angelo Di Santo, tra noi del Ros era una sorta di leggenda e la sua fama era dovuta proprio all'operazione descrittami da Pierino; questo cinquantenne dall'aspetto bonario sembrava trasformare in oro tutto ciò che toccava, ma era possibile che fosse privo di ambizioni personali e capace di regalare ad altri il frutto di un lavoro oscuro e preziosissimo?

Credo che dall'esterno dovesse sentirsi il rumore del mio cervello che si arrovellava in mille quesiti e considerazioni, persi la cognizione del tempo perché quando il mio compagno riprese a parlarmi, spazzando via il mio stato di trance, stavamo già discendendo la scalinata che porta alla grotta.

"Posso disturbarti o sei preso da pensieri gravi?"

"No scusami, stavo riflettendo su ciò che mi hai raccontato."

"Se sei d'accordo direi di dividerci i compiti in questo modo: io terrò i contatti con la Magistratura e gli organi superiori, tu svolgerai il lavoro di intelligence. Ti consiglio di non farti mai vedere troppo in giro, delega qualche sottufficiale fidato agli appostamenti, sopralluoghi ed accertamenti vari; naturalmente l'uniforme è bandita fino al termine delle indagini, ma vedo che in questo ti sei già adeguato."

Sorrisi apertamente perché quest'ultimo era un aspetto che mi piaceva tantissimo, del resto a Bologna non ero molto abituato a vestire l'uniforme. Per il resto come avrei potuto avere qualcosa da obiettare a delle considerazioni così sensate.

"Sono d'accordissimo, facciamo così."

Eravamo giunti all'interno della grotta e lo spettacolo meraviglioso mi distrasse piacevolmente dal lavoro. La volta era di colore rosato con delle formazioni calciformi molto simili a stalattiti, sulle pareti si stagliavano degli screzi di quarzo ed il lago si presentava con un fondo verde smeraldo. Al seguito della guida ci inoltrammo nei cunicoli stretti e suggestivi, ad ogni angolo si aprivano immensi saloni dalle volte infinite addobbati con mille giochi di rocce che solo la natura poteva concepire. La temperatura interna era di tepore e contribuiva, con l'assoluto silenzio, a dar vita ad un'atmosfera di magica serenità.

Il tour durò circa venti minuti, anticipai Pierino nell'elargire la mancia alla simpatica ragazza che ci aveva illustrato quelle meraviglie ed affrontammo la risalita verso il faro.

"Come si procurerà dei contanti il dottor Veneziani?"

Il mio povero compagno era leggermente in affanno per l'erta che stavamo affrontando ma non lesinò parole per svezzarmi.

"Domani andrà a trovare i benestanti a cui ha telefonato, dopo pochi preamboli dirà loro che siamo sulle tracce di una pericolosa banda di sequestratori che hanno colpito la famiglia Matta e che sono pronti ad agire ancora. Loro sono tra i probabili obiettivi dei rapitori e per stroncare questi malavitosi c'è bisogno di un certo tipo di azione che non può prescindere da cospicui investimenti in termini di lavoro e monetari. Purtroppo lo Stato con la sua burocrazia galoppante non è in grado, almeno in tempi brevi, di fornire la copertura finanziaria necessaria all'operazione e pertanto ci si appella alla lungimiranza ed al codice d'onore di questi galantuomini."

Oramai non mi stupivo più di nulla. Intervenni per dar modo a Pierino di rifiatare.

"In poche parole, se volete essere protetti dovete pagare altrimenti oggi è toccata al Matta domani chissà...."

"Proprio così, ormai in Sardegna è un discorso già collaudato da tempo ed il suo padre inventore è proprio i dottor Veneziani."

"Quanto credi che gli chiederà?"

"La cifra è standard, cento milioni a capoccia."

Anche gli ultimi gradini che ormai avevano assunto, per le nostre gambe stanche, proporzioni ciclopiche erano stati superati. Rimontammo in sella e tornammo in città. Durante il tragitto rimanemmo in silenzio, forse perché non c'erano altre parole da sprecare o forse perché rapiti dallo spettacolo della natura. Guidavo lentamente per assaporarmi immagini e profumi di quei luoghi, *Baia di Conte* era un posto meraviglioso dove si consumava una battaglia millenaria tra il mare e la terra per affermare la propria supremazia. Il risultato erano dei fiordi meravigliosi che penetravano per centinaia di metri facendo apparire il tutto come una laguna cristallina, attorniata da cespugli di mirto che si specchiavano nell'acqua. Mi ripromisi che appena sarebbe stato possibile avrei voluto nuotare in quel tratto di mare perché ero sicuro che il senso di benessere e la libertà che provavo nel guardarlo, si sarebbero decuplicati immergendomi in esso in una sorte di battesimo purificatore.

Nei giorni seguenti Pierino sparse la voce tra i suoi confidenti, sapevano che per un sequestro del genere le informazioni si pagavano molto care così i tentativi di sciacallaggio non mancarono. Il mio collega, dall'alto della sua esperienza, intuiva immediatamente le *bufale* che tentavano di propinarci e mi metteva in guardia in modo talmente diplomatico da far sembrare che fossi io a decretare l'inattendibilità della soffiata. Lavorammo molto anche sulla richiesta di riscatto: dodici miliardi. Grazie alla Guardia di Finanza stabilimmo che quella fosse una cifra facilmente sopportabile dai Matta che potevano offrire grosse garanzie di pagamento, del resto era risaputo che l'Anonima sequestri sbagliasse raramente i conti sui suoi rapiti. La richiesta di riscatto giunse per posta in busta chiusa, usarono un normografo e si espressero in un italiano corretto; la busta fu imbucata ad Alghero così come ci aspettavamo che fosse, era naturale pensare che i sequestratori non ci dessero altri riferimenti geografici oltre quello che avevamo già. Nonostante il nostro impegno i risultati ottenuti dopo settimane di indagini erano pressoché nulli; i miei superiori mi pressavano con continue richieste di aggiornamenti ma lo scenario rimaneva costantemente immutato.

Da Roma mi era stato ribadito l'invito a far capo esclusivamente a Pierino senza badare ai canali gerarchici istituzionali e, per fortuna, da quella parte non mi arrivavano pressioni; il mio mentore sembrava agitato come un pensionato che cura le sue rose, nulla pareva turbarlo e mi invitava soltanto a far effettuare indagini su tutto ciò che potesse venirmi in mente. Queste indagini le affidavo principalmente a Spanu e Gargiulo, i quali con grande professionalità mi relazionavano in pochi giorni su quanto fosse emerso dal loro lavoro; feci controllare i numeri di targa di tutte le auto fermate sull'isola dai nostri posti di blocco nelle tre settimane antecedenti il sequestro, in tal modo cercavo un collegamento tra qualche targa che era stata vista nel mio territorio e da qualche altra parte nello stesso giorno. Ci fu un solo riscontro che ci fece risalire però ad un agente di commercio che ogni giorno si spostava da Nuoro ad Alghero per lavoro, gli accertamenti che conducemmo sulla persona diedero responso negativo. Controllammo i proprietari di tutte le auto fermate dalle pattuglie di Polizia e Carabinieri in un raggio di cinque chilometri dalla tenuta dei Matta a partire da trenta giorni prima del sequestro, anche in questo caso facemmo un buco nell'acqua. Erano passati quarantacinque giorni e lo scoramento cominciava ad assalirmi soprattutto perché mi sentivo incapace di aiutare una persona in difficoltà, forse rappresentavo la sua unica possibilità di salvezza e mi sembrava di non fare abbastanza per lui. Pierino mi rincuorava con la sua saggezza:

"Stai calmo, stiamo lavorando bene, non aver fretta. Stendiamo una rete con le maglie più fitte possibili e vedrai che i nostri pesciolini prima o poi abboccheranno."

In effetti era proprio quello che stavamo facendo, analizzavamo una quantità di dati apparentemente disparati e cercavamo un collegamento che saltasse fuori: avevamo sotto controllo i movimenti della delinquenza nuorese, rubricavamo qualsiasi bossolo esploso ritrovato nell'isola, registravamo le migrazioni dei servi pastori, tenevamo in considerazione le denunce di furto d'auto ed i ritrovamenti effettuati. Sembrava una sorta di domino in cui stavamo piazzando tutte le tessere, in attesa che la caduta di una coinvolgesse le altre mille.

Un sabato mattina verso ora di pranzo il centralino mi passò una chiamata inattesa:

"Signor capitano c'è al telefono la signorina Marina che chiede di lei..."

"Passamela pure!"

Avevo pensato molto a lei in quei giorni in cui nulla sembrava portare a qualcosa di concreto, avrei voluto chiamarla ma mi tratteneva il fatto di non poterle dare nessuna speranza concreta.

"Pronto?"

"Ciao sono Marina, come stai."

"Stiamo lavorando duro...."

"Non voglio sapere come vanno le indagini.... mi chiedevo se potevamo incontrarci perché volevo parlarti..."

"Ma certo quando vuoi..."

"Perché non pranziamo insieme, ti aspetto nel parcheggio di *Su Giudeu* tra mezz'ora."

"Va benissimo, tra mezz'ora sarò lì, a tra poco."

Il ristorante dove mi aveva dato appuntamento distava una decina di chilometri, chiamai Spanu per chiedergli conferma della distanza.

"Esattamente comandante, è proprio quello lungo la panoramica.

Ha bisogno dell'autista?"

"No grazie Spanu, vado in moto."

Salii in alloggio per cambiarmi e mentre indossavo i jeans pensavo a quale notizia avrebbe potuto darmi Marina, magari sarebbe stata proprio lei a dare una svolta alle indagini. Mi chiesi se fosse stato il caso di avvertire Pierino, ma avevo poco tempo e decisi di parlargliene a cose fatte.

Lungo il breve tragitto che mi separava dal luogo dell'appuntamento mi accorsi di essere molto teso ed emozionato per questo incontro, la responsabilità che avevo verso quella donna era enorme e sentivo che dovevo darle una speranza. Una speranza concreta, palpabile così come la nutrivo io; avrei voluto usare le metafore di Pierino, dirle che avevamo gettato le reti e che presto avremmo raccolto il risultato dei nostri sforzi ma dubitavo che avesse voglia e tempo di ascoltare queste astrattezze.

Giunsi nel parcheggio del ristorante sollevando un gran polverone a causa della ghiaia poco battuta, mi guardai intorno ma non riuscii a scorgere Marina; mi sfilai il casco ed appoggiai la moto sul cavalletto centrale quando un colpo di clacson attirò la mia attenzione. Da una station-wagon blu, una donna mi salutava; ero contro sole ma col diminuire della distanza riconobbi la mia amica, la sua abbronzatura era sparita ed era dimagrita vistosamente.

"Ciao, è molto che aspetti?"

"No sono appena arrivata anch'io, dai sali che andiamo…"

"Ma non è qui che pranziamo?"

"No, non mi va… c'è troppa gente… vorrei andare in un posto che conosco, se non ti dispiace."

Salii a bordo dell'auto e ci salutammo con due baci, il suo profumo era sempre lo stesso ma aveva l'aria di una persona che soffriva pur essendo in ordine come sempre. Guidò con molta calma senza rivolgermi la parola, sembrava rincorrere i suoi pensieri come in un girotondo infinito; le guardavo gli occhi che ricordavo belli e scorgevo un velo che li appannava togliendo loro luce e vitalità, gli zigomi erano più pronunciati e le mani ossute ma nonostante tutto rimaneva una donna molto bella. Ad un tratto svoltò per una stradina bianca che si inoltrava tra due filari di olivi, procedemmo molto lentamente a causa delle buche e cominciai a domandarmi quale fosse la nostra destinazione; dopo trecento metri ebbi la risposta, Marina accostò la macchina accanto ad un terrapieno e spense il motore.

"Siamo arrivati, scendiamo?"

La seguii scendendo dalla portiera di sinistra essendo la mia bloccata dal parete di terreno, mentre passavo da un sedile all'altro lei prese qualcosa nel portabagagli. Finalmente capii il suo programma, cingeva nelle mani un cestino da picnic ed un plaid a quadri verdi e blu; la aiutai a portare il cesto e ci inerpicammo per scavalcare il terrapieno, aldilà di questo piccolo costone lo spettacolo era meraviglioso. Una distesa di trifoglio correva lungo un terrazzamento che finiva a strapiombo sul mare, il vento fresco portava fin lassù l'aria salmastra ed i versi dei gabbiani giungeva forte e stridulo; sembrava un paesaggio della Cornovaglia ma il mare era inconfondibilmente mediterraneo. Lei si appoggiò al mio braccio e camminammo fino a quando non giungemmo al centro del terrazzamento.

"Ecco qui va bene."

Spiegammo il plaid e ci sedemmo, mi sentivo a mio agio anche se la situazione era un po' insolita; Marina si sdraiò respirando forte l'odore del mare, chiuse gli occhi facendosi cullare dal sole ed in quel momento, tra le braccia della natura, sembrò riacquistare un po' di serenità.

Cominciò a parlarmi e mi resi conto che quella donna non aveva telefonato ad un capitano dei carabinieri ma ad un amico con il quale voleva dare corpo ai suoi pensieri.

"Ho un orso dentro, ruggisce, tira unghiate e lacera la mia anima. Mi sembra tutto così irreale eppure il dolore è così vivo e palpabile; mi sento morta e morti sono i miei sentimenti per la vita, mi sta scivolando via tra le dita ed io non faccio niente per trattenerla. Tutto mi è indifferente, perfino la sorte del mio uomo, che a questo punto non so se rivedrò mai più, scivola nei miei pensieri senza lasciare traccia. Svegliarmi al mattino e sperare che sia già notte per ripiombare nell'oblio del sonno, temere le tenebre ed invocare la luce del sole che spazzi via i fantasmi: questa è ormai la mia vita! Nulla mi da piacere, nemmeno la vista del miracolo della natura, nemmeno il freddo cordoglio di parenti a me sconosciuti, di visi inespressivi, di mani ed anime defunte. La morte dei miei sogni è già avvenuta, i miei ideali non esistono più, sono andate dietro le quinte ed ho scoperto che tutto ciò che mi affascinava era solo scenografia; questo spettacolo mi disgusta ed il biglietto che ho pagato è stato fin troppo costoso. Odio questa famiglia che fa i conti sulla pelle di un figlio, odio questa razza che ti toglie la vita di chi ami, odio questa terra così bella che partorisce ignoranza e bestialità. Anche il mio corpo è vicino alla fine ma oggi ho deciso che non cadrò, devo uscire dalla prigione che rinchiude la mia intelligenza, ritrovare la chiave che porta alla ragione, la scintilla dell'emozione, il caldo fiato dei sentimenti. Non mi piace questa vita perché vita non è, tutto è vuoto, falso, artefatto... voglio un pontile che si specchia nel lago, voglio percorrerlo a piedi nudi sentendo la storia che scorre sotto di essi, voglio ascoltare lo scricchiolio delle assi, voglio inebriarmi con le cime che mi circondano, voglio un vento leggero che sollevi la mia veste chiara, voglio sedermi con le gambe ciondolanti, voglio il tocco fresco dell'acqua che spalanchi la porta della mia prigione. Voglio piangere e disperarmi per un uomo che non mi chiama, voglio essere povera da non poter partire per le vacanze, voglio che la nostra stanza diventi un isola tropicale, voglio essere amata ed amare senza condizioni... farò crollare questo edificio di ricchezza e consuetudine che non ha nulla da darmi, che non mi fa crollare, che umilia la mia essenza... il mio uomo forse è morto ma il dolore non lo fa rivivere, nulla è più come prima nulla è come voglio che sia."

Marina si alzò e cominciò a camminare sul prato di trifogli con le braccia larghe, come se volasse. La guardavo e capivo il dolore di una vita che non era quella sognata, l'estremo tentativo di ribellarsi ad un finale scontato che non provoca emozioni. Dal cestino del pranzo affioravano le pagine svolazzanti di un block- notes, lo tirai fuori e lessi parole alla rinfusa; disegni appena accennati si perdevano nella massa informe dell'inchiostro, quasi come i prigioni di Michelangelo non riuscivano a prendere vita. Una poesia attirò la mia attenzione.

" Il vento soffia, la sabbia accarezza la mia pelle, la vita ha abbandonato i miei occhi, rughe sul mio viso accolgono i miei tristi ricordi. La luce nera della notte sommerge il mio cuore, urla di uccelli trafiggono il cielo immobile e la sofferenza si posa sulle mie spalle nude. L'ombra silenziosa segue i miei passi lenti, il tempo indifferente suona le sue note, l'eco beffarda gioca nell'assenza di significato e il vuoto disperde l'ultimo frammento di senso..... Il mio piccolo sogno è grande. Desiderare, desiderare e poi ancora......Una nottata calda, un vento leggero che accarezza le vele, le onde che cullano la barca, un dolce dondolio musicale accompagna i movimenti, un'allegra danza porta via con se le ore. Un esercito di stelle luminose sembra seguire le ali in una marcia travolgente. E poi? Un'alba eterna, alla ricerca continua del sole. Sovvertire le leggi e seguire per sempre la vita, migrando continuamente senza per questo sentirsi confusamente persi. Non è questa la salvezza? Non è questo l'unico senso possibile? Le ali della speranza volano in alto dove il sogno vero è la realtà e dove arrendersi significa morire. Bruciarsi in volo e precipitare? Perdersi nelle acque e affondare? Dove c'è vita la paura di rischiare non esiste e il battito non cesserà mai ma evanescente confonderà la sua melodia nel ciclo eterno... "

Quando smisi di leggere mi sorpresi a piangere, riposi il quaderno e mi incamminai verso la mia amica; avevo gli occhi lucidi ma non me ne vergognavo, sentivo che in quell'istante le nostre anime vibravano all'unisono, la raggiunsi e la abbracciai forte, tornammo verso il plaid arrampicati l'uno sull'altra. Ci sdraiammo tenendoci stretti come due bambini impauriti dal temporale e stemmo li' senza sprecare inutili parole; dopo più di un ora consumammo i nostri panini rimanendo sempre appiccicati, cercando nel contatto dei nostri corpi l'unico legame con la realtà.

Il sole cominciava ad abbassarsi sullo specchio d'acqua dorata e le prime ombre spezzavano i profili degli alberi, noi eravamo ancora li', mano nella mano, a cercare il coraggio di cambiare le nostre vite.

"Tra poco sarà buio, è meglio che andiamo...La mia prigione mi attende."

La voce di Marina era lieve, forse rassegnata o forse consapevole di aver impresso una svolta alla sua vita. Mi piaceva pensare che fosse quest'ultima ipotesi quella giusta e di aver contribuito a darle la forza di guardare in se stessa per capire ciò che cercava. A volte nel nostro cuore rimangono dei sogni inascoltati, ghettizzati come fantasie, smontati dalla razionalità adulta; un momento, una persona ci aiutano a ritrovarli e ci sentiamo finalmente completi, il nostro scopo sarà quello di realizzarli. Saremo poi appagati? Forse no, forse allora cercheremo qualcos'altro da inseguire ma è in questo interminabile rincorrere, in questa diaspora sentimentale che è l'essenza della vita; guai ad accontentarsi, guai a pensare di aver realizzato tutto ciò che si voleva, è quello il momento in cui si permette alla morte di insinuarsi nei nostri pensieri e nelle nostre membra. Gli ideali sono la nostra essenza, ciò in cui crediamo è la nostra anima; l'omologazione impostaci ci distrugge inesorabilmente giorno dopo giorno.

Per me era stato un giorno fantastico, fruttuoso come nessun altro.

Tornavo al mio lavoro con una carica nuova, un'energia ritrovata non nel dover restituire ad una donna il suo futuro marito ma nel voler portare a termine un progetto, un sogno, una volontà. Ero certo che avremmo liberato il Matta, lo sentivo dentro di me perché era quello che volevo, che volevamo io e quella donna che era pronta a prendere altre strade.

Tornammo al parcheggio del ristorante e Marina accostò accanto alla mia moto, mi abbracciò forte baciandomi con impeto le guance.

"Voglio stare un po' da sola a riflettere, ti chiamo, se posso…"

"Certo che puoi, in ogni momento io ci sarò."

Ci abbracciammo nuovamente, scesi dall'auto ed inforcai la moto. Marina partì in direzione opposta.

Capitolo 3

Siete mai stati in mare durante una tempesta? Arriva quando meno te l'aspetti, navighi tranquillo sotto un cielo terso e tutto intorno è vita.

Quando la calma sopraggiunge improvvisa bisogna cominciare a preoccuparsi: il vento scema, le vele si sgonfiano, i gabbiani si posano sugli scogli. E' questione di attimi, lunghi o brevi non ha importanza, sai che la tempesta sta arrivando; il vento rinforza, nuvole minacciose oscurano il cielo, nell'aria odore di pioggia, la superficie del mare riflette i nembi e si increspa. Si scatena la tempesta, la pioggia scende violenta facendoti male, la tua barca è in balia delle onde che ti spingono ovunque, sai che devi tenere la rotta e prima o poi arriverai in porto, ti senti impaurito ma vivo, stanco ma felice.

Quella mattina capii che la quiete stava per essere spazzata via dalla tempesta in arrivo, mi bastarono pochi segnali per capirlo. Prima di tutto la radiosveglia. Aprii gli occhi prima ancora che cominciasse a trasmettere la musica di Radio Rap 91, erano le 7 in punto e mi sentivo forte, riposato ed impaziente di cominciare la giornata. Mi venne in mente Alen Boksic che in una partita in cui la sua squadra perdeva di due gol, tornò in campo per il secondo tempo cinque minuti prima di tutti gli altri; mordeva il freno, voleva ricominciare subito a giocare, alla ripresa del gioco distrusse da solo la squadra avversaria segnando tre gol. Mi stesi sul pavimento e feci una ventina di piegamenti sulle braccia, mi sentivo tanto un pugile prima del campionato del mondo. La radio cominciò a suonare.

"Come andava meglio qualche anno fa, quando ero piccolino

quando ero un po' bambino. Ero sempre spensierato, ogni tanto preoccupato, ma soltanto da pensieri, oggi invece di problemi spesso sono tormentato. Il gustarsi la giornata, era regola era legge, era frutto di un'età che mai più ritornerà. Tanti amici, quanta gente, spesso molto divertente, ora solo, sconsolato, sempre triste, preoccupato, da coglioni circondato, resto fermo non mi muovo. Non ho più niente di nuovo che mi faccia un po' gioire che mi possa divertire. Le giornate sono lente con pochi diversivi, non si conclude niente, sono ripetitive. Fatti, situazioni, discorsi, emozioni, sempre tutto uguale che rottura di coglioni. Ciao, buongiorno, ci sono novità'? Qualcuno mi ha cercato? Pigliamoci un caffè'! Mi trovi al cellulare! Sto uscendo a fare un giro! Intanto passa il tempo e non posso trattenerlo, cos'è' che è successo? Che cosa mi ha cambiato? Perché sono confuso? Cos'è che non ti ho dato? Ho sbagliato in qualche cosa che mai più ritornerà e per questo sogno sempre, ciò che ho sempre trascurato, i momenti della vita che non ho considerato."

La canzone mi caricò ancora di più, volevo reagire e dare una scossa a tutto ciò che mi circondava. Scesi le scale che portavano al mio ufficio due gradini alla volta ed entrai di corsa, seduto alla mia scrivania c'era Pierino. Per lui era di vitale importanza non farsi vedere mai accanto a carabinieri in divisa, se era venuto addirittura in caserma doveva essere successo qualcosa di grosso.

"Che succede?"

"Scusami se sono entrato senza avvisarti, ho parlato con Spanu..."

"Lascia perdere, cosa è successo?"

"Un rifugio, sembra abbiano trovato un covo dove sarebbe stato detenuto il Matta. E' vicino Desulo..."

"Chi l'ha trovato, un nostro informatore?"

"No ha fatto tutto il Comando Provinciale attraverso il loro reparto operativo, hanno già avvisato tutti. Dobbiamo andare a dare un occhiata."

"Che facciamo ancora qui, ci stanno mangiando la polpetta nel piatto... Spanu!"

Il maresciallo entrò nello stesso istante in cui lo chiamavo.

"Comandante la macchina è già pronta, andiamo?"

Salimmo in macchina e rimanemmo per un po' in silenzio, io ed il mio sottufficiale eravamo eccitatissimi sia perché potevamo fare la figura dei fessi sia perché poteva esserci una svolta nelle indagini, Pierino sembrava invece pensieroso, quasi sorpreso. Il silenzio fu rotto dopo un quarto d'ora dal cellulare del collega.

"Pronto, si ? Sei sicuro? Fammi sapere chi è stato, asibbiri."

Pierino ripose il cellulare nella giacca, mi guardo per alcuni istanti e poi disse:

"Era il mio migliore informatore, dice che è impossibile che il rapito sia stato tenuto in quel territorio senza che lui lo sapesse. Devo credergli perché quando ero alla Dia mi ha dato delle soffiate straordinarie…"

"Allora che sta succedendo?"

"Non lo so, andiamo a vedere e capiremo."

Spanu intervenne a bassa voce, non so se per paura di intromettersi o per la gravità di ciò che disse:

"Qualcuno ci sta depistando."

Mi voltai per guardare in viso Pierino, lui fece un accenno di sorriso come se sospettasse che il sottufficiale avesse colto nel segno poi posò una mano sulla spalla del maresciallo.

"Arriviamo lì e lo capiremo."

Dopo un po' fui io a rompere il silenzio che si era fatto così profondo quasi da far sentire il rumore dei nostri cervelli in azione.

"Come ti sei trovato alla Dia?"

Pierino mi guardò un po' incredulo per quella domanda che non si integrava affatto con il momento che stavamo vivendo, tirò un sospiro e comincia parlare.

"La Dia è una cazzata…. Tu forse non te lo ricordi ma la sua istituzione fu una scelta politica, in questi organismi si acuisce soltanto la rivalità tra i corpi di polizia. Se il capo centro è della Finanza lavoreranno bene solo i finanzieri, se è un poliziotto solo la Polizia, se è un carabiniere solo i Carabinieri. Quando fu istituita la Dia fu dato ordine ai Ros di mettere a disposizione del nuovo organismo un certo numero di persone, mi sembra entro trenta giorni; naturalmente i Ros funzionavano, tu ci sei stato e lo sai, e non avevano nessuna intenzione di privarsi degli uomini migliori, così fecero un interpellanza presso tutti i comandi stazione. Reclutarono un po' di marescialli e brigadieri che non vedevano l'ora di evadere dai paesini di provincia, li tennero dieci giorni con loro per dargli l'ufficialità di appartenere ai Ros, poi li passarono alla Dia allettandoli con un guadagno economico migliore. Così l'organismo investigativo per eccellenza fu formato con una pletora di novellini, e lo stesso fecero la Polizia e la Guardia di Finanza. Questo succede quando i politici ed i magistrati, che già non sanno fare il loro mestiere, si mettono in mente di fare anche i poliziotti."

Ascoltare Pierino era come avere accesso ai trucchi cinematografici dello spettacolo che ti propongono, conoscendoli più niente ti sbalordisce.

Arrivammo nelle campagne di Desulo e Pierino diede indicazioni a Spanu sulla strada da seguire per giungere sul luogo del covo, nella stretta mulattiera che si addentrava in un appezzamento fortemente coltivato c'era già un discreto traffico di pattuglie ed auto blu. Giungemmo su uno spiazzale dove venivano bloccate le auto e proseguimmo a piedi, io mi accodai al collega mentre Spanu partì come un segugio a caccia di notizie presso i sottufficiali. Ci avvicinammo con discrezione al luogo di interesse e vedemmo il mio Comandante provinciale che dava spiegazioni a tutti, sembrava che fosse ad un ricevimento così com'era tronfio nella propria ignoranza. La prigione era costituita da una capanna rudimentale costruita all'interno di una cavità naturale del terreno, per terra c'erano alcune stuoie e delle scatolette di carne vuote, agganciata alla roccia c'era una catena alla cui estremità si trovava un ceppo usato per legare il prigioniero. Stemmo a curiosare per qualche minuto senza degnare di una parola il Comandante provinciale, poi Pierino mi chiamò in disparte.

"Cosa ne pensi Rossi?"

"Sono sicuro che è un depistaggio, la zona è troppo accessibile, i rumori possono essere uditi a grande distanza e la paglia è troppo secca come se non avesse mai preso l'umidità della notte."

"Lo sapevo che eri sveglio... ma non è tutto. I sequestratori non mangiano la Simmenthal, non lasciano rifiuti e non usano un ceppo da bue per incatenare un cristiano!"

In quel mentre giunse l'auto del generale Comandante della regione, Pierino partì deciso verso di lui precedendo tutti gli altri.

Si affiancò al generale che gli strinse la mano e gli sussurrò:

"Signor generale attenzione che è una bufala."

Il comandante si avviò verso la capanna accolto con soddisfazione dagli altri ufficiali, io e Pierino ci tenemmo distanti alcuni metri. Numerose testate giornalistiche e televisioni stavano cominciando ad affluire sul posto, il generale mandò il suo aiutante a dare disposizioni di tenere tutti alla larga fino ad un suo nuovo ordine. Ascoltò il rapporto del Comandante provinciale con grande interesse poi chiese a tutti di allontanarsi per rimanere da solo con il tenente colonnello, parlò con lui qualche altro secondo poi si voltò verso di noi facendoci segno di avvicinarci.

"Maggiore, il colonnello mi dice che le su fonti sono più che attendibili. Vuole spiegare la sua diffidenza?"

"Signor generale se permette il capitano Rossi saprà darle spiegazioni più dettagliate."

La mossa di Pierino mi spiazzò ma fu solo per un attimo, venni preso dalla mia passione per l'oratoria e cominciai ad esporre con tono aulico.

"Signor generale come ella stessa avrà notato la zona si trova immediatamente a ridosso di grosse vie di comunicazione ed essendo ubicata in un fondo agricolo è facilmente individuabile da persone di passaggio. L'anfratto è troppo visibile ed il pagliericcio usato appare troppo fresco, come se fosse stato messo lì da poco. Anche le scatole di carne appaiono molto scenografiche ma ancora un altro elemento ci fa dubitare in maniera definitiva della attendibilità di questa segnalazione." Mi avvicinai alla catena ed infilai prima una gamba, poi un braccio poi tutti e due gli arti alla volta nel ceppo, mostrando come riuscissi sempre a liberarmi per le dimensioni eccessive dello strumento.

"L'unico punto idoneo ad essere legato con tale sistema è la testa ma dubitiamo fortemente che si possa incatenare così una persona. Per finire, signor generale, le nostre fonti che sono altrettanto attendibili escludono categoricamente la presenza del sequestrato in questa zona."

Il generale chiamò a se anche il comandante provinciale di Nuoro il quale disse di essere stato informato da Sassari a cose già avvenute, poi chiese quale fosse la fonte della segnalazione ed apprendemmo che si trattava del proprietario del fondo.

Fu indicato un uomo tarchiato che sostava vicino ad una gazzella, Pierino partì deciso verso di lui e si chiuse all'interno di una macchina con il presunto sciacallo. Ci avvicinammo anche noi e sentimmo Pierino parlare concitatamente in un dialetto strettissimo, dopo due minuti scese dall'auto.

"Ha organizzato lui tutta la messinscena, ha un figlio di vent'anni e voleva farlo entrare nell'Arma. Cercava una raccomandazione."

Il generale si voltò verso il comandante provinciale di Sassari.

"Colonnello la aspetto alle quattro nel mio ufficio. Grazie Maggiore, buon lavoro Rossi."

Ci allontanammo in fretta per non infliggere un ulteriore smacco al mio superiore diretto e ci infilammo in macchina dove ci aspettava Spanu, appena usciti dalla strada di campagna cominciammo tutti e tre a ridere a crepapelle.

Il nostro umore era altissimo, i nemici erano stati ridicolizzati ed ora era chiaro per tutti che non tolleravamo intrusioni nella nostra indagine. Le sensazioni positive della mattina non erano state scalfite da quel contrattempo ma si erano addirittura rafforzate per il risultato positivo; non poteva essere certo il tentativo maldestro di un contadino a bloccare l'aurea favorevole da cui mi sentivo circondato. Le sensazioni furono rafforzate dalle due telefonate che si susseguirono a breve distanza l'una dall'altra, la prima la ricevette Pierino.

"Pronto, chi sei? Si mi interessa.... di questo non devi preoccuparti . Alle due alla Esso di Fertilia... si può fare se la merce è buona... allora a dopo."

Aspettavamo con impazienza che il collega ci ragguagliasse sul contenuto di quella telefonata, l'attesa non durò a lungo.

"Era un informatore, ha detto che aveva delle notizie determinanti per la nostra indagine. La persona è affidabile, ha chiesto dieci milioni ed un favore per suo fratello; se non avesse qualcosa di grosso non si azzarderebbe a chiedere tanto. Devo passare da Veneziani a prendere i soldi, dopo l'appuntamento ci incontriamo così ti ragguaglio…"

Pierino fu interrotto dal trillo del mio cellulare. Sul display apparve il nome di Gargiulo.

"Dimmi Gargiulo… quando è successo? Era nei nostri tabulati? Che compagnia c'è lì? Non sai chi la comanda? Non preoccuparti lo chiedo a Spanu, grazie."

I miei compagni di viaggio non dovettero attendere per conoscere la novità.

"Hanno ripescato un'automobile nel lago Omodeo, risulta rubata a Villagrande Strisaili il giorno prima del rapimento ma non c'è riscontro nei controlli effettuati nella zona di Olbia. Comunque credo che valga la pena andare a dare un'occhiata, Spanu chi comanda la compagnia di Ghilarza?

"Dovrebbe esserci ancora il capitano Pastelli, lo conosco abbastanza…"

"Io invece lo conosco molto bene perché abbiamo lavorato insieme, è un ragazzo molto disponibile. Sai che facciamo Rossi andiamo lì, mi faccio dare una macchina per tornare ad Alghero e tu guardi un po' questo ripescaggio. Non preoccuparti se la targa non ha riscontro nei posti di blocco, i sopralluoghi non li fanno con un'auto rubata è troppo rischioso e poi se è stata rubata il giorno prima…"

L'osservazione di Pierino era logica e corretta, mi vergognai per essere stato così superficiale ma accettai la lezione del collega.

Dopo circa mezz'ora scorgemmo in lontananza il bacino sulla cui riva stava armeggiando una gru, proseguimmo per il comando della Compagnia dove ci accolse un maresciallo.

"Il comandante è giù al lago per repertare l'automobile."

Lasciammo Pierino e ci recammo sul posto.

"Ciao sono Rossi, mi puoi dare qualche notizia?"

"Ciao mi chiamo Pastelli. La macchina risulta rubata a Villagrande anche se il proprietario abita a Bitti, dice che si trovava lì per fare delle spese. Ad un primo esame non sembra che ci siano macchie di sangue od indumenti ma stiamo ancora repertando."

"Ti dispiace se do un'occhiata?"

"Figurati fai come vuoi."

Mi avvicinai alla Uno con circospezione quasi come se non volessi intimidirla, ero sicura che quell'automobile mi avrebbe detto qualcosa di interessante ma non volevo metterle fretta. Girai intorno cercando di tenere la mente sgombra dai pensieri, volevo che qualcosa colpisse la mia attenzione ma non sapevo cosa. Continuai a muovermi come un avvoltoio intorno alla preda, guardavo senza vedere fin quando l'interruttore non si accese e scoccò l'ispirazione. Il sole fece risplendere la scritta Uno ed in quell'istante pregresse esperienze si affollarono nella mia mente, ora mi muovevo come un automa guidato dall'istinto primordiale. Mi mossi in senso antiorario: controllai la portiera del guidatore che mi sembrò intatta, passai al portabagagli che non presentava tracce di effrazione, poi fu la volta della portiera di destra. Un sorriso nacque spontaneo sul mio viso, l'istinto non mi aveva tradito.

"Spanu venga qui..."

"Buone notizie signor capitano?"

"Ottime, credo proprio che stiano cominciando ad abboccare..."

Chiesi a Pastelli di far smontare la serratura della portiera, un appuntato eseguì mentre un suo collega verbalizzava il tutto. Quando ebbi il cilindretto tra le mani mi feci dare una pinzetta sottile ed estrassi un pezzetto di plastica scuro, sorrisi nuovamente.

"Per te significa qualcosa?"

Non mi sembrò il caso di dare troppe spiegazioni al collega, risposi evasivamente ringraziandolo per la sua cortesia e riprendemmo la strada di casa.

Rimasi a lungo assorto nelle congetture che andavo costruendo, mi apparivano nitide e plausibile facendo nascere in me uno stato di eccitazione. Quando riemersi dalle mie elucubrazioni mi rivolsi al sottufficiale.

"Spanu che ne diresti se io e Pierino venissimo a cena da te stasera? Potremmo fare il punto della situazione..."

"Signor capitano mia moglie ne sarebbe felice, la chiamo subito!"

La porta di casa Spanu era proprio di fronte a quella del mio alloggio, aspettai le otto e mezza per presentarmi con una bottiglia di vino e dei fiori per la signora che avevo mandato a comprare nel pomeriggio. Ero ritemprato dalla doccia appena fatta e dai miei convincimenti che, man mano che il tempo passava, mi sembravano sempre più plausibili. Non vedevo l'ora di fare il punto della situazione con Pierino e di conoscere la soffiata fattagli dal suo confidente.

"Buonasera   signor   capitano,   si   accomodi.   Non   doveva disturbarsi... Ignazia vieni che c'è il capitano!"

La signora Spanu arrivò con il grembiule da cuoca, mi ringraziò infinitamente per i fiori ed invitò il marito a fare gli onori di casa mentre lei continuava la preparazione della cena. Ci sedemmo in soggiorno dove il maresciallo mi offrì un aperitivo e dove cominciammo a chiacchierare un po'; i figli che crescono, i sacrifici delle nostre compagne, la preoccupazione per il futuro, furono gli argomenti che trattammo con frasi e concetti di una certa ovvietà. Mi sembrava di assistere ad una recita, eravamo lì a sforzarci di sembrare tranquilli quando era palpabile la voglia di affrontare subito l'argomento lavorativo che ci premeva. Nella vita credo che i rituali siano però importanti, creano una certa sacralità che prescinde dalla mera apparenza ma sui trasforma in sostanza perché infonde nei partecipanti la convinzione di essere attori di un avvenimento. L'ingresso in scena di Pierino avvenne circa un quarto d'ora dopo il mio, arrivò con una bottiglia di spumante e consegnandola a Spanu pronunciò   una   frase   sibillina   che   contribuì   ad   accrescere ulteriormente l'attesa.

"Stasera dobbiamo festeggiare..."

La signora Ignazia ci preparò una cena luculliana: antipasto di bocconi di mare e bottarga, spaghetti con arselle, aragosta alla catalana, sebadas, dolcetti e malvasia. A fine pasto ci spostammo in soggiorno per il caffè ed il mirto. Fu Pierino a rompere gli indugi.

"Come è andata al lago, qualcosa di interessante?"

Era il momento di spiegare la mia teoria, ero sicuro della bontà delle mie idee e volevo esporle nella maniera più convincente possibile. Bevvi un sorso di caffè prima di cominciare.

"Quando lavoravo al Ros di Bologna mi occupai della banda della Uno bianca. Un particolare che ci colpì dopo qualche tempo fu che le auto rubate non presentavano segni di effrazione; scoprimmo che i banditi introducevano la banda magnetica delle schede telefoniche nella serratura della portiera, la plastica veniva rigata riproducendo fedelmente la dentatura della serratura, su quel calco veniva costruita la chiave falsa. Avrebbero potuto facilmente forzare lo sportello ma quei pazzi criminali si sentivano più furbi di tutti, la loro era una dimostrazione di arte delinquenziale. Questa tecnica non si era mai vista prima e dopo l'arresto dei due fratelli non mi risulta che sia stata perpetrata da qualcun altro. La macchina che hanno trovato nel lago Omodeo aveva nella serratura della portiera destra un pezzetto di scheda telefonica; questo mi fa supporre che non ci troviamo di fronte all'opera di qualche ragazzino che ruba per farsi una corsa in auto ma all'azione di una banda ben organizzata. Il fatto che il furto sia avvenuto la sera prima del rapimento rafforza l'ipotesi che quella è l'auto usata per colpire il Matta. Mi ricordo che uno dei due fratelli andava spesso a mangiare in una pizzeria di Cattolica, gestita da un sardo che si chiamava Mario Pinna; le indagini esclusero qualsiasi suo coinvolgimento nella vicenda ma resta il fatto che conosceva i banditi."

Pierino seguì il mio discorso annuendo ampiamente, lo stesso fece il maresciallo anche se in maniera più discreta.

"Bravo Rossi! Veramente ottimo! Ti dirò di più oggi ho avuto notizia certa di un fatto che non era mai accaduto prima in Sardegna... il Matta non è sull'isola. Lo so che è difficile da credere ma il confidente ha un fratello a Porto Azzurro, ha troppo da perdere per esporsi con una notizia falsa."

La notizia di Pierino mi spiazzò, possibile che non si trattasse dell'Anonima sequestri?

"Ma la tecnica usata e la richiesta di riscatto sono quello tipiche..."

"Hai ragione Rossi, infatti nessuno può permettersi di venire a mangiare nel piatto degli altri senza pagare un prezzo. L'organizzazione logistica è troppo importante per non essere effettuata da sardi ed anche se così fosse stato, se qualcun altro fosse venuto in Sardegna per un rapimento, avremmo il suo nome servito su un piatto d'argento. Credo che invece l'opera sia frutto della criminalità locale che ha poi venduto l'ostaggio."

Spanu interruppe il ragionamento di Pierino.

"Di solito questo avviene, però si vende l'ostaggio ad un latitante che così può, per così dire, approfittare della sua condizione per guadagnare qualcosa."

"Già, ma questa volta non è andata così e mi sto chiedendo perché abbiano venduto l'ostaggio."

Avevo bisogno di riflettere con calma, di cercare dei riscontri e l'ora tarda non favoriva di certo la concentrazione; volevo andare a dormire per ricominciare la caccia l'indomani.

"Sentite io direi di fare così: io batterò la pista della Uno bianca, Spanu traccerà le possibili destinazioni del rapito e Pierino continuerà a sondare il sottobosco degli informatori. Ormai l'abbrivo è preso dobbiamo cercare di non far spegnere il motore e sono sicuro che arriveremo al traguardo."

Ci salutammo, ringraziammo la padrona di casa per l'ospitalità e ci avviamo a riposare consapevoli che il bello stava appena cominciando.

Entrai nel mio alloggio con la consapevolezza che non mi sarebbe stato tanto facile addormentarmi, la mia mente era ancora troppo vigile e concentrata sulle indagini. Una doccia bollente avrebbe potuto rilassarmi ma non ne ero certo, mi sdraiai sul letto, accesi il televisore e cercai un programma che mi conciliasse il sonno; vagai un po' tra donne procaci dalla voce sensuale, interviste a personaggi sconosciuti e televendite di materassi. Nulla faceva al caso mio, cercavo delle immagini belle che mi riconciliassero con qualcos'altro oltre il lavoro, qualcosa che mi portasse a momenti sereni e spensierati; diedi un'occhiata al videoregistratore e cercai tra le videocassette impolverate che avevo sulla scrivania, trovai finalmente quello che mi ci voleva: Diego Armando Maradona.

Il mattino successivo feci colazione al bar e subito dopo mi recai dal barbiere, mi feci tagliare i capelli molto corti. Seguivo una ritualità che mi accompagnava spesso, il momento era topico ed il cambiamento estetico mi dava sicurezza, forza e concentrazione; era quasi il tentativo dia dare una svolta, di visualizzare il cambiamento che da quel momento in poi ci sarebbe stato.

Tornai con molta calma in ufficio, appena sedutomi alla scrivania fui raggiunto da Spanu.

"Buongiorno comandante. Con i capelli corti i pensieri circolano meglio, vero?"

Non risposi alla domanda del sottufficiale ma soltanto al suo saluto, sbrigai tutta la parte burocratica del mio lavoro quotidiano apponendo un centinaio di firme su documenti che non avevo nemmeno il tempo di leggere. Mi limitavo a chiedere a Spanu di cosa si trattasse e firmavo accontentandomi delle scarne spiegazioni che ricevevo; era inevitabile che nel nostro lavoro si dovesse delegare qualcosa sperando nella capacità dei collaboratori e nella buona sorte.

"Signor capitano io esco per cercare informazioni su qualsiasi vettore abbia lasciato l'isola nei giorni successivi al rapimento. Conto di tornare nel pomeriggio per darle le novità."

Quando rimasi solo mi attaccai al telefono per rintracciare il mio amico Ruggero con il quale avevo lavorato a Bologna, alla terza telefonata lo beccai.

"Ciao Ruggero, come va?"

"Ciao vecchio, sempre la solita solfa anzi la solita merda. Hai saputo che hanno condannato Gigi Petrone per omicidio colposo?"

"Per quella faccenda del posto di blocco forzato?"

"Si, ti sparano addosso e quando cerchi di bloccarli ti becchi anche una condanna. Ma perché non si mettono i magistrati in mezzo alla strada con questi figli di puttana che ti ammazzano per mille lire? Comunque andrà sempre così, allo sfascio! Tu sei molto incasinato per il sequestro?"

"Quanto basta. Senti ti ricordi di quel ristoratore sardo dove andavano quelli della Uno bianca? Avrei bisogno di qualche notizia in più, devo spulciarlo un pochino... mi richiami tu... il più presto possibile... ti ringrazio e ti aspetto."

Confidavo nell'amicizia di Ruggero per ottenere informazioni il più velocemente possibile, nel frattempo bisognava cercare un motivo per cui l'ostaggio sarebbe stato venduto. Bisognava agire a largo raggio, analizzare tanti dati per trovare delle correlazioni; avevamo bisogno di capire se c'era stato qualche avvenimento anomalo nell'attività criminale isolana nel periodo successivo al rapimento, decisi di affidare il lavoro a Gargiulo.

"Gargiulo cerca di avere il più velocemente possibile tutte le notizie di reato denunciate sull'isola. Mi interessano anche quelle trattate da Polizia e Guardia di Finanza, se riesci ad avere anche quelle delle polizie municipali è ancora meglio. Devi concentrarti da quelle avvenute dal sequestro in poi, cerca qualcosa di anomalo per modalità di esecuzione od obbiettivi colpiti o qualunque altra cosa ti colpisca e fammi sapere."

Dopo un 'ora Ruggero mi richiamò.

"Credo che non ti convenga pedinare Ignazio Casula, per farlo dovresti spostarti all'inferno. E' morto tre mesi fa in un incidente stradale a Sant'Arcangelo di Romagna."

La notizia non mi infastidii più di tanto, ad un'analisi affrettata poteva sembrare che le mie supposizioni crollassero miseramente ma non era così; la sua morte non escludeva assolutamente la possibilità di un collegamento tra gli uomini della Uno bianca ed il rapimento Matta.

"Sai dirmi per caso dove è stato sepolto il corpo?"

"E' stato portato dai parenti ad Iglesias, provincia di Cagliari…"

"Ti ringrazio molto Ruggero, spero che sia la pista giusta. Ti farò sapere."

La Compagnia di Iglesias era comandata da un capitano anziano che non conoscevo; forse Pierino avrebbe potuto avere degli agganci ma non mi potevo permettere di aspettare il suo arrivo, così telefonai ad un amico che prestava servizio presso il Battaglione Allievi Carabinieri.

"Ciao Mauro come va lì nella gabbia dorata? Mi servirebbe una cortesia… vedi se riesci a farti dire il più possibile su un certo Ignazio Casula, è morto ma vorrei conoscere a che famiglia appartiene…si anche via fax, appena puoi. Ti ringrazio per l'aiuto, ci sentiamo presto."

Nel pomeriggio tornò Spanu che mi portò una lista enorme di aerei, treni e navi che avevano lasciato l'isola dal giorno successivo al rapimento; passai due ore a leggere quei dati che mi apparvero sterili ed improduttivi, occorreva lavorare più a fondo avere più dati, più elementi per il raffronto.

"Spanu i dati così come sono non ci servono a nulla. Prenditi tutti gli uomini che ti servono e portami la lista di tutti i passeggeri di aerei e navi, dal giorno del fatto fino all'altro ieri."

"Per le autorizzazioni della Magistratura passeranno dei mesi..."

Composi il numero di cellulare di Pierino.

"Ciao sono Rossi, sei con il dottor Veneziani? Bene, sta arrivando da te Spanu che ha bisogno di alcune autorizzazioni urgenti... noi quando ci vediamo? Allora a domani, grazie."

Spanu non ebbe bisogno di altre disposizioni, sorrise soddisfatto ed andò all'appuntamento con il Maggiore; era un uomo d'azione e quando vedeva in una persona la risolutezza e la dinamicità provava verso questa una naturale simpatia.

Alle venti mi ritirai nel mio alloggio, stavo continuando a scorrere la lista dei vettori quando mi giunse sul cellulare la telefonata di Marina.

"Ciao sono Marina, domani torno a Milano. Voglio riflettere un po' sul mio futuro e voglio farlo lontano da qui, con la famiglia di Marco ho rotto già da un po' e non ha senso che io resti. Mi piacerebbe continuare a sentirti, così volevo lasciarti il mio indirizzo di Milano... magari ti mando un messaggio sul telefonino così te lo ricordi meglio. Lotta anche per me contro queste brutalità, non ti arrendere. Ti prometto che da parte mia non lo farò, mi ritiro a leccarmi le ferite ma tornerò ad inseguire i miei sogni e li raggiungerò, ne sono certa. Sei una bella persona e conoscerti mi ha arricchita, vorrei che la nostra amicizia continuasse anche se la vita dovesse portarci in posti lontano tra loro..."

"Marina prendi tempo, tempo per pensare, per riflettere, per fare la cosa giusta. Poi vivi la tua vita come sogni di viverla perché purtroppo in questo gioco non c'è mai la riprova e nessuno potrà dire se la nostra scelta è stata giusta o sbagliata; solo il nostro istinto è giudice d noi stessi, seguilo sempre anche se per farlo dovrai nuotare controcorrente. Se tu vorrai sarò tuo amico anche a centinaia di chilometri di distanza, l'amicizia è un sentimento raro e non bisogna sprecarlo solo perché si è lontani... Ti voglio bene."

"Anch'io ti voglio bene, a presto e buona fortuna."

Rimasi a lungo ad osservare il soffitto, Matta sarebbe tornato a casa: fosse stata l'ultima cosa che avrei fatto. Dopo poco mi arrivò il messaggio di Marina.

"Marina Grossi, Corso Buenos Aires 122 Milano. Nulla può farmi paura se io sono con me, bisogna essere sinceri con se stessi: ricordalo sempre!!!"

I sogni di quella notte furono improntati alla libertà: mi trovavo in un posto indefinito ma caldo, l'atmosfera era rilassata e c'era ovunque profumo di erba bagnata. Ero felice come un bambino, guardavo il mare e scrivevo su tutto ciò che colpiva i miei sensi; credo che sorridessi nel sonno tanto era la felicità di non essere vincolato a schemi ed imposizioni della vita quotidiana. Zappavo la terra con un cappello di paglia a larghe falde che mi proteggeva dalla canicola, il mio corpo era abbronzato, nello sforzo i muscoli si ingrossavano e, madidi di sudore, rilucevano sotto i raggi del sole; in lontananza udivo il suono di canti popolari che diventava man mano più forte, una nota acuta spazzò via il sogno che cercava disperatamente di sostare ancora nella mia mente e lasciò il campo alla musica della radiosveglia.

Quando giunsi in ufficio trovai in bella mostra sulla mia scrivania il fax proveniente da Iglesias. Lo lessi con avidità, poi chiamai Pierino.

"Buongiorno sei sveglio? Stamattina dovremmo correre giù ad Iglesias... è molto importante... si, la pista di Bologna... vieni con me, bene ti passo a prendere... tra un quarto d'ora al solito posto... Ciao."

Quella mattina Spanu era impegnato nelle indagini che gli avevo affidato, così chiamai come autista il carabiniere di Palombara Sabina; dopo un quarto d'ora eravamo sul luogo dell'appuntamento, Pierino era già lì ad aspettarci. Lungo la strada gli raccontai della morte del Casula e del fatto che i componenti della sua famiglia risultavano avere una bella sfilza di reati alle spalle, in particolare il fratello Salvatore era stato in galera per rapina e possesso illegittimo di armi.

Credevo di dover illustrare ulteriormente la situazione a Pierino quando questi mi interruppe regalandomi un'altra impareggiabile lezione.

"Devi sapere che i Casula sono originari di Desulo, come altri loro paesani sono molto facoltosi. La loro ricchezza deriva da pregresse attività illecite i cui ricavati sono stati investiti in bestiame; questo bestiame veniva portato al pascolo nel sulcis e nel corso degli anni i proprietari hanno finito col trasferirsi in quelle zone. Ora sono proprietari di una decina di negozi ad Iglesias. Salvatore, detto 'Tore, è uno che conta abbastanza, un criminale evoluto, già di una categoria superiore al banditismo. Pensa che una sua figlia a quattordici anni si era fidanzata con un certo Arzu di Mamoiada che aveva diciotto anni ed era un teppistello in ascesa. 'Tore non vedeva di buon occhio la relazione ed invitò l'Arzu a girare a largo dalla ragazza, ma il giovane era un balente e non poteva di certo sottostare alle minacce di nessuno; ad un certo punto la carriera di Arzu si è interrotta, il ragazzo non si è più visto in giro. So di certo che lo hanno sciolto nell'acido.

Secondo me dobbiamo andare molto cauti con questa gente perché, se la prendiamo nel verso sbagliato, rischiamo di non ottenere nulla.

Ti dispiace se conduco io il gioco con 'Tore?"

"Ma figurati Pierino, muoviti come meglio credi. A me fa piacere lavorare con te."

Le mie parole erano sincere, quell'uomo era un'enciclopedia vivente del crimine; si imparavano più cose lavorando ad un caso con lui che in due anni di Accademia e due di Scuola Ufficiali.

Il collega mi sorrise come un padre con suo figlio, fece una telefonata strettamente in dialetto incomprensibile e si rivolse a me soddisfatto.

"Bene, 'Tore ci aspetta. Questa gente si sente tronfia se tu, che rappresenti la legge, devi rivolgerti a loro per un favore. E' un indicatore di prestigio, di notorietà, anche gli sbirri vanno da loro col cappello in mano."

La macchina correva veloce lungo la 131, il paesaggio attorno era aspro e le colline di Paulilatino mi portarono alla mente l'immagine dei canyons. Poco dopo Oristano prendemmo, su suggerimento di Pierino, una strada interna che andava in direzione di Villaspeciosa.

Qui il paesaggio mutava completamente: la pianura era estesa, coltivata e curata; la piana era circondata da alte montagne che la proteggevano dagli agenti atmosferici violenti e le davano un aspetto quasi nordico, con le coltivazioni ordinate ed intensive sorvegliate dai giganti di pietra. Per l'ultimo tratto ci immettemmo nuovamente su una strada statale, questa volta si trattava della 130 che unisce Cagliari ad Iglesias; quando giungemmo allo svincolo per la località di nostro interesse, Pierino chiese all'autista di proseguire perché voleva farmi vedere una cosa. La strada si restringeva ed all'improvviso ai lati di essa si ergevano montagnole di terra rossa ed aspra, sembravano immagini del far-west, mi aspettavo da un momento all'altro l'arrivo della diligenza. Pierino mi spiegò che ci trovavamo nel cuore di quella zona che una volta era stata una grande regione mineraria, paragonabile al bacino della Ruhr in Germania; ormai non era più competitiva e molte miniere erano state chiuse, la disoccupazione e, di conseguenza, la criminalità erano cresciute in maniera esponenziale. A pochi chilometri da lì sorgeva la mussoliniana Carbonia. Dopo una decina di chilometri fece accostare l'autista in una stradina di campagna alla fine della quale c'era una casetta circondata da orti.

"Io sono nato qui ormai tanti anni fa, c'è ancora mia mamma che tiene in piedi questa vecchia casa ma ormai anche lei non ce la fa più.

Si fa aiutare da una vecchia contadina perché sono un paio di mesi che è costretta a letto dall'osteoporosi galoppante e dalla silicosi, ti dispiace se vado a darle un bacio veloce?"

Rimasi stupito dalla dolcezza con cui quell'uomo parlava dei propri affetti, sembrava un bimbo che torna a casa dopo la scuola ed è pronto a saltare al collo dei genitori. Mi sembrava strano come se ad una certa età non si avesse più diritto alla dolce commozione dei sentimenti, come se la brutalità ed il cinismo della vita avessero perdutamente indurito anche gli animi più sensibili.

"Ti prego vai, e resta tutto il tempo che vuoi."

Attesi nel cortile il ritorno del collega guardandomi un po' attorno; l'aria era umida e l'odore della terra molto intenso, nell'orto cresceva una vigna che mi colpì per la sua altezza ridotta ed in lontananza si sentiva il pigolare delle galline. Sembrava una casa fuori dal tempo dove le tradizioni domestiche venivano strenuamente difese dall'assalto dell'incalzante e barbara modernità; il paladino di questa coraggiosa difesa era una vecchietta a me sconosciuta ma che immaginavo sofferente nel suo letto di dolore. Il suo volto era la trasposizione in vecchiaia di quello del mio collega, il suo corpo ossuto e spigoloso era ormai deformato dalla malattia; gli occhi però erano vivi e penetranti, arguti e profondi, capaci di cogliere al primo impatto gli aspetti salienti di persone, cose e situazioni. Anche la mente camminava sullo stesso binario degli occhi, la memoria era ancora pronta, la lingua sciolta ed i concetti chiari. Nella mia fervida immaginazione avevo tracciato il ritratto della mamma di Pierino attribuendole tutte le qualità che ammiravo nel figlio, d'altronde il ceppo d'origine doveva essere buono se l'innesto aveva dato dei buoni frutti.

La visita alla mamma durò solo un quarto d'ora, al suo ritorno Pierino era tirato in viso con l'aria di chi non vuole arrendersi dinanzi ad un'amara realtà. Tornammo verso Iglesias dirigendoci in Piazza Sella, in quello che era il centro del paese; attorno alla piazza vi erano molti negozi e Pierino me ne indicò alcuni con un gesto del capo, capii che quelli segnalatimi erano i negozi di 'Tore Casula e notai l'elevato livello degli stessi.

"Ora andiamo in una gioielleria dove incontreremo il personaggio che ci interessa, mentre parlo con lui tu dai uno sguardo alla merce... e magari compra qualcosina."

La gioielleria era antica, il mobili in legno intarsiato ed i soffitti a volta affrescati; all'interno un ragazzo in giacca e cravatta mise da parte il giornale che stava leggendo, mentre l'uomo corpulento seduto su una poltrona di cuoio continuò a lucidare l'orologio che aveva tra le mani.

"Buongiorno signor Casula possiamo disturbarla?"

"Per me è un grande piacere avervi nella mia bottega, in cosa posso esservi utile?"

L'uomo aveva l'arroganza di chi ha soldi e rispetto ed il termine sminuente che usò per definire l'elegante gioielleria tendeva a destare maggiore impressione.

"Il mio collega, il capitano Rossi, aveva bisogno di acquistare qualcosa ed abbiamo pensato che questo era il posto migliore."

L'uomo non fece nemmeno il gesto di alzarsi o di salutarmi, dal canto mio non gli rivolsi la parola.

"Avete fatto bene, Gavino servi il capitano e mostragli tutto ciò che vuole."

Pierino si andò a sedere vicino al Casula mentre io chiesi di mostrarmi degli orologi, il commesso mi espose sotto il naso circa trenta modelli e cominciò ad illustrarmi le caratteristiche di ognuno. Sembrava che entrambi sapevamo di dover recitare una parte prestabilita mentre i "grandi" parlavano di cose serie.

Mentre mi arrabattavo tra meccanismi, fasi lunari e cinturini, cercavo di cogliere qualche passo della conversazione tra Pierino e Casula; l'impresa si rivelò molto ardua poiché, dopo una prima fase, i due cominciarono a parlare in dialetto e l'unica cosa che riuscii a capire fu il rammarico dell'uomo per la scelta che anni prima il fratello aveva fatto. Lasciare la propria terra e la famiglia per amore di una bagassa era stato ritenuto un torto talmente grande da non poter essere perdonato neanche dopo la morte dell'autore dell'offesa, anche se questi era un proprio fratello.

Dopo circa mezz'ora il colloquio volse al termine, i saluti si sprecarono più volte.

"Asibbiri dottore."

Fu il saluto rivolto dal Casula a Pierino, il quale rispose rigorosamente nello stesso stile.

"Si Deus cheret…"

L'ultima parola toccò al balente.

"…et sos Carabineris!"

Sembravano un duo comico che si offrivano la battuta a vicenda, quando il siparietto fu concluso ci recammo alla macchina per fare presto ritorno ad Alghero.

Fino a quando non giungemmo in auto Pierino rimase in silenzio ed io mi astenni da porgli domande, poi fu lui a ragguagliarmi.

"Propongo un cambio di programma, perché non ci fermiamo alla Scuola? Ci sono ottime notizie sulle quali possiamo lavorare con calma, facciamo un paio di telefonate, salutiamo gli amici, pranziamo e discutiamo. Ti va?"

"Si, mi va bene. Anche io ho qualche amico qui ad Iglesias e se le notizie sono buone meglio distrarci un po' prima di tirare le somme."

La caserma del Battaglione Allievi Carabinieri era molto curata: dinanzi al comando vi era un giardino rigoglioso poi, a seguire, la piazza d'armi, un campo da pallacanestro, uno da tennis, uno da calcetto ed una palazzina moderna con palestra sotterranea ed aule didattiche al primo e secondo piano. Ci recammo a rendere omaggio al comandante del battaglione che ci accolse cordialmente e ci chiese con molta discrezione se le indagini stessero procedendo bene.

L'invito a pranzo arrivò puntuale e per l'aperitivo al circolo ufficiali affluirono tutti i colleghi che prestavano servizio alla scuola.

Giunse anche il mio amico Mauro con il quale chiacchierammo allegramente dei tempi della Scuola Ufficiali, l'atmosfera era davvero rilassata e piacevole; durante il pranzo il comandante di battaglione si rivelò una persona molto simpatica e ci intrattenne con una miriade di barzellette sui carabinieri. Era un veneto un po' atipico, giocherellone e gaudente, che riusciva a trasmettere serenità a tutto l'ambiente.

Pensai che forse erano queste le realtà più pulite della nostra organizzazione, dove si riesce a lavorare con ragazzi giovani e motivati al massimo, dove le tradizioni hanno ancora un senso ed un sentimento.

Il pranzo fu buonissimo, servito da un appuntato enorme con due baffoni ottocenteschi ed una carnagione olivastra; si prodigava in consigli su quale piatto scegliere e le sue porzioni erano a dir poco abbondantissime, metteva passione in ciò che faceva anche se si occupava esclusivamente della mensa ufficiali. Il tempo trascorse veloce e subito dopo il caffè ci accorgemmo che era ora di salutare gli affabili colleghi per tornare alle nostre congetture; per tutto il tempo non avevamo parlato del rapimento, né Pierino mi aveva illustrato le buone notizie avute dal Casula ma era meglio così: ci eravamo goduti a pieno quelle due ore di svago.

Ripartimmo satolli e, forse, senza troppa voglia di rituffarci sul nostro caso. L'abulia durò giusto un quarto d'ora poi Pierino attaccò.

"Allora ti dicevo che ci sono buone notizie, vediamole. Innanzitutto Casula mi ha confermato che anche secondo le sue fonti il Matta non si trovi sull'isola, il rapimento è stato messo a segno su ordinazione ma non conosce i motivi di questa anomala procedura. Il fatto è importante perché se non c'è interesse a mantenere integro il muro di omertà, questo prima o poi si sfalda. Sono convinto che nei prossimi giorni potremo ottenere altre informazioni preziose... per quanto riguarda il fratello mi ha detto che dopo la sua morte si era fatto vivo uno straniero che riferiva di essere amico del defunto. Voleva combinare qualche affare qui in Sardegna e chiedeva aiuto a 'Tore che tra l'altro non si è reso disponibile, perché come dice lui: chento concas e chento berritas. Tradotto significa cento teste e cento berretti ossia mettere d'accordo tutti è già difficile, figuriamoci con gli stranieri. Penso che questo straniero potrebbe essere una buona pista."

"Certo che è buona! La banda della Uno bianca aveva dei collegamenti con la mafia balcanica che forniva loro armi particolari. Ma perché avrebbero dovuto rapire qualcuno qui in Sardegna?"

La mia domanda cadde nel vuoto ma le risposte sarebbero arrivate da lì a poco. Come in un puzzle od in un solitario, all'improvviso tutti i pezzi vanno a posto da soli e le difficoltà iniziali vengono superate di slancio; la nostra empasse iniziale, i nostri dubbi, l'alone d'indeterminatezza che circondava la vicenda, furono spazzati via da una telefonata di Gargiulo che mi giunse quando eravamo all'altezza di Abbasanta.

"Pronto comandante sono Gargiulo... volevo sapere se era di ritorno perché devo riferirle di grosse novità!"

"Si, siamo sulla strada del rientro ma dimmi di cosa si tratta."

"Quell'indagine che mi aveva affidato ha dato i suoi frutti... due giorni fa è stato segnalato il furto di un grosso trattore a Siniscola, quel trattore è stato usato due ore fa per una rapina ad un furgone portavalori nei pressi di Oliena. E' una procedura molto usata... il trattore viene messo dietro una curva per costringere il mezzo blindato a fermarsi... quello che non si era mai visto è la tecnica usata per aprire il furgone!"

"Non hanno minacciato gli autisti come al solito?"

"Capitano non le ho detto che il portavalori agiva per conto del Banco di Sardegna, raccoglieva incassi da molte filiali della zona ed il bottino presunto è di un miliardo e mezzo... quei tipi di furgone hanno al loro interno un'altra cassaforte blindata che gli autisti non possono assolutamente aprire.. hanno pensato bene di far scendere dal furgone le guardie giurate e poi lo hanno fatto saltare con una bomba da fucile!"

"Una bomba tipo energa o qualcosa di simile? Per spararle c'è bisogno di fucili da guerra...queste armi non si trovano dappertutto e costano molto care...un buon mercato per trovarle è l'ex Jugoslavia...porca puttana, hanno rapito Matta per pagare le armi! Grazie Gargiulo ci vediamo tra poco in ufficio."

Il velo fosco che avvolgeva la dinamica dell'atto criminoso era stato spazzato via, tutto mi appariva chiaro e, soprattutto, logico alla luce delle informazioni che avevamo.

"Pierino credo che questa volta abbiamo beccato la strada definitiva. Matta è il pagamento delle armi che il banditismo sardo ha comprato probabilmente da trafficanti slavi, può anche essere che rappresenti una fideiussione sul pagamento. I contanti non erano sufficienti, i venditori avevano comunque bisogno di liquidità e si sono accontentati di una parte in contanti e di una dilazione garantita dal riscatto per il Matta."

"Si può essere... l'uso di queste armi deve portarci per forza nella direzione di un contatto tra la delinquenza isolana ed elementi esterni...se le modalità di pagamento sono quelle che tu hai ipotizzato credo che ci troviamo di fronte a dei cani sciolti, è difficile che una grossa organizzazione accetti una dilazione del genere... non avrebbero difficoltà a piazzare armi in medio oriente, Sicilia, e Puglia a prezzi elevati e con pagamenti immediati...potrebbe essere l'opera di quel tale di cui parlava Casula."

"Dovrò rispolverare i nomi dei contatti che la Uno bianca aveva con la Jugoslavia, dobbiamo trovare l'anello di congiunzione con la Sardegna e li fottiamo."

"Rossi a volte scoprire la verità può essere più doloroso di mille supposizioni. Renditi conto che sarà come cercare un ago in un pagliaio...se anche dovessimo trovare i mercanti di armi come faremmo a riportare a casa il rapito?"

Il pessimismo di Pierino era più che giustificato ma io avevo l'euforia del bambino che è riuscito a risolvere il problemino ed ora è ansioso di ricevere la ricompensa, un bravo mi sarebbe stato più che sufficiente ma dovevo fare qualcosa di più per meritarmelo. Cominciai a pensare in quale direzione poterci muovere per agganciare gli slavi ma mi veniva in mente una sola possibilità: era quasi un intrigo internazionale, l'unico organismo in grado di raccogliere informazioni mi sembrava il Sismi. Una eventualità del genere avrebbe significato rivestire la cosa di un veste politica pesantissima, l'operazione sarebbe stata condotta certamente dai vertici dello Stato. Il mio pensiero andò per un attimo a Marina, chissà se il Governo avrebbe avuto voglia di imbattersi in complicazioni internazionali in un territorio dove la sovranità era ancora contesa. Magari sarebbe prevalsa la tesi del sacrificio dell'ostaggio oppure quella del pagamento del riscatto, gli interessi nazionali prevaricavano la vita di un singolo individuo. Forse sarebbe stato più pagante lo sdegno momentaneo dell'opinione pubblica, di fronte ad un rapito che non torna più a casa, piuttosto che la questua presso organismi internazionali per informazioni e permessi. Sicuramente erano questi i dubbi che Pierino aveva colto, nella sua lungimiranza, prima di me ed aveva inteso trasmettermi; il rischio che l'inchiesta venisse insabbiata o comunque sottrattaci erano altissimi. In ogni caso ero deciso a fare tutto quanto era nelle mie possibilità per risolvere la faccenda, continuai ad arrovellarmi il cervello.

Il carabiniere di Palombara Sabina, che fino ad allora non aveva aperto bocca, fu illuminato da un pensiero divino e ci offrì il modo di fare un balzo in avanti verso il nostro scopo ultimo.

"Mi scusi signor capitano, posso disturbarla?"

"Si, ma non parlarmi di licenze che mi fai incazzare!"

"Ci mancherebbe comandante, in un momento come questo. Volevo solo raccontarle di un fatto che potrebbe interessarle... prima che lei venisse a comandare la Compagnia, forse verso maggio o giugno, è caduto un elicottero della Guardia di Finanza nei pressi di Salto di Quirra. Non so se ricorda..."

Intervenne Pierino, sempre attento a raccogliere informazioni.

"Me lo ricordo io, le cause non sono state ancora accertate. Si fanno diverse ipotesi, ma continua."

"Un mio paesano lavora nei Gico e quest'estate è venuto in Sardegna per lavoro, mi ha chiamato e siamo andati a cena insieme... mi ha raccontato che, per loro, l'elicottero è stato abbattuto con un lanciamissili perché ha sorvolato una zona dove trafficanti slavi stavano smerciando delle armi... non so quale prove avessero ma potremmo chiederglielo… se può essere utile…"

Quel ragazzino ci stava forse offrendo la soluzione dei nostri problemi.

"Certo che può essere utile, parla con il tuo amico e vedi quando posso incontrarlo. Se questa è la pista giusta ti faccio erigere una statua a Palombara Sabina."

Le ore ed i giorni seguenti furono permeati da una attività febbrile tesa alla raccolta di riscontri sulla pista slava. Pierino attinse a piene mani dalla sua rete informativa privata, ricevendo risposte che avvaloravano la nostra congettura ma che purtroppo non ci fornivano la direzione esatta in cui muoverci. Ci trovavamo nella stessa situazione in cui reagisci al fuoco d'imboscata: per un bel pezzo non riesci a capire da dove ti stiano sparando e così fai fuoco all'impazzata cercando di cogliere la direzione giusta. Il mio collega si adoperava anche sul fronte istituzionale, insieme al dottor Veneziani stavano sondando il terreno per un'eventuale rogatoria internazionale e per scongiurare il pericolo di un insabbiamento dell'inchiesta. A tale scopo i due si recarono più volte, in pochi giorni, a Roma.

Gargiulo aveva fatto un ottimo lavoro facendosi fornire dall'Interpol i nominativi di tutti i presunti trafficanti slavi, lo avevo vagliato con attenzione e, confrontandolo con l'elenco dei ricercati per crimini di guerra divulgato dal comando Nato in Bosnia Herzegovina, avevo scoperto che la maggior parte di quei delinquenti erano ricercati in tutto il mondo.

Spanu ed io avevamo passato diverse notti insonni a spulciare le liste d'imbarco di aerei e navi in partenza dall'isola nei giorni successivi il sequestro. La nostra attenzione si era soffermata sulla Queen of Sea, una porta containers battente bandiera liberiana che aveva lasciato Porto Torres alle prime luci dell'alba del giorno successivo al rapimento del Matta. La coincidenza degli orari, il tipo di nave e, soprattutto, la destinazione ci fecero supporre che il giovane industriale sardo era stato trasportato con quel mezzo. Il porto di destinazione era difatti Bar, famigerato covo di contrabbandieri di ogni risma che dal Montenegro compiacente estendono i propri traffici clandestini attraverso l'Adriatico.

Chiedemmo alla Guardia Costiera di risalire all'attuale dislocazione della nave sperando, con trepidazione, che si trovasse in acque territoriali italiane in modo da garantirci la possibilità di qualunque azione di polizia.

Anch'io mi mossi dall'Isola per raggiungere in aereo Pisa, era lì che il brigadiere dei Gico mi aveva fissato un appuntamento. Mi mossi con discrezione, non ufficializzai l'incontro anche perché mi rendevo conto che il sottufficiale rischiava grosso nel confidarmi informazioni legate ad indagini ancora in corso.

Ci incontrammo nel posto più in vista ed affollato: Piazza dei Miracoli.

Mentre ero a naso in su ad ammirare la torre pendente, alle mie spalle una voce profonda mi fece sobbalzare.

"Rossi?"

Voltandomi mi imbattei in un armadio quattro stagioni che aveva momentaneamente assunto sembianze umane, feci due passi indietro per riuscire a scorgere il suo viso dal momento che i miei occhi erano all'altezza del suo petto.

"Sono io."

"Lei stava aspettando me per quel giro in elicottero, presumo."

"Esatto, mi interesserebbe a patto che sia sicuro però."

"Su questo non c'è pericolo, lo faccio proprio perché sono caduti già in due!"

"A chi debbo rivolgermi per mettere in moto?"

Il colosso era molto circospetto anche se per lui era un po' difficile passare inosservato, mi porse il Corriere della Sera.

"In terza pagina c'è l'indirizzo utile, l'ho dato anche ai miei principali ma l'hanno lasciato chiuso in un cassetto. Almeno lei cerchi di farlo questo giro in elicottero."

"Non si preoccupi, le prometto che lo farò. Grazie!"

"Spero di esserle stato utile, mi saluti il bambino."

"Certamente, appena rientro lo farò e grazie ancora."

Sul taxi che mi riportava al Galileo Galilei aprii il giornale alla terza pagina. Sotto il titolo di un articolo vi era annotato a penna un nome: Dario Galic. Tra le righe dello stesso articolo vi era l'indirizzo di questa persona: Casa Circondariale Regina Coeli, Roma. Era un detenuto.

Al mio ritorno ad Alghero fui convocato dal dottor Veneziani nel suo ufficio, ad attendermi c'era anche Pierino.

"Capitano come sa in questi giorni io ed il suo collega ci siamo recati sovente a Roma per informare chi di dovere degli sviluppi dell'indagine... devo dirle che c'è molta preoccupazione nell'apprendere della possibile apertura di uno scenario internazionale...le implicazioni politico-diplomatiche sono certamente pesanti...in buona sostanza dobbiamo muoverci coi piedi di piombo!"

Mentre mi sorbivo il predicozzo del magistrato, Pierino assisteva impassibile. Veneziani continuò.

"Una via d'uscita sarebbe forse rappresentata dal pagamento del riscatto ma le garanzie di un ritorno a casa dell'ostaggio sarebbero davvero inadeguate...non mi meraviglierei se si aspettasse lo scemare dell'attenzione dell'opinione pubblica sul caso...il Governo è già stato coinvolto recentemente in un aspra polemica per le estradizioni di alcuni terroristi e, data l'attuale situazione politica, non può permettersi di prestare il fianco a strumentalizzazioni da parte dell'opposizione. Il caso potrebbe anche esserci tolto tra breve ma noi, per la deontologia che contraddistingue il nostro lavoro al servizio dello Stato, dobbiamo continuare ad operare...come le dicevo poc'anzi lo dovremo però fare con molta cautela per non ingenerare false speranze...in buona sostanza non bisogna fare parola con nessuno dello sviluppo delle indagini, eccezion fatta per i suoi più stretti collaboratori...gradirei anche che qualsiasi sua iniziativa venisse sottoposta al mio vaglio e di questo ritengo garante il maggiore qui presente.

Capitano leggo nei suoi occhi molta delusione ma mi creda, hanno imbavagliato prima me!"

Delusione era un dolce eufemismo, covavo una rabbia sorda per non potermi ribellare alle false ragioni di stato; uno schifo per tutto ciò che si commetteva in nome della legge, un rimpianto per gli ideali di giustizia che da bambino vedevo rappresentati dall'Arma. Ero diventato un burattino nelle mani di politicanti da quattro soldi, incapaci di difendere i diritti e la vita dei loro cittadini, impegnati in beghe da cortile investite del crisma delle relazioni diplomatiche di altissima valenza geo-startegica.

Salutai freddamente e mi avviai verso l'uscita del Palazzo di Giustizia, non mi accorsi nemmeno che Pierino mi seguiva faticando non poco per tenere il mio passo indiavolato.

"Hey aspettami un attimo, sono anzianotto per starti dietro. Questo è il mondo di merda in cui viviamo, ma ti prometto che non permetterò che tutto finisca in questo modo. Voglio tenere aperta una possibilità, seppur minima, che ci permetta di portare a compimento ciò che abbiamo iniziato. Dimmi cosa hai saputo a Pisa…"

Gli raccontai con scarsa voglia le notizie ricevute dal finanziere e gli passai il bigliettino con il nome dello slavo rinchiuso a Regina Coeli.

"Bene, domani andiamo insieme ad interrogarlo! Per le autorizzazioni me ne occupo io, fatti trovare domani all'aeroporto in tempo per il primo volo per Roma. Dormici su."

Mi allontanai senza nessuna voglia di lavorare, avrei voluto mollare tutto lì ed andarmene a pescare; al ritorno in caserma provai un disagio interiore nel varcare la porta carraia, nel vedere la bandiera ancora issata, mi sentivo parte di una pantomima.

Spanu mi venne incontro con le ultime novità.

"Signor capitano, ho sentito poco fa il comando della Guardia Costiera e mi hanno assicurato che domattina comunicheranno il punto di navigazione del cargo liberiano. Ci sono buone notizie da Pisa?"

"Notizie, ci sono notizie. Queste non sono mai belle o brutte, tocca a noi interpretarle, decidere che colorazione dargli. Vado in alloggio, vatti a riposare anche tu ma fammi preparare prima un foglio di viaggio per Roma e domattina manda in licenza il bambinello romano."

Spanu mi guardò dubbioso ma consapevole che qualcosa stava andando storto, il suo sguardo mi accompagnò fino all'ingresso della palazzina.

Disteso sul letto provavo ancora quel disagio che mi portava quasi dei conato di vomito, intravedevo le mie uniformi nell'armadio e queste non mi apparivano più come un simbolo di giustizia ed onore.

Gli alamari non brillavano più come una volta e i nastrini sul petto sembravano nascondersi tra le trame del tessuto, volevo tornare bambino ed affidarmi a quel mondo dove tutti gli ideali sono puri e perseguibili. Sarebbe stato bello scappare lontano, in un mondo primitivo dove abbandonarsi all'oblio, agli istinti primordiali, dove ricercare il Principio in una visione panteistica. Tutto ciò non era possibile, il mio mondo era questo ed ero costretto a turarmi il naso e mandare giù; ma fino a quando ci sarei riuscito, fino a quando avrei mortificato la mia anima nel soggiacere a situazioni per la mia morale inaccettabili?

Pensavo che la vita era una sola ed alla fine di essa non c'è più tempo per mettere in atto ciò che si è sempre represso per paura o comodità; la vita è spietata perché non ti dà mai la possibilità della controprova, bisogna agire in propria coscienza, seguendo cuore ed istinto. Avevo bisogno di qualcuno che mi tirasse su, che mi coccolasse con la sua dolcezza, che mi desse la carica per urlare il mio disaccordo, che disinfettasse le ferite senza cancellarle perché mi servissero come monito per il futuro.

La mia mano afferrò il cellulare e compose il numero di Marina.

Capitolo 4

Il primo aereo per Roma partiva da Feritlia alle sette e un quarto, questo significò un'altra levataccia all'alba. Ero ancora di malumore per lo sviluppo delle indagini anche se la telefonata con la mia amica mi aveva regalato molto calore umano. Mi interrogai anche se mi stessi innamorando di lei ma la risposta che mi diedi fu negativa, almeno se intendevo l'amore nella sua accezione classica. Non provavo attrazione fisica ma una profonda compatibilità di caratteri ed intenti, ero affascinato dalla sua personalità, dalla sua purezza e dal suo modo di intendere la vita. Lei rappresentava forse quell'anima libera che per amore della mia professione non ero potuto essere, ma che sentivo propria del mio modo di essere; mi piacevano l'ordine, l'organizzazione e la disciplina ma amavo altresì la fantasia e l'improvvisazione.

La capacità di valicare atteggiamenti precostituiti, di personalizzare procedure standard, di aggiungere fantasia alla mera e fredda burocrazia, erano aspetti che avevo cercato di profondere nel mio lavoro quotidiano. Non sempre questo veniva apprezzato perché chi rompe le regole non è facilmente gestibile, i suoi comportamenti non sono schematizzabili e quindi prevedibili; avevo sempre pensato che noi ufficiali dell'Arma eravamo persone di un ottimo livello culturale, intellettuale ed intellettivo ma eravamo tra noi omogenei. Lo stupido ed il genio non potevano andare avanti proprio perché la loro condotta era imprevedibile, meglio una squadra senza fuoriclasse e brocchi ma con tutti buoni elementi affidabili e gestibili.

Forse ero davvero un militare atipico.

Mancavano dieci minuti alle sette ed avevo già effettuato il check-in, aspettavo Pierino immergendomi nel Corriere dello Sport quando sentii la sua voce che mi chiamava.

Insieme al mio collega c'era anche il dottor Veneziani che dovette leggere lo stupore sul mio viso.

"Caro capitano, noi siamo dalla stessa parte. Cerchiamo di combattere i poteri forti senza romperci la testa. Andiamo?"

La presenza del magistrato mi rassicurò molto, almeno lui non era saltato giù dalla barca prima che questa affondasse; ero anche certo che la sua presenza era stata sollecitata da Pierino che aveva inteso in tal modo lanciarmi un segnale di compattezza.

A bordo del *Mc Donnel & Douglas 80* prendemmo posto nelle prime file, Pierino e Veneziani nel posto a due sedili ed io, da solo, alle loro spalle. Volevo dormire ed ero ben felice di non dover sostenere nessuna conversazione, l'aereo era mezzo vuoto e quasi tutti i passeggeri erano troppo assonnati per schiamazzare. Era la situazione ideale per riposare e non ci misi molto a prendere sonno, l'ultima immagine che vidi prima di addormentarmi fu la copiosa forfora che ornava la giacca blu del magistrato.

L'atterraggio a Fiumicino fu talmente dolce da permettermi di continuare a dormire durante la fase di *taxi*, o forse ero talmente stanco che avrei dormito anche sotto un bombardamento. All'uscita dall'aeroporto non c'era nessuna macchina di servizio ad attenderci e ciò mi meravigliò parecchio, probabilmente Pierino non aveva voluto dare un tono di ufficialità alla nostra missione; facemmo un po' di coda per prendere il taxi e, quindi, ci infilammo nel traffico caotico della capitale. Conoscevo bene quella città grazie ai due anni passati alla Scuola Ufficiali, anni spensierati in cui si conduceva una vita da ricchi universitari: la mattina a lezione e di sera a scorrazzare per locali alla moda. Ogni volta che tornavo, Roma mi sembrava più bella e la storia che trasudava da ogni angolo mi affascinava in modo incredibile.

Dopo circa quaranta minuti arrivammo al penitenziario di Regina Coeli, incastonato tra le abitazioni che con gli anni gli erano sorte attorno come una sorta di pianta rampicante. Al varcare del portone d'ingresso fui assalito da un senso di inquietudine che provavo ogni qualvolta mettevo piede in un penitenziario, avevo sempre pensato che non sarei riuscito a sopravvivere in galera. La mancanza di libertà era per me la più grande iattura che potesse capitare ad un uomo, sarei impazzito tra quelle quattro mura; forse questa angoscia derivava dalle esperienze maturate da adolescente al Collegio Militare.

Ricordo le giornate di primavera a Napoli, il cielo era terso e l'aria calda, il sabato pomeriggio la mia ragazza mi aspettava per riabbracciarmi dopo una settimana. Non avevo il coraggio di telefonarle e dirle che la nostra attesa doveva protrarsi per altri sette giorni perché ero stato punito, ricordo il suo pianto sommesso e rassegnato, le parole di commiato, l'angolo di davanzale dove andavo a sedermi con gli occhi pieni di lacrime ad ammirare il Golfo di Napoli.

La prigione dorata, il rosso maniero che imprigionava le nostre anime di adolescenti, era posto in una situazione panoramica che accresceva il rimpianto di chi non poteva godere direttamente delle bellezze della città. Ero considerato un ribelle, un destabilizzatore e le punizioni abbondavano sul mio foglio matricolare; ogni giorno di punizione era uno sguardo fuori dalla finestra, un accordo di chitarra ed una lacrima che sgorgava dagli occhi di due ragazzini innamorati.

Gli angusti e tetri corridoi del penitenziario ci condussero fino ad una sorta di parlatorio dove attendemmo l'arrivo del detenuto di nostro interesse, era una stanza con una scrivania attrezzata, qualche mobile per ufficio e quadri storici alle pareti. Dopo poco un agente della polizia penitenziaria portò dentro il detenuto, chiese al magistrato se fosse necessaria la sua presenza e, ottenuta una risposta negativa, si allontanò.

Dario Galic era alto poco più di un metro e settanta, fatto insolito per la razza slava, aveva gli occhi da cane bastonato ed il viso impaurito.

"Ho già detto tutto quello che so ai vostri colleghi, vi giuro che non so altro. Io non c'entro niente con le armi sono solo una vittima di questi criminali"

Lo sfogo piagnucolante dello slavo fu interrotto da Pierino.

"Raccontaci daccapo la storia visto che noi non la conosciamo. Ma senza piangere però perché altrimenti mi fai girare le palle!"

Il dottor Veneziani si sedette dietro la scrivania e si accese un toscano impuzzolentendo tutta la stanza, lo slavo e Pierino si misero di fronte a lui, uno al fianco dell'altro, io mi sedetti alle loro spalle.

"Io lavoravo in Italia già dal 1988, facevo il pizzaiolo in un locale di trastevere. Sono sempre stato una persona onesta, poi è arrivata la guerra. Mia sorella con il marito e la bambina sono riusciti a venire subito in Italia ma i miei genitori sono voluti rimanere a Tuzla, il nostro paese in Bosnia. Un mio amico di infanzia durante la guerra è diventato un criminale, un gangster… ed ora è un trafficante di armi.

Lui sapeva che io ero in Italia così due anni fa mi ha contattato per farmi lavorare per lui; mi ha promesso un sacco di soldi… una bella vita… in cambio gli avrei dovuto dare appoggio per i suoi traffici qui in Italia. Io mi sono rifiutato, avevo tutto da perdere, avevo già un lavoro onesto che mi dava da vivere… lui non è più abituato a sentirsi dire di no… ora è un capo militare ed allora mi ha massacrato di botte… io ho resistito, gli ho detto di cercarsi qualcun altro, ma ha minacciato di sgozzare i miei genitori… ha messo un suo scagnozzo in casa dei miei… se non ubbidisco lui li ammazza! Ho cominciato a tenere in casa le armi che i suoi corrieri mi portavano ogni settimana, il giorno dopo mi dicevano chi sarebbe venuto a ritirare le armi e a portare i soldi… custodivo il denaro per una settimana poi il corriere portava nuove armi e ritirava i soldi. Abito ad Ostia, la zona è isolata e nessuno si accorgeva di nulla… venivano a ritirare le armi i siciliani, i napoletani, i calabresi, i veneti… per i sardi era un casino e così lui ha cercato qualcuno in Sardegna ma non l'ha trovato…è un pazzo ed un giorno per dare una dimostrazione ha abbattuto l'elicottero della Finanza. Dopo una settimana mi hanno sbattuto in galera ed ora la mia vita è rovinata…non ho più un lavoro…mi condanneranno per cose che non ho fatto…loro venivano a casa mia a fare i loro porci comodi, lui mi minacciava…"

"Mi hai rotto le palle! Chi cazzo è questo *lui*, dimmelo o ti faccio sputare sangue. Da qua dentro non ne esci vivo!"

Il dottor Veneziani si accese in volto come uno zolfanello, spense il sigaro nel posacenere di vetro che era sulla scrivania, batté i pugni sul tavolo, riprese il posacenere e lo scagliò verso il detenuto. Non lo colpì ma avrebbe preso me se non fossi stato pronto a schivare l'oggetto che si frantumò sulla parete alle mie spalle.

Qualche secondo di silenzio glaciale scese nella stanza, ero allibito dai metodi incivili di quella persona; non sono affatto un garantista incallito ma credo che il lavoro sporco debba essere demandato a chi non rappresenta in maniera così diretta lo Stato e la legge che esso garantisce. Quella persona era un magistrato della Repubblica.

Lo smarrimento dello slavo fu totale e continuò a parlare singhiozzando.

"Slatko, Milan Slatko! E' lui il capo di tutto... ma non so altro...ammazzerà mio padre e mia madre..."

Pierino incalzò.

"Non ammazzerà nessuno se ci dice dove possiamo beccare quel figlio di puttana."

"Io non lo so... non so più nemmeno se esiste ancora il mio paese... non sono più tornato lì da quando è scoppiata la guerra, sono dieci anni che non ci metto piede..."

Quell'uomo sapeva come arrivare al nostro obiettivo ma era impaurito ed aveva bisogno di essere sbloccato, tentai la carta della comprensione.

"Stammi a sentire tu ormai sei in galera e a Milan non servi più, sai quanto vale per lui la vita dei tuoi genitori? Meno di zero, sono spacciati! Però noi possiamo andarli a prendere e portarli qui in Italia da tua sorella, il dottore ti potrà aiutare per il tuo processo."

Il magistrato annuì con ampi cenni del capo ed io ripresi la mia opera di convincimento.

"Ci devi dire dove possiamo trovarlo ed i tuoi problemi saranno risolti, altrimenti sei spacciato. I tuoi moriranno e tu marcirai in galera, chissà forse Milan farà con tua sorella quello che ha fatto con te, forse la metterà sulla strada. Dicci dov'è!"

"Io non lo so... ma mio cugino sicuramente si...lui era un campione di boxe da ragazzo...è un colosso così lo chiamano Snaga. Ha un conto aperto con Milan, ha giurato di ammazzarlo... lui sa dov'è!

Mio cugino è il guardaspalle di un boss albanese e vive a Durazzo... ti do un biglietto per lui, lo puoi trovare all'hotel Mordakhai. Mi raccomando i miei genitori."

Pierino fornì carta e penna al detenuto che cominciò a scrivere un biglietto nella sua lingua, poi si attivò per avere un disegnatore.

"Cosa stai scrivendo sul biglietto?"

"Dico a mio cugino di aiutare con tutte le sue possibilità l'uomo che porterà il biglietto, che c'è di mezzo la mia vita e quella dei suoi zii."

"Va bene così, adesso devi dire al disegnatore com'è fatto Milan. Abbiamo bisogno di conoscerlo se vogliamo sconfiggerlo."

Dopo un quarto d'ora l'identikit fu completato: il nostro uomo era alto un metro ed ottantacinque, corpulento, viso tondo e naso adunco, gli occhi ed i capelli neri, aveva il tatuaggio di una tigre sul polso destro.

Lasciammo Dario Galic alla sua disperazione, pur avendogli rinnovato le nostre promesse, ed andammo via.

Avevamo ottenuto il massimo da quel colloquio, avevamo la quasi certezza che il Matta fosse nelle mani di Milan Slatko. Ora bisognava informare gli organi superiori ed aspettare quasi inermi le loro decisioni, il quasi inermi sta a significare che nel frattempo cercammo la conferma definitiva che il rapito si trovasse con lo slavo. La notizia arrivò come al solito sul mio cellulare mentre ci dirigevamo verso Viale Romania.

"Si, pronto? Dimmi Spanu...dove l'hanno rintracciata? A Rotterdam...carica lì per tre giorni... si ci penso io, grazie."

Portai i miei compagni di viaggio a conoscenza delle novità

"Abbiamo rintracciato la *Queen of Sea* a Rotterdam, ora dobbiamo cercare il modo di ottenere informazioni via breve, senza rogatorie internazionali."

Pierino sorrise largamente.

"Il modo c'è e si chiama Mustaccioli! Appena arriviamo al comando generale lo chiamiamo"

L'idea era buona, Mustaccioli era un collega molto in gamba che prestava servizio ad Amsterdam, presso un organismo internazionale impegnato nella lotta contro gli stupefacenti.

Appena giunti al quartier generale, il magistrato si separò da noi facendosi accompagnare dallo stesso taxi a Palazzo dei Marescialli, io e Pierino cominciammo il giro degli uffici. Spesso si incontravano degli amici che ti chiedevano notizie e con i quali dovevi a malincuore essere vago e superficiale, ma tutto faceva parte del gioco delle parti. Ci trattenemmo un po' di più presso l'Ufficio Personale Ufficiali, da lì Pierino contattò Mustaccioli spiegandogli ciò di cui avevamo bisogno ed inviandogli per fax l'identikit di Milan Slatko. Fatto ciò il mio collega si recò a parlare con le alte sfere, venendo fagocitato dai meandri del palazzo; dal canto mio terminai il giro dei saluti ed andai a mangiare in un ristorantino lì vicino.

Evitai la mensa del Comando Generale perché avevo voglia di stare un po' da solo, di riflettere.

Davanti ad un piatto di carciofi alla romana mi convinsi di aver fatto davvero tutto il possibile per riportare a casa il Matta, l'indagine era stata proprio condotta in modo esemplare. Il merito era certamente di Pierino che mi aveva preso per mano nei momenti più difficili, ma anch'io avevo ritrovato le intuizioni dei tempi del Ros; i miei collaboratori erano stati poi eccezionali, Spanu e Gargiulo su tutti.

La mia coscienza si lavò con la certezza che mi davano i miei pensieri, anche nei riguardi di Marina mi sentivo a posto. Sapevo dove era il rapito, ne avevo la certezza, anche se non potevo andarlo a prendere; ormai mi sentivo come il calciatore sostituito a venti minuti dalla fine con la squadra in vantaggio, esce lui ed entra un difensore perché bisogna tenere stretto il risultato. Bene, il mio dovere l'ho fatto, ho giocato bene e fin quando sono stato in campo vincevamo: ora, dalla panchina, non posso fare più niente.

Verso le quindici ritornai negli uffici del comando generale e trovai Pierino ad attendermi.

"Sei andato a pranzo eh? Non c'è più religione i vecchi stanno a lavorare digiuni ed i giovanotti se ne vanno a ristorante"

"Dai Pierino sei sparito, ho pensato che avresti mangiato con qualcuno dei capoccia. Scusami."

"Sto scherzando…e poi è meglio che me ne stia un po' a dieta…visto che pancia?"

Il mio collega mi sembrava particolarmente euforico, il fatto mi appariva strano perché non mi sembrava ci fosse motivo. Lo guardai con un mezzo sorriso come per dirgli: *beato te che la prendi a ridere!* Lui capii e mi tirò in disparte.

"Ho parlato con le persone giuste...ci sono state molte telefonate importanti fatte in mia presenza...sono bene intenzionati e faranno pressione a livello politico. Anche per l'Arma questa è una buona occasione per mettersi in mostra, per ribadire il proprio peso in vista della *Grande Riforma*. Stanotte rimaniamo a Roma e prepariamo una relazione di servizio in cui indicheremo passo per passo tutto lo sviluppo delle indagini. Sulla base della nostra relazione verrà presa entro breve, non credo più di una settimana, la decisione sul da farsi.

Dobbiamo fare un ultimo sforzo, essere chiari e lucidi, dare concretezza e spessore alle congetture, oggettività alle intuizioni. Ti sembrerà strano ma la vita di un uomo potrà dipendere dalla nostra capacità di scrivere qualcosa di convincente per chi non capisce nulla di indagini di polizia. Ho prenotato all'hotel Celio, è tranquillo e confortevole; forse la vista dei Fori ci aiuterà nella nostra opera."

L'entusiasmo di Pierino mi contagiò, energie e determinazione si impossessarono nuovamente della mia anima stanca dandole nuova linfa vitale. Chiamammo un radiotaxi, ci facemmo prestare un computer portatile dal Centro Elaborazione Dati e andammo a rifugiarci in albergo.

L'autunno romano era dolce e la terrazza panoramica dell'hotel ci permetteva di stare all'aria aperta per ossigenare la mente, dinanzi allo spettacolo immortale del Colosseo le prime venti pagine della relazione furono scritte agevolmente. Riguardavano gli aspetti più oggettivi della vicenda, interrogatori, riscontri, testimonianze, tabulati, ora si trattava di concludere, di affermare con certezza che il Matta si trovava nelle mani di Milan Slatko. Questa era la parte più importante, non potevamo sbagliare nemmeno una virgola della nostra relazione, così decidemmo di andare a riposare per poi rivederci a cena.

Dormii per circa mezz'ora, mi addormentavo con una facilità estrema segno che il mio corpo stava cominciando a risentire della stanchezza di quei mesi di indagine; appena alzato mi infilai sotto la doccia per spazzare via il torpore poi mi presentai a cena da Pierino.

Mangiammo molto leggero come se dovessimo affrontare una gara, bevemmo due robusti caffè e ci spostammo in camera sua per concludere il lavoro.

Ripercorremmo con la memoria tutte le fasi dell'indagine: le anomalie nelle procedure del sequestro, la macchina usata per il rapimento, la banda della Uno bianca, le parole di 'Tore Casula, le informazioni confidenziali raccolte da Pierino, l'abbattimento dell'elicottero della Finanza, le armi da guerra presenti sul territorio, la rapina al portavalori, la *Queen of Sea*, Dario Galic, Milan Slatko.

Sapevamo bene che mancava l'ultimo anello, quello che legava il Matta al criminale di guerra; eravamo certi che Slatko fosse un commerciante d'armi con interessi in Sardegna ma che avesse ricevuto il Matta come pagamento o fideiussione per una partita d'armi era una nostra supposizione, ed eravamo sicuri che per alcuni *dinosauri* del comando generale poteva apparire anche molto fantasiosa.

Verso le undici e trenta il lavoro era quasi terminato, lo rileggemmo più volte, correggemmo alcuni passaggi ma continuavamo ad essere insoddisfatti. Il fiuto dell'investigatore e la logica degli avvenimenti lasciavano il tempo che trovavano, avevamo bisogno di una prova lapalissiana che convincesse tutti: il rapitore era Milan Slatko, bisognava trovare lui per riportare a casa il rapito.

Il cellulare, quante volte era stato foriero di notizie confortanti, di speranze, di conferme, in questa storia; mancava poco a mezzanotte ed il cellulare di Pierino squillò con la musica della *Virgo Fidelis*.

"Pronto?"

"Spero che tu non stia dormendo, sono Mustaccioli."

"Uè Mustaccio, dimmi tutto"

"Ti ricordi quel ristorante a Santa Margherita di Pula dove ci siamo sbafati quintali di pesce?"

"Si...certo..."

"Allora comincia a prenotare che mi devi una cena!"

"Sei riuscito?"

"Abbiamo incastrato un coglioncello di Carloforte che fa il terzo di macchine a bordo della Queen of Sea. Era andato a comprare un po' di roba per se e per gli amici ma ne ha comprata un po' troppa, forse voleva rivendersela nel prossimo porto. Lo abbiamo portato dentro e l'ho fatto cagare addosso, non c'è voluto molto tempo ed ha parlato."

"Dimmi tutto."

"All'alba del quattordici settembre, la notte del rapimento, sono saliti a bordo due uomini con una grossa cassa che è stata portata in una cabina che il comandante aveva fatto predisporre. Durante la navigazione i due uomini hanno mangiato sempre in cabina ma le porzioni che venivano portate erano per tre, il carlofortino dice che secondo lui in quella cassa c'era qualcuno che non voleva farsi vedere. Che tipo sveglio... gli ho mostrato l'identikit e, guarda caso, uno dei due uomini era Milan Slatko. Cassa e passeggeri sono sbarcati a Bar, il comandante della nave era molto susseguioso con loro... è di Spalato, sai com'è. Ho fatto deporre davanti ad un magistrato locale e verbalizzato tutto, queste sono prove inoppugnabili! Il ragazzo l'ho rilasciato ed è certo che terrà la bocca chiusa altrimenti lo buttano nell'oceano, il comandante se risulterà coinvolto direttamente lo facciamo beccare dall'interpol quando vogliamo. Allora me la merito la cena?"

"Io ti faccio un abbonamento decennale al ristorante, non so come ringraziarti sei stato fantastico."

"Non è niente in confronto a quello che tu hai fatto per me, sono sempre a tua disposizione. Dammi un numero di fax che ti mando tutto il carteggio."

Pierino mi fece chiamare la reception, trascrissi il numero di fax e glielo porsi.

"Si, mandami tutto subito. Grazie!"

Quando la conversazione era diventata interessante, il mio collega aveva scostato il ricevitore dall'orecchio facendomi segno di avvicinarmi. Così, guancia a guancia con Pierino, avevo ascoltato anch'io la telefonata. Quando riattaccammo non eravamo più nella pelle, cominciammo a saltare come due bambini dandoci grosse pacche sulle spalle; ci fermammo di botto e, senza una sola parola, ci scapicollammo per le scale all'unisono per andare a ricevere il fax.

Giunse a noi perfettamente chiaro e leggibile, allontanammo con gentilezza la solerte centralinista per evitare che potesse sbirciare e facemmo dieci fotocopie di ogni foglio. Tornammo in camera di corsa con il nostro tesoro ben stretto tra le mani, allegammo questa deposizione in sequenza a quello di Dario Galic, inserimmo nel testo il richiamo all'allegato ed il nostro lavoro fu finito. Pierino aprì il frigobar e tirò fuori una mini bottiglia di Moet-Chandon, la stappò.

"Abbiamo fatto tutto quello che era possibile e forse anche di più, gli stiamo consegnando il rapito su un piatto d'argento. Ora tocca a loro, alle loro coscienze.

Lavorare con te è stato veramente facile perché sei un ragazzo intelligente, professionale ed hai un grande cuore, traspare in tutto quello che fai."

Pierino mi tese la mano, gliela strinsi forte. Avrei voluto replicare, dirgli di quanto avevo imparato dalla sua saggezza, dalla sua esperienza, dalla sua perspicacia, ma erano solo parole che non riuscivano a rendere giustizia della grande carica umana di quella persona eccezionale. Rimasi in silenzio, tirai la sua mano facendolo avanzare verso di me e lo abbracciai forte in una stretta figliare.

Quando ci staccammo avevamo entrambi gli occhi lucidi, mi guardò attraverso le lenti.

"Questo abbraccio mi ricompensa di ogni sacrificio, grazie."

Levammo i calici al cielo e bevemmo di un fiato, il raffinato liquido attraversò fresco le nostre gole annodate dall'emozione donandoci un senso di felicità assoluta.

Il mattino seguente facemmo controfirmare la nostra relazione al dottor Veneziani che l'approvò sotto ogni profilo, Pierino tornò nuovamente in viale Romania per consegnare il plico a chi di dovere.

Lo aspettai passeggiando tra Piazza di Spagna e Fontana di Trevi, camminavo senza una meta cercando soltanto di rilassarmi il più possibile; tutta l'adrenalina, che ci aveva sorretti in quei lunghi giorni di indagine, si era sciolta lasciando il posto ad un'immensa stanchezza.

Verso le undici il mio collega passò a prendermi in largo Argentina con un'auto di servizio che ci portò all'aeroporto, ci imbarcammo alle tredici e trenta su un volo per Olbia dopo aver mangiato un toast.

All'aeroporto della Costa Smeralda c'era ad attenderci il ragazzetto di Palombara Sabina, la sua abituale riservatezza fu particolarmente apprezzata in quel frangente di stanchezza mentale. Imboccammo la superstrada per Sassari, proseguimmo per Alghero sempre in silenzio; le uniche parole proferite furono il saluto reciproco che ci scambiammo con Pierino ed un *grazie* all'autista che pronunciai sottovoce prima di salire nel mio alloggio.

Nei giorni a venire mi dedicai a tutte quelle incombenze, necessarie nell'azione di comando, che non avevo potuto esercitare a causa dell'impegno nelle indagini. Effettuai un giro per le stazioni dipendenti, presi in considerazione qualche istanza di trasferimento, qualche provvedimento disciplinare, approfondii la conoscenza del personale attraverso i loro documenti matricolari, inoltrai alcune richieste fondi per lavori di minuto mantenimento, chiesi l'integrazione del controvalore viveri per il personale di una piccola stazione. Non pensai, in quei giorni, minimamente al rapimento quasi come se considerassi conclusa la mia missione; non ebbi nemmeno contatti con Pierino che mi disse si sarebbe fatto sentire in caso di novità. Misi in atto una vera e propria cura disintossicante, avevo pensato anche di andare in ferie ma l'approssimarsi del Natale mi convinse ad attendere ancora un paio di settimane. Durante il fine settimana mi dedicai alla pesca subacquea, tirai fuori l'attrezzatura, controllai lo stato della mia muta più grossa, e mi immersi a Baia di Conte; il periodo non era dei più proficui per la pesca, così il bottino di due giornate di caccia si limitò a cinque polpi. Non mi interessava granché pescare molto, ciò che volevo era rimanere da solo lontano dai problemi del mondo; contava immergersi nel blu, in un mondo ancora incontaminato dove l'unico rumore era la dolce musica della risacca ed il mio ansimare nel respiratore. Mi immergevo in apnea anche quando non avevo scorto pesci o tane, solo per il gusto di scendere sul fondale in modo tale da frapporre più distanza possibile tra me e la civiltà. Il poco pesce pescato fu ampiamente compensato dalla mangiata che mi feci la domenica sera a Bosa, andai a cena da

Tattore insieme ad un collega elicotterista che mi faceva sganasciare dalle risate.

La mattina dell'otto dicembre rimasi un po' di più a letto, a crogiolarmi tra le coperte; a mezzogiorno ci sarebbe stata una cerimonia religiosa alla quale erano state invitate tutte le autorità civili e militari, mi toccava andare ma c'era ancora tempo per pensare un po' ai fatti miei. Almeno così credevo.

Alle dieci mi chiamò Pierino.

"Sei sveglio? Dobbiamo vederci al più presto, ho delle novità."

"Ciao, dopo pranzo possiamo vederci. Ho una rappresentanza verso mezzogiorno e poi..."

"Lascia perdere. Dobbiamo vederti subito, ti aspettiamo al comando provinciale. In borghese."

L'uso del plurale mi fece capire che la faccenda doveva essere seria, pensai che insieme al collega ci fosse il dottor Veneziani ma in quel caso ci saremmo incontrati nel suo ufficio. Il tono di Pierino e la richiesta di vestirmi con abiti borghesi mi fecero protendere per un incontro con personaggi dell'Arma che volevano risultare poco visibili, perché allora incontrarci al comando provinciale? Cercavo una risposta alle mie domande mentre mi vestivo, mi accorsi che il torpore e la serenità di quei giorni erano stati spazzati via in un solo istante; mi sentivo di nuovo in caccia, ero un animale con tutti i sensi attivi e tesi a cogliere il minimo indizio. Presi casco e giubbotto per la moto, dissi a Spanu di sostituirmi nell'impegno precedente assunto e mi avviai all'appuntamento.

"Vada tranquillo comandante, l'aspetto in ufficio al suo rientro.

Lei è stato trattenuto da improcastinabili esigenze di servizio legate alla nota esigenza, nessuna se ne avrà a male."

Spanu era davvero un valido aiuto in ogni momento ed in ogni campo, dalle indagini di polizia giudiziaria, al governo del personale, alle pubbliche relazioni.

Affrontai velocemente le prime due curve che mi conducevano alla strada statale per Sassari, poi un pensiero mi indusse a rallentare. La voce di Pierino, il suo tono, le parole che aveva usato, mi risultavano molto strane e non riuscivo a capacitarmene; chi c'era ad aspettarmi al comando provinciale? Volevano che andassi in borghese per non avere testimoni di quell'incontro ed allora perché incontrarci in un edificio militare? Forse perché a casa loro era più facile preparare una trappola?

Svoltai a sinistra, percorsi in senso inverso il perimetro dell'isolato e tornai nella mia caserma. Scesi dalla moto e salii velocemente nel mio alloggio, cercai nel cassetto della scrivania il microregistratore che possedevo e quando lo vidi trassi un sospiro di sollievo. Lo preparai per la registrazione e lo occultai in una delle tasche del giubbotto da motociclista, qualunque fosse stato il motivo di quel colloquio ero certo che sarebbe stato meglio ne fosse rimasta traccia.

Dopo venticinque minuti ero al comando provinciale, Pierino mi aspettava nell'androne e mi venne incontro abbracciandomi. Feci la faccia dura.

"Allora di che si tratta?"

"Hanno preso una decisione e vogliono comunicarcela."

"Tu sai già qual è?"

"Si, lo so."

La reticenza di Pierino mi innervosiva ed al contempo dava corpo ai miei sospetti, doveva trattarsi di un'imboscata.

"E allora?"

"Te lo diranno loro."

"Ah, bene. Allora me lo direte tra poco."

Accelerai l'andatura costringendo Pierino, che avrebbe dovuto farmi strada, quasi a correre per starmi al fianco. Ci fermammo dinanzi l'aula briefing del comando, capii che era lì che si sarebbe svolto il colloquio e feci in modo da portarmi alle spalle del collega; con un movimento veloce misi in funzione il registratore.

All'interno dell'aula si trovavano, seduti ad un'estremità del tavolo ovale, due uomini in borghese; quello che aveva l'aria di essere il capo dimostrava una cinquantina d'anni, capelli radi e brizzolati.

Feci uno sforzo mentale per cercare di capire se lo avessi mai visto prima ma mi sembrò di no.

L'altra persona aveva pressappoco la mia età ed appena la vidi ebbi la netta sensazione di conoscerla; portava i capelli molto lunghi ed il pizzetto ma ero certo di averlo già visto con un altro look. Alle spalle della sala dove ci trovavamo, era allestita una stanza proiezione; cercai di scrutare attraverso la feritoia del proiettore ma non vidi nessuno pur essendo certo che qualcuno ci stesse osservando. Nulla di più facile che al posto del proiettore fosse stata piazzata una telecamera che stesse riprendendo il colloquio. Del comandante provinciale nessuna traccia.

Notai che Pierino andò a sedersi in disparte, esageratamente in disparte, come se volesse uscire da un eventuale campo di ripresa; anche i due uomini erano seduti in modo da dare le spalle alla possibile telecamera, decisi che non dovevo dargliela vinta.

L'uomo più anziano fu il primo a rivolgermi la parola, con voce squillante.

"Capitano Rossi, prego si accomodi. Come va?"

Accompagnò le parole indicandomi la poltroncina sulla quale accomodarmi, disattesi l'indicazione fermandomi due posti prima e sedendomi di sbieco.

Parlai con un filo di voce.

"Buongiorno chiedo scusa per la voce ma ho una fortissima tracheite, non vi dispiacerà se tengo il giubbotto…"

Il giovane intervenne stizzito.

"Se ha di questi problemi non dovrebbe andare in giro in moto."

Risposi con un viso angelico.

"Ha ragione, ma purtroppo è l'unico mezzo di trasporto che possiedo."

L'anziano riprese a parlare.

"Capitano voglio dirle subito il motivo per cui l'abbiamo convocata, innanzitutto io parlo a nome del generale comandante…"

Lo interruppi seccamente.

"Lei parla a nome di? Ma lei chi è!"

"Il mio nome non ha importanza e la pregherei di non interrompermi ulteriormente…"

Lo feci di nuovo, con un filo di voce.

"Io vorrei ricordarle, egregio signore, che nessun motivo, né di ordine giuridico né etico, mi costringe a stare qui a parlare con lei…"

Accennai il movimento di alzarmi pur non avendone nessuna intenzione.

Il giovane non seppe trattenersi e fece un passo falso.

"Capitano è meglio per lei se resta seduto."

Trasformai la rabbia che mi cresceva dentro in lucidità e forza mentale, il mio cervello compì un prodigio mnemonico degno di Pico della Mirandola. I capelli lunghi ed il pizzetto undici anni prima non appartenevano al volto di quell'uomo; lo avevo avuto contro come avversario in una partita di calcetto al torneo dell'Arma che si organizzava ogni anno a Roma.

La mia squadra, formata da noi sottotenenti della Scuola Ufficiali, aveva perso in finale contro la compagnia di Anagni ma in semifinale avevamo battuto una rappresentativa della Scuola Allievi Sottufficiali. Eri lì che avevo visto l'allora allievo maresciallo che ora sedeva dinanzi a me, giocava molto duro ed eravamo quasi venuti alle mani; il suo viso ora mi appariva nitido come se lo avessi visto il giorno prima.

Li avevo in pugno, li tenevo per i coglioni e non avrei mollato la presa. Lo guardai a lungo annuendo, parlai sempre con tono serafico.

"Cosa fa maresciallo, mi minaccia? Le ricordo che le deroghe al suo stato giuridico, che le derivano dall'appartenenza ai servizi informativi, non le consentono anche le minacce ad un superiore."

Si guardarono preoccupati ed io sferrai il colpo di grazia giocando in contropiede. L'altra persona doveva essere per forza un ufficiale che, vista l'età, doveva verosimilmente rivestire il grado di tenente colonnello o colonnello. In gergo militare non fa differenza ci si rivolge a loro con lo stesso appellativo.

"Ed ora che non ci dobbiamo prendere più per il culo se mi vuol dire anche il suo nome signor colonnello, sarà tutto più facile."

I due guardarono Pierino quasi se sospettassero una sua soffiata, poi l'uomo anziano si presentò.

"Sono il tenente colonnello Farolfi."

La mia voce tornò normale, anzi cominciai a parlare con un tono molto alto.

"Bene. Allora oggi otto dicembre millenovecentonovantanove, io capitano Massimiliano Rossi venivo convocato presso il comando provinciale di Sassari dal maggiore Piero Loi, detto Pierino…"

Era la prima volta che chiamavo il mio collega per grado nome e cognome ed anche lui mi sembrò sorpreso, ma avrebbe dovuto sapere che non avrei mai fatto trascorrere tre mesi senza conoscere con chi stessi lavorando.

"...e, nell'aula briefing del suddetto comando, venivo a colloquio con il tenente colonnello Farolfi e con il maresciallo..."

Guardai il sottufficiale schioccando le dita come se mi sfuggisse in quel momento il cognome, sollecitando il suo intervento.

"Maresciallo Ordinario Trentini"

"...e con il maresciallo ordinario Trentini, i quali asserendo di parlare a nome del comandante generale dell'arma mi riferivano..."

Rimasi in silenzio per alcuni secondi, poi sollecitai i miei interlocutori che sembravano sempre più nervosi. Avevano capito di essere stati fregati, sapevano che stavo registrando la conversazione, sapevano che non avrebbero potuto usare toni e parole compromettenti, dovevano pensare bene a ciò che facevano.

"...allora signori? Tocca a voi, mi raccomando a voce alta per cortesia."

Il tenente colonnello misurò le parole e cominciò ad esporre, sapevo che lo avrei interrotto parecchie volte e per far capire che non scherzavo scostai il giubbotto facendo intravedere la pistola infilata nella cintura dei pantaloni; eravamo in guerra.

"E' stata presa la decisione di effettuare un tentativo per liberare il Matta..."

"Chi ha preso questa decisione?"

"Non sono autorizzato a dirglielo!"

"Forse il comandante generale in nome del quale lei dice di parlare?"

"Non so chi abbia preso la decisione ma mi è stato detto di ordinarle..."

"Signor colonnello lei non è sulla mia linea gerarchica pertanto non credo che lei possa ordinarmi..."

Questa volta fui io ad essere interrotto, da Pierino.

"Io sono sulla tua linea di comando e sono io che te lo ordino."

"Bene allora ricevo ordine dal maggiore Piero Loi di fare, cosa?"

Parlavo come se mi trovassi dinanzi alla giuria di un processo americano, ogni passaggio doveva essere chiaro e facilmente ricostruibile.

Il tenente colonnello continuò.

"Lei dovrebbe effettuare il tentativo di liberare il sequestrato presumibilmente nel territorio della ex-Jugoslavia. Vista l'attuale situazione politico-stategica internazionale, l'Italia non può ufficialmente condurre questo tipo di operazione pertanto lei agirebbe per conto proprio. Se qualcosa andasse storto nessuno potrebbe aiutarla e lei verrebbe abbandonato al suo destino, l'unico aiuto che possiamo darle consiste nell'appoggio delle forze MSU ma limitatamente ai compiti istituzionali ossia operazioni di ordine pubblico. Se lei accetta le forniremo dei contanti per spese confidenziali ed una ID card per la libera circolazione in Albania, Macedonia, Kosovo e Bosnia Herzegovina."

"Se non accetto?"

"E' libero di non farlo, in quel caso le indagini proseguiranno in attesa di sviluppi futuri. Magari un atto di clemenza da parte dei sequestratori, chissà."

"Perché non utilizzate i nostri agenti dislocati in quei territori?"

"Sono tutti sotto controllo americano, non possiamo fare un passo."

"Ammesso che ritrovi il Matta come lo libero? Vado da Milan Slatko e faccio la faccia cattiva?

"Milan Slatko è un criminale di guerra ed i carabinieri presenti come MSU hanno la possibilità di arrestarlo, bisogna trovare Slatko e farsi consegnare il Matta."

"Quanto tempo ho per decidere?"

"Aspettiamo una sua risposta per le tre, per me è tutto."

"Bene, anche per me!"

Uscii dalla stanza e mi recai nei gabinetti per controllare la qualità della registrazione.

Era tutto comprensibile: nomi e cognomi, richieste e condizioni.

Pensai che avrebbero anche potuto fornirmi delle generalità false, ma una persona era inequivocabilmente identificabile: Pierino. Il suo coinvolgimento era il mio lasciapassare.

Ero incazzato con lui perché non mi aveva evitato questa trappola, non era ciò che mi avevano chiesto che mi faceva infuriare ma il modo in cui ero stato trattato; quando Pierino mi raggiunse nei bagni lo assalii. Lo presi per un braccio ed aprii tutti i rubinetti dei lavandini in modo che lo scroscio dell'acqua coprisse le nostre voci.

"Bravo Pierino, cosa credevi di aver lavorato con un coglione per questi tre mesi? Questa buffonata te la potevi risparmiare!"

"Non ti arrabbiare sono le regole del gioco, non è successo nulla."

"Ma di quale regole parli? Queste sono le vostre regole, le regole di chi crede di poter calpestare la vita delle persone quando gli pare, le regole che vanno contro la legge, l'onestà e la morale. Me ne sbatto delle vostre regole e state attenti che vi fotto senza remissione dei peccati! Non potete fare sempre i vostri porci comodi in nome di un interesse superiore, ma interesse di chi? Dello Stato forse? Dei cittadini? C'è un italiano in mano ad un delinquente serbo e lo Stato se ne sbatte, ci deve essere qualcuno che si sacrifica per lui. Andatevene a fare in culo tutti quanti."

"Così non accetterai?"

"Lo avrei fatto se me lo avessi chiesto tu, a quattro occhi, da amico, da uomo a uomo. Non con questa ridicola sceneggiata da KGB, non se me lo chiedono due coglioni che si nascondono dietro il loro distintivo ed i loro privilegi."

"Mi dispiace ma non ho potuto fare niente per evitarlo, davvero.

Non ti avrei fatto questo sgarbo te lo assicuro ma gli ordini arrivavano da troppo in alto questa volta."

"Già, il potere precostituito. Quattro mariuoli deformi aggrappati alle loro poltrone, che ci usano come soldatini a loro piacimento.

Nessuno di loro ha fatto il militare eppure ci comandano, non conoscono la nostra vita, i nostri sacrifici, le nostre difficoltà e noi stiamo qui ad ubbidirli. Quando la finirete di essere dei burattini?"

"E' troppo tardi per chiedertelo di persona?"

"Si, è troppo tardi. Avresti dovuto pensarci prima."

"C'è un'altra persona che vorrebbe chiedertelo personalmente, vuoi ascoltarlo?"

"Chi è?"

"Una persona che tu stimi, il colonnello Roma."

Era il comandante dei ROS, c'era anche lui a quella fatidica riunione tenutasi a Cagliari dove si decisero i titolari dell'indagine ed i criteri da seguire; lo conoscevo ed era una persona per bene, che non aveva mai lasciato nei guai uno dei suoi. Accettai di incontrarlo, a dir la verità ero costretto a farlo, e l'incontro avvenne nell'ufficio del comandante provinciale. Il colonnello era in uniforme, stava fumando un mezzo sigaro e quando entrai si alzò dalla poltrona della scrivania per venirmi incontro; mi diede la mano e ci accomodammo, io, lui e Pierino.

Sul divano di pelle dell'ufficio.

Esordii tra il serio e il faceto.

"Signor colonnello le sarei grato se me lo dicesse subito, devo registrare anche questa conversazione?"

"No figlio mio, non ce ne è bisogno. Volevo chiederti scusa per il trattamento che ti hanno riservato, non ero d'accordo ma i politici hanno voluto così. L'unica cosa che sono riuscito ad ottenere è stata la presenza almeno di soli colleghi dell'Arma."

"Dagli amici mi guardi Iddio che dai nemici mi guardo io."

"Ti capisco, al tuo posto avrei fatto di peggio. Cerchiamo però di superare questa fase di empasse, la decisione spetta solo a te. È a rischio la tua vita perciò non ti influenzerò assolutamente ma voglio solo dirti che, seppure impossibilitato a farlo ufficialmente, ti sarò vicino. Ho già chiamato il comandante del MSU a Sarajevo e ti ha messo a disposizione un suo ufficiale, uno dei migliori, il capitano Berretti. Lo conosci?"

"Molto bene abbiamo fatto il liceo insieme, al Collegio Militare."

"Bene, lui sarà a tua disposizione per tutto ciò avrai bisogno: logistica, armi, informazioni, uomini. La missione è rischiosa, laggiù c'è un uomo che probabilmente non tornerà più a casa e tu potresti essere la sua sola speranza; forse questo è il vero motivo della nostra esistenza, la ragione della nostra istituzione, puoi aiutare una persona, riportarla alla vita. Tu hai scelto di servire la Patria a sedici anni e so che credi in ciò che fai, qui la posta in gioco è molto alta perciò nessuno ti biasimerà se dovessi rifiutare. Se la tua risposta fosse positiva dimostreresti a te stesso ciò che veramente sei, un uomo, ed a noi tutti cosa significa essere carabiniere. Prenditi di tempo fino alle tre, poi mi darai una risposta. Ti aspetto."

"Non c'è bisogno di altro tempo ho già deciso. Andrò laggiù e proverò a riportare a casa il Matta."

Avevo preso la decisione istintivamente, secondo ciò che mi dettava la mia anima. Volevo chiudere quella storia e volevo farlo a modo mio, per me stesso. Il rimpianto di non aver accettato mi avrebbe perseguitato per tutta la vita, se il rapito non fosse più tornato l'avrei ucciso anch'io con il mio rifiuto. Sapevo che loro puntavano anche su questo per indurmi ad accettare ma non m'importava, dovevo dare una risposta alla mia coscienza e la risposta era sì.

"Le chiedo solo di poter partire tra un paio di giorni, voglio andare a salutare i miei."

"Certamente, quando sarai pronto partirai. La tua decisione ti fa onore ed anche l'Arma saprà riconoscere il tuo valore."

"La fame di gloria è degli avventurieri, la sete di giustizia è degli uomini onesti. Ho solo tanta sete, per il resto sono a dieta. Da sempre."

La mia frase spiazzò il colonnello a cui non restò altro di abbracciarmi ed augurarmi in bocca al lupo.

Finito il colloquio con il colonnello mi avviai verso l'uscita del palazzo, quando fui quasi all'esterno mi sentii chiamare.

"Hey Rossi, aspetta un attimo!"

Pierino mi seguiva trafelato.

"Preparati tranquillamente, prenditela calma. Parti soltanto quando ti senti mentalmente pronto, nel frattempo ti procurerò tutto ciò di cui hai bisogno…se può interessarti secondo me hai fatto la cosa giusta."

Lo guardai per qualche secondo, abbozzai un mezzo sorriso con una sola parte della bocca. Non ce l'avevo con lui ma il suo atteggiamento mi aveva ancora una volta aperto gli occhi; avevo avuto l'ennesima dimostrazione di come tutto, stima, amicizia, lealtà, sia sacrificabile in nome di qualcosa di superiore. Chi avesse stabilito questo canone di superiorità era il bieco gioco del sistema che noi stessi non riuscivamo a cambiare.

"Va bene, mi faccio sentire tra qualche giorno. Fammi preparare tutti i documenti possibili, mi servirebbe anche un'arma piccola…una ventidue credo che riuscirei ad imboscarla facilmente. Se dovessi avere bisogno di qualcos'altro lo chiederò lì a Claudio Berretti. Ci sentiamo."

Tornai in ufficio e preparai una lettera in cui spiegavo tutto ciò che era successo quel giorno, trascrissi anche il contenuto della registrazione e duplicai la cassetta facendone tre copie. Attesi il ritorno di Spanu dalla cerimonia e lo convocai nel mio ufficio.

"Spanu siediti un po' che dobbiamo fare una chiacchierata."

"Eccomi comandante, volevo solo dirle che il sindaco le manda i suoi saluti."

"Grazie… ho avuto un colloquio interessante con un paio di colleghi poco fa…vogliono che vada a riprendere il Matta… da solo e senza copertura."

"Dove in Jugoslavia?"

"Si, dovrò sbrigarmela da solo ed ufficialmente nessuno saprà di questa missione…in pratica se non torno non si saprà mai che fine ho fatto."

"Le hanno lasciato possibilità di scelta?"

"Certamente, ed io naturalmente ho accettato…come avresti fatto altrimenti a diventare per un po' comandante di compagnia? Adesso dovrai sostituirmi, spero per poco."

Spanu aveva un forte senso dell'onore, il culto dell'eroismo lo ammantava. Si commosse.

"Signor capitano il suo gesto ci riempie di orgoglio e le assicuro che mi impegnerò con tutte le mie risorse per cercare di sostituirla degnamente. Lei tornerà presto da noi e restituirà un uomo libero alla sua famiglia, di questo ne sono certo. Mi dica se posso fare qualcosa, qualsiasi cosa…"

"Quelli dei servizi hanno cercato di fottermi e questo non mi è andato giù. Se non dovessi tornare devi mandare questo plico ad un mio amico giornalista di Napoli, quest'altro alla fidanzata del Matta. I due indirizzi te li ho scritti qui, naturalmente valuta il modo migliore per farlo; non lo faccio personalmente adesso perché sono certo che sarò sorvegliato fino la giorno della mia partenza, se tutto andrà bene non ci sarà nemmeno bisogno di lavare i panni sporchi in piazza."

"Non recapiterò questi plichi perché lei tornerà senza un graffio, ma stia certo che se dovesse essere necessario la verità sarà di dominio pubblico."

Il mio sottufficiale aveva assunto un tono solenne e riusciva a stento a trattenere l'emozione.

"Grazie Spanu, so che posso contare su di te. Mi raccomando la massima riservatezza, sei il solo che debba sapere della mia missione; per tutti gli altri diciamo che ho preso le ferie di Natale anticipatamente. Se dovessi tornare con il Matta mi farò vivo per tempo e voglio che tu mi organizzi un putiferio, il raduno nazionale dei giornalisti dovrà sembrare ben poca cosa al confronto.

"Comandante non si preoccupi, convochiamo pure la CNN!"

"Ne sono certo Spanu, ne sono certo. Fammi una cortesia, vedi se riesco a prendere un aereo per Napoli oggi pomeriggio. Aspetto la risposta nel mio alloggio."

Salii nel mio appartamento e cominciai a preparare i bagagli con cura. Cercai di non dimenticare nulla che potesse poi essermi utile: un binocolo, il GPS, passamontagna, anfibi e giacca in gore-tex, torcia MAGLITE, borraccia, guanti in pile, maglioni e calze di lana, quindici colpi calibro nove e quindici calibro 7.62. Altre attrezzature mi sarebbero state certamente fornite prima della partenza.

Alcuni dei miei effetti personali più cari decisi di portarli dai miei, non volevo che fossero andati persi in caso che non fossi più tornato.

Misi in valigia alcune foto, qualche lettera, l'ultimo estratto conto della mia banca, la ricevuta del pagamento della polizza sulla vita con il contratto stesso. Controllai i beneficiari nel caso fossi morto, mio fratello e la mia ex ragazza si sarebbero spartiti la somma in parti uguali, decisi di lasciare così le cose perché rispecchiava appieno i miei sentimenti.

Dopo quaranta minuti Spanu mi telefonò dandomi conferma del volo, sarei partito alle 17,50. Chiamai casa dei miei.

"Mamma siete a casa? Bene, alle nove sono a Capodichino!"

Capitolo 5

L'aria era pungente ed il cielo terso, mentre scendevo dalla scaletta dell'aereo mi voltai verso sinistra e scorsi la sagoma imponente ed immutabile del Vesuvio. Era passato così tanto tempo dall'ultima volta che ero stato a casa che, nonostante la proverbiale lentezza della mia città, erano riusciti a rendere finalmente decente l'aerostazione.

Appena oltre la porta scorrevole degli arrivi vidi il viso sorridente di mia madre che mi aspettava. Ci abbracciammo a lungo.

"Benarrivato tesoro, com'è andato il viaggio?"

"Bene mamma, tutto bene. Da quanto tempo che non ci vedevamo, vero?"

"Tanto, troppo tempo. Anche papà ti aspettava con ansia, è in macchina perché come sempre non si trovava posteggio."

Camminammo sottobraccio e mi chiesi se fosse giusto trascorrere così tanto tempo lontano da loro, erano sempre in forma ma il tempo passava anche per loro. Un giorno non ci sarebbero stati più e chi mi avrebbe restituito tutto il tempo che non ero stato al loro fianco? Avevo sentito più di una volta dei superiori enfatizzare il loro spirito di sacrificio dicendo: *"Non ho fatto nemmeno in tempo ad andare ai funerali dei miei genitori."* Questo atteggiamento, quasi di vanto, lo trovavo decisamente inaccettabile, il carrierismo passava sopra ogni forma di morale. Quando sentivo questi discorsi dovevo farmi forza di non rispondere: *"E lei si vanta pure di essere una persona così arida?"* Mi limitavo a riflettere su quanta pena mi facessero quelle persone che sacrificavano tutto, famiglia, tempo libero ed affetti, in nome di una carriera che spesso nemmeno si compiva. Pensavo: *"Bravo coglione, i tuoi figli non ti conoscono, tua moglie ti cornifica, non hai veri amici e tutto questo per una stelletta in più. Alla fine verrà sempre qualcun altro che ti farà le scarpe ed allora avrai sprecato la tua vita, complimenti!"*

Mio padre ci aspettava in macchina, nervoso come sempre. Era un vulcano, non stava fermo un attimo e sembrava sempre sul piede di guerra; spesso pensavo che non sapeva godersi la vita e gli rimproveravo di non aver saputo trovare, nemmeno in vecchiaia, quell'equilibrio che gli avrebbe permesso di vedere il mondo sotto un'altra ottica.

Litigavamo spesso perché avevamo lo stesso carattere intransigente ma ci volevamo bene, tanto.

"Ciao papi, come stai?"

"Uè piscitiè, ti sei ricordato di noi? Ora che muoio non avrai più il problema di venirmi a trovare."

Gli piaceva fare la vittima, era una sua prerogativa. Parlava della sua morte da quando aveva cinquant'anni, sempre negli stessi termini.

Io e mia madre lo zittimmo prendendolo in giro, ci avviammo verso casa.

Chiesi notizie di mio fratello e mia sorella, di mio nipote e dei miei zii che non vedevo da tempo immemorabile. La strada di casa mi era sempre famigliare, immutabile nel tempo. Man mano che passavano i chilometri, ogni luogo era legato ad un ricordo di gioventù; il ponte dove spesso si incastravano i Tir troppo alti, la chiesa dove andavo a catechismo, il cancello con il cane lupo che mi abbaiava assatanato ogni mattina. Il cane ormai non c'era più, vent'anni erano troppi anche per lui che da bambino mi incuteva paura e rispetto. I miei amici, al sicuro dall'altra parte del cancello, lo istigavano, gli sputavano, gli tiravano le pietre, io non lo avevo mai fatto. Rispettavo quell'animale più di una persona, lo vedevo un sovrano battagliero che lotta per difendere il suo regno; una volta al ritorno da scuola, ero alle elementari, il cancello era aperto ed il cane libero. Mi bloccai con un po' di paura ma mi accorsi che lui mi guardava con simpatia, gli passai davanti senza correre e lui mi seguì con lo sguardo, senza muovere un passo verso di me; rimase nel suo territorio senza sentirsi minacciato, già allora capii quanto fosse bello non rompere le palle al prossimo.

Giunti a casa salutai mio fratello che trovai sempre più pallido, divorato dallo studio, e risposi per buoni dieci minuti alle feste del mio cane che non la smetteva più di saltarmi addosso.

Trascorsi quei giorni senza fare nulla, immergendomi nei ricordi e cercando in essi la forza per andare avanti. Mio nipote era sempre più uno scugnizzo e mia sorella era sempre più donna che ragazza, il portinaio mi salutò sempre con affetto e rispetto e non mi sottrassi nemmeno ad un giro parenti. Mia madre mi deliziò con i suoi manicaretti facendomi sicuramente ingrassare di qualche etto, pensai che un po' di riserve lipidiche mi avrebbero fatto bene nel corso della mia missione. Una mattina andai a comprare il pane dal fornaio, la stessa strada che facevo per andare a scuola; proprio come tanti anni prima inciampai in un tombino che si rialzava dalla sede stradale. Lo osservai e mi ricordai a memoria la scritta su di esso, *Fratelli Napolitano fonderie –Napoli-,* era incredibile ricordare quel particolare venticinque anni dopo. Quel tombino mi aveva sempre affascinato ed ogni volta che passavo di lì cantavo una canzoncina di cui non capivo nemmeno il significato: *comunisti, carogne, tornate nelle fogne!*

Anche quel giorno mi ritrovai a cantarla facendo bene attenzione a non farmi sentire da nessuno, quel tombino nelle mie fantasie di bambino era la porta di un nuovo mondo, sconosciuto ed affascinante.

Un giorno mio padre mi spiegò bene cosa fossero le fogne e non ci trovai più nulla di così affascinante, le sue spiegazioni erano sempre molto tecniche e, sebbene poco adatte ad un bambino, avevano il pregio di sgombrare il campo da ogni dubbio. Ricordo come riuscì a farmi vincere la pura della notte che mi terrorizzava, mi spiegò semplicemente che essa era uguale al giorno, che la vita non si interrompeva con le tenebre. Mi mostrò il lavoro di netturbini, metronotte, fornai, edicolanti, casellanti e finalmente capii che anche la notte era reale, e la vita aveva addirittura un fascino in più.

Dopo tre giorni, quasi come un ospite che si paragona al pesce, decisi che era il momento di andare. Avevo ritrovato tra i miei affetti la forza morale ed il coraggio materiale di affrontare la missione, temevo che un immersione più lunga nel mare dei ricordi avrebbe inflaccidito la mia volontà. Pensai a lungo se fosse giusto o meno informare i miei di ciò che stavo per fare, avevo paura di dar loro una preoccupazione troppo grande ma non era giusto che non sapessero la verità nel caso non fossi tornato più indietro. Decisi di parlarne a mia sorella.

"Devo dirti una cosa ma devi promettermi di non farne parola con nessuno."

"Certo te lo prometto."

"So dov'è il rapito e devo andarlo a prendere a mio rischio e pericolo."

"Che significa a tuo rischio e pericolo, non ci sono i gruppi speciali per queste cose?"

"Non in questo caso, l'ostaggio è nell'ex Jugoslavia ed i signorini non vogliono essere coinvolti. O ci vado io da solo o il tizio muore."

"Ma che significa, lo stato mica può chiederti questo! Perché dovresti farlo tu e non l'Italia ufficialmente."

"Questa è l'unica possibilità di riportare quel poveraccio a casa, così ho deciso di rischiare. Qui c'è tutta la storia dall'inizio alla fine, un'altra copia dovrebbe arrivare a Paolo il giornalista. Mi raccomando fate scoppiare un casino senza precedenti se non dovessi farcela."

"Ma che stai dicendo, che pericoli ci sono? Non puoi andare così all'avventura, non ti compete!"

"Questa volta è così, mi sento di doverlo fare. In questa busta ci sono le mie polizze assicurative, i titoli e gli estratti bancari, mi raccomando."

Mia sorella scoppiò a piangere buttandomi le braccia al collo.

"Non fare così, l'ho detto a te per non far preoccupare mamma e papà. Dai! Il pericolo c'è ma lo sai che io non mi faccio fregare, tornerò presto. Non tenterò la missione impossibile, devo ancora vedere il Napoli vincere la Coppa Campioni."

Cercavo di farla sorridere ma la sua paura era troppa, paradossalmente i suoi timori mi diedero ancora più forza. Dovevo tornare a casa anche per loro, per non dare alla mia famiglia un dolore immenso.

Chiamai Pierino dandogli appuntamento per il pomeriggio a Piazza Garibaldi, sotto la statua dell'eroe.

Pioveva a dirotto ed il traffico era ancora più impazzito del solito, ero giunto all'appuntamento con la metropolitana ma il mio collega non si vedeva ancora; decisi di aspettarlo riparandomi sotto l'ingresso di una farmacia, scrutando in lontananza tutti coloro che arrivavano nei pressi della statua. Passai mezz'ora a cercare di distinguere il volto del mio collega tra ombrelli ed impermeabili, poi vidi arrivare un taxi che scaricò il passeggero ai piedi del monumento. Era lui e portava con se una valigetta ventiquattr'ore, gli andai incontro proponendogli una passeggiata nei vicoli della Duchesca. Correvamo il rischio di inzupparci, protetti solo dall'ombrello di Pierino, ma quel posto, dove avvenivano traffici illeciti di ogni tipo, era il più adatto per farmi consegnare tutto ciò di cui necessitavo per la missione.

"Scusami per il ritardo ma c'era un traffico micidiale, ho impiegato più di un'ora per arrivare in taxi dall'aeroporto."

"Non preoccuparti, ti è andate anche bene che sei riuscito ad arrivare."

"Ma come fate a vivere con questo casino?"

"Boh, non chiederlo a me. Sono quindici anni che non abito più a Napoli."

"Hai ragione. Qui ho tutto ciò che ti serve. C'è innanzitutto un telefono satellitare con cui potrai chiamare chi ti sarà necessario, rimarremo sempre in contatto cercando di usare un linguaggio criptico con il pulsante charlie romeo. Ci sono anche due accrediti, uno valido in Albania, Kosovo e Macedonia, l'altro per Croazia e Bosnia.

Risulti funzionario dell'Alto Commissariato per i Rifugiati, così non hai obblighi di coprifuoco. Anche la patente di guida è sotto copertura. Ti ho procurato una calibro ventidue, matricola abrasa, e qualche flash-bang, giusto per gradire. Ci sono cinquemila euro in biglietti da cinquanta con serie non sequenziale, una carta di credito con fido di centomila euro, i numeri di telefono ai quali puoi rintracciare Berretti. Hai il passaporto diplomatico che, come gli accrediti, sono a nome di Giulio Rapetti."

"Ma chi, Mogol?"

"Si, lo so. In quel momento non mi è venuto in mente un altro nome!"

"Certo che voi fate le cose per bene, eh?"

"Non ti lamentare sempre, ho avuto solo tre giorni di tempo...prendi la valigetta."

Afferrai la borsa, mi fermai sotto un portone e controllai il contenuto. Sembrava non mancasse niente, tirai fuori la ventidue e me la infilai velocemente nella cintura.

"Quale sarà la tua prima tappa?"

"Voglio andare a Durazzo e rintracciare Snaga. Se riuscirà a mettermi sulla strada buona, arriverò da Berretti con qualcosa di concreto."

"Come partirai?"

"In agenzia mi hanno detto che da Bari ci sono un aliscafo, che parte solo col mare calmo, ed una nave che fanno la tratta con Durazzo. Prenderò o l'uno o l'altro."

"Credo che allora sia tutto, mi raccomando fatti sentire sempre. Stai attento ed agisci con prudenza, se sbagli il tuo sacrificio non sarà valso a nulla."

"Ho intenzione di tornare sano e salvo, non preoccuparti. Ci vediamo presto."

Ci salutammo solo con una stretta di mano, i nostri rapporti non si erano deteriorati ma i ruoli che rivestivamo non ci permettevano, in quel momento, di avere un atteggiamento più amichevole. Se gli avessi detto qualcosa in più sulle mie intenzioni, lui non avrebbe potuto esimersi dal riferire ai suoi superiori; in tal modo stavamo ognuno di noi un po' sulle sue, sapendo che era l'unico modo per non scornarsi.

Avevo intenzione di agire da solo per quanto mi fosse stato possibile, non avrei certamente telefonato a loro ogni giorno per relazionare sui mie movimenti; anche con Claudio avevo intenzione di non espormi troppo, era un amico ma dovevo essere cinico, l'avrei sfruttato senza coinvolgerlo troppo nelle mie indagini.

Tornato a casa chiesi a mio padre se poteva accompagnarmi alla stazione la mattina seguente, come al solito si rese disponibile. Passai la serata cercando di eliminare dagli indumenti e dall'attrezzatura ogni traccia, simbolo o scritta, che potesse farmi associare all'Arma.

Portai a termine questa operazione con molta meticolosità, non volevo che un banale errore potesse mandare a monte la mia copertura ed a questo scopo decisi anche di lasciare il tesserino, il bancomat ed i documenti nel cassetto del mio comodino. Per non insospettire i miei genitori, che già guardavano con diffidenza le mie operazioni, dissi loro che dovevo recarmi a Bari per sostenere un corso d'ardimento di una quindicina di giorni.

Quella sera andai a letto presto ma non riuscii a dormire subito, ripassai mentalmente tutte le tappe che mi avrebbero dovuto portare al Matta. Le variabili e le incognite erano infinite, cercai di analizzarle il più possibile prima di arrendermi al sonno.

Alle otto e un quarto del dodici dicembre salii sull'Eurostar Napoli-Bari.

Avevo un biglietto di prima classe e lo scompartimento era pressoché vuoto, la tensione era tanta e, come mi capita spesso, cercai ristoro in un sonno rigeneratore che non tardò a venire. Il controllore mi svegliò per il controllo dei biglietti e, nel dormiveglia che seguì, ascoltai distrattamente la radio inserita nel bracciolo della poltrona. La musica tendeva a conciliare il sonno, ma un rap maligno mi fece riflettere.

"L'importante è dissociarsi, da 'sto mondo distaccarsi, rimanere fermi e darsi, senza mai farsi pigliare, osserva pure le tue regole, segui tutte le bugie, arriva primo mi raccomando, così poi comandi tutto. La triste cultura del privilegio che voi tanto predicate, non mi appartiene, non interessa, è creata, sviluppata e poi spesso propinata per allettare quella massa desolata di falliti, comprati con i soliti regali del Natale. Grandi pacchetti rossi e infiocchettati, dentro, scartati, piccoli e non graditi, ma ipocritamente accompagnati da uno sguardo sbalordito. Un sorriso compiaciuto ed un bacio riconoscente per quel dono insignificante con cui non compri più un bel niente, tantomeno i miei ideali perché non sei convincente. Allora, come dicevo, terminiamo questo andazzo, rompiamo questi schemi, fuoriusciamo dalla norma apparente, dai quei luoghi comuni tipici dei perdenti, dalla visuale ristretta dai soliti teoremi, circoscritti nell'inutile compiacente postulato di far sempre tutto ciò che socialmente è concepito, divulgato, accettato e pertanto tramandato.

Lo so, è dura allontanarsi, dalla massa separarsi, perché non è facile abbattere un muro che non è gracile. Provarci è già abbastanza, guardare il traguardo, vederlo in lontananza, tagliarlo senza gloria, già questa è una vittoria."

Volevo tagliare quel traguardo che portava alla sconfitta di un sistema balordo, volevo tagliarlo creando scompiglio, sovvertendo i pronostici, buttando giù gli sciacalli dal carro dei vincitori. Un giorno avrei pagato questa mia scelta, ma quel giorno sarei riuscito ugualmente a guardarmi allo specchio.

Dalla stazione di Bari presi un taxi per raggiungere il porto, corremmo veloci sul lungomare e fui sollevato nel constatare che il mare era liscio come l'olio. Chiesi informazioni al tassista, il quale mi confermò l'esistenza di un aliscafo per Durazzo; scesi dal taxi proprio dinanzi un piccolo prefabbricato che fungeva da biglietteria, era chiuso.

Da un cartello appresi che la biglietteria avrebbe riaperto alle 14,30 e la partenza era prevista per le 16,30 *salvo avverse condizioni meteorologiche.* Mi informai da alcune persone che bazzicavano sul posto e tutti mi dissero che, con una giornata così bella, non ci sarebbero stati problemi per la partenza.

"Dotto' però lu mare è fetente. Capace che qua è bello e di là stace la tempesta, comunque il traghetto, quello là parte, sempre alle otto di sera."

"Invece l'aliscafo quanto ci mette?"

"Quattro ore e state a Durazzo."

Ero sicuro che in ogni caso sarei partito, a quel punto decisi che era il caso di mangiare per bene forse per l'ultima volta. Non sapevo quando avrei avuto al possibilità di fare un buon pranzo e cosi decisi di approfittarne; ricordavo un ottimo ristorante nei pressi del Petruzzelli, avevo un po' di tempo a disposizione e mi ci feci accompagnare da un taxi. Al mio ritorno al porto avevo ancora nelle narici il profumo delle linguine ai frutti di mare, ciò che vidi per poco non mi rovinò la digestione. L'aliscafo era ormeggiato a pochi metri dalla biglietteria e mi fece ritornare alla mente i vecchi aliscafi della Caremar che facevano la spola tra Napoli e Capri; la *Vikinga* avrà avuto almeno trent'anni e mostrava tutto il passare del tempo. Le incrostazioni di ruggine e salsedine opacizzavano il colore bianco dello scafo ed i marinai, che indossavano le tenute più disparate, si muovevano con disarmante abulia. Si era già formato un capannello di persone attorno al botteghino in attesa dell'apertura, e, col passare del tempo, altre persone venivano ad aggiungersi alla fila. Mi colpì il fatto che erano quasi tutte donne, giungevano accompagnate a bordo di vecchi Mercedes e portavano con loro almeno tre valigie a testa. Avevano tutte un profumo dolciastro e vestivano in maniera, a loro giudizio, provocante; le scarpe erano alte ma robuste ed i pantaloni quasi sempre attillati, indossavano quasi tutte delle giacche di montone. I loro capelli avevano tutte le tonalità del rosso, alcune color mogano ed altre più pel di carota; notai anche che tra i loro bagagli vi erano molti giocattoli, soprattutto peluche, destinati chissà a quanti bambini che li attendevano a casa. Mi chiesi cosa ci facessero in Italia ma la risposta era fin troppo ovvia che mi diede quasi fastidio, preferii pensare che i soldi guadagnati qui da noi potevano dare un po' di gioia a qualche bimbo sfortunato. Da come si muovevano, da come parlavano tra di loro, mi parve di capire che ostentassero la squallida baldanza di chi ha tanti soldi; il loro lavoro doveva permettergli di comportarsi da signore a casa loro, di avere quell'altezzosità propria di chi si sente superiore a tutto ciò che lo circonda. Erano molto civettuole forse perché abituate ad essere corteggiate da uomini senza scrupoli, capaci di mascherare lo sfruttamento con la seduzione. Il profumo dolciastro che indossavano riempii l'aria mandando su di giri i pochi uomini che si trovavano i fila come me; erano quasi tutti albanesi, alcuni ancora sporchi di calce, eccezion fatta per due militari che tornavano in missione dopo un periodo di licenza.

Finalmente il botteghino aprì e comprai il biglietto: posto unico settantamila.

La partenza avvenne in perfetto orario, cosa di cui dubitavo molto vedendo la professionalità dell'equipaggio; il massimo era rappresentato dal comandante che indossava un blazer sdrucito che gli conferiva un aria di yachtman caduto in disgrazia. Era un'immagine surreale, quasi felliniana, quella del comandante che cercava di mantenere un po' di dignità mentre tutt'intorno era allo sfascio; il suo vestito cozzava contro la sporcizia dei marinai, dello scafo, dei sedili consunti dove i passeggeri si sedevano.

Poco prima della partenza vi fu una processione di macchine della Marina, della Guardia di Finanza e dell'Esercito che affidavano al comandante pacchi e plichi sui quali c'era indicato il nome di chi sarebbe venuto a ritirarli a Durazzo. Il comandante si esprimeva in un italiano corretto, e mostrava di conoscere un po' tutti i rappresentanti delle forze armate italiane presenti a Durazzo.

Quando mollammo gli ormeggi dal porto di Bari, il sole cominciava ad immergersi all'orizzonte rendendo ancor più malinconica la partenza. Dopo pochi minuti scesero le tenebre e con esse il silenzio che accompagnò il riposo di quasi tutti i passeggeri; dal canto mio cercai di avere qualche notizia dai due militari presenti sull'aliscafo.

Chiesi loro se conoscessero l'hotel Mordakhai, se ci fossero dei taxi per raggiungerlo, se il porto fosse lontano dalla zona degli alberghi.

"Non ho mai sentito quest'albergo ma deve essere sulla strada che porta al nostro accampamento, sono tutti là. E' una specie di zona marittima, di vacanze, anche se è un cesso. Comunque non vi preoccupate, basta che pagate e vi portano dove volete voi...però state attento che è gente di merda."

I due militari si appisolarono anche loro e a me non rimase altro che attendere l'arrivo a Durazzo.

Attraccammo in Albania alle otto e mezza, all'arrivo c'erano molti fuoristrada militari, che attendevano i pacchi portati dal comandante, ed i parenti dei lavoratori i che tornavano dall'Italia. Come avevo pensato i bambini erano molti e la loro gioia, alla vista dei pupazzi, incontenibile. Mi colpì la presenza di un lussuoso fuoristrada con i vetri completamente oscurati, alla maniera delle gangs nere americane; ogni tanto si abbassava un finestrino e qualcuno tra i passeggeri che scendevano dall'aliscafo veniva invitato ad avvicinarsi alla macchina. Poche parole, poi toccava ad un altro.

Mi avvicinai a dei finanzieri e chiesi loro se sapevano dovrei avrei potuto trovare un taxi, mi indicarono delle auto in sosta attorno alle quali bighellonavano un gruppo di uomini. Il porto era illuminato da cellule fotoelettriche e la pavimentazione era praticamente inesistente, dossi e voragini si susseguivano con frequenza inimmaginabile. Mi avvicinai al gruppo d uomini.

"Hotel Mordakhai, qualcuno può portarmi?"

Si voltarono a guardarmi, uno di loro mi fece cenno di salire.

Ci incamminammo lungo le dune del porto, tutto sembrava abbandonato, tetro e fatiscente; su un lato del molo i militari italiani provvedevano alle operazioni di imbarco di alcuni mezzi corazzati.

Chiesi all'autista se l'albergo fosse lontano ma non mi rispose, ero certo che mi capisse ma faceva finta di no; per maggior sicurezza tirai fuori dalla borsa la pistola e me la sistemai nel giubbotto.

All'uscita del porto c'era un improbabile posto di blocco attrezzato dai militari albanesi, non aveva nessuna logica nella sua messa in opera; c'erano due militari, che a me sembrarono dei bambini, al centro della strada con i mitra spianati e controllavano il flusso dei veicoli in entrata ed in uscita.

Anche Paperino avrebbe forzato il controllo senza problemi.

Rallentammo ed il militare chiese qualcosa al mio autista, questi rispose ed io riuscii a cogliere la parola *italiano*; il militare mi guardò per un attimo poi fece segno col capo di proseguire. La strada per l'albergo non era meglio di quella all'interno del porto, spesso scendevamo con le ruote in vere e proprie voragini così la velocità non poteva essere elevata. Intorno era tutto buio e le uniche cose illuminate erano delle specie di chalet che si trovavano sul lato destro della strada, verso il mare; come mi avevano detto i militari a bordo dell'aliscafo, questa doveva essere una zona di villeggiatura.

Dopo una curva scorsi un edifico illuminato a giorno e l'autista si infilò nel cancello della costruzione, questa era recente e moderna, in contrasto con tutto ciò che la circondava. Diedi diecimila lire all'autista che non fiatò nemmeno, poi entrai nella hall.

L'albergo non aveva nulla da invidiare ad un tre selle italiano, il portiere mi accolse.

"Buonasera signore."

"Buonasera, parla italiano?"

"Certamente, mi dica."

"Avrei bisogno di una camera per qualche tempo, una singola."

"Posso suggerirle la suite, è spaziosa ed ha la TV satellitare."

"Va bene quella, complimenti per il suo italiano. Come mai parla così bene?"

"Grazie alla televisione e poi nel nostro albergo abbiamo ospitato per mesi gli italiani dell'Arcobaleno. Ho imparato molto."

"Adesso capisco, quanto costa la suite?"

"Centocinquantamila per notte."

"Va bene, vuole un documento?"

"Facciamo con calma domani, signore."

"Senta avevo appuntamento col signor Snaga, sa se è qui."

"Non credo ci sia ma appena lo vedo riferirò del suo arrivo. La stanza è al terzo piano, buonanotte.

"Buonanotte."

Le sottili tende, che addobbavano le ampie finestre della mia camera, non riuscirono a respingere a lungo il giallo chiarore del sole nascente. Un fascio di luce invase la stanza terminando la sua corsa proprio sul mio letto; erano le otto e mi alzai ancora intorpidito cercando conforto in una doccia ritemprante e nelle news del mattino.

Dopo essermi lavato mi mossi pigramente per la stanza, aprii i due armadi ed i comodini per cercare una piantina della città ma non riuscii a trovarla.

Scesi al primo piano per la colazione, la sala da pranzo aveva un'ampia vetrata che affacciava sul mare. Potevo scorgere il porto e la collina retrostante sulla quale sorgevano alcuni edifici, il golfo era molto ampio e dal lato sinistro, quello opposto al porto, appariva molto più aperto. Il mare era calmo ma sulla spiaggia scorgevo numerosi detriti come se fossero stati lasciati da una mareggiata, aprii la porta a vetri ed uscii sulla terrazza respirando a pieni polmoni. Ero a poche decine di metri dall'acqua ma non riuscivo a sentire l'odore del mare, i detriti sulla spiaggia mi apparvero più copiosi e certamente non occasionali. Il quadro che in lontananza mi aveva incuriosito mi deluse velocemente inducendomi a rientrare nella sala.

Dopo aver fatto colazione scesi nella hall per chiedere notizie di Snaga, al ricevimento c'era lo stesso uomo che mi aveva accolto al mio arrivo.

"Buongiorno, ha avuto modo di vedere il signor Snaga?"

"Di solito esce verso le nove e mezza, credo sia ancora in camera a riposare."

"Lo aspetterò qui allora."

Ingannai l'attesa gironzolando un po' intorno e leggendo, senza riuscire a decifrare una parola, il biglietto che mi aveva consegnato Dario Galic; cominciai a temere che la pista di Snaga potesse rivelarsi un buco nell'acqua, avrebbe potuto rifiutarsi di aiutarmi e a quel punto non avrei saputo come arrivare a Milan Slatko. L'uomo che stavo aspettando era l'unico che potesse instradarmi verso la mia meta, ma sarebbe bastato quel bigliettino a convincere un uomo che viveva ai margini della legalità? La sua sete di vendetta nei confronti di Slatko gli avrebbe fatto superare le diffidenze nei miei confronti? Non dovetti attendere molto per avere delle risposte.

Il campanello dell'ascensore annunciò il suo arrivo al piano, mi voltai verso di essa e vidi Snaga uscirne indossando un doppiopetto impeccabile. Capii immediatamente che si trattava di lui perché non potevano esistere due uomini così grossi: era alto certamente più di due metri e pesava non meno di un quintale, le spalle enormi occupavano l'intera ampiezza dell'ascensore ed i capelli a spazzola sembravano far intravedere muscoli anche sulle sopracciglia. Era una sorta di Ivan Drago ma un po' più grosso e soprattutto io non mi sentivo Rocky Balboa.

Lasciò la chiave al portiere che gli disse qualche parola e poi indicò me con un movimento del capo, il gigante si voltò lentamente, salutò il portiere e venne verso di me. Mi alzai dal divano ma la cosa mi scoraggiò ancora di più, ora che ero in piedi mi accorgevo di sembrare un bambino al suo cospetto.

"Buongiorno mi hanno detto che mi stava cercando."

Parlò con voce profonda in un inglese chiaro e pulito.

"Volevo consegnarle questo biglietto…"

Allungai, forse titubante, la busta e cercai di scorgere le reazioni sul suo volto.

Lesse il biglietto a lungo, prendendosi più tempo di quanto fosse necessario, quando alzò lo sguardo sembrava commosso.

"Piacere di conoscerti, come posso aiutarti?"

Mi tese la mano, enorme, ed ebbi paura che potesse stritolare la mia.

"Ho bisogno di un grosso aiuto per rintracciare una persona e mandarla in prigione...si tratta di Milan Slatko."

Snaga inspirò con violenza, sembrava una locomotiva che stesse per partire a tutta velocità. Non gli diedi il tempo di fraintendere.

"Ha fatto molto male alla tua famiglia e soprattutto a tuo cugino...solo se riesco a trovarlo Dario smetterà di avere dei problemi...tu puoi aiutarmi?"

"Ho giurato di ammazzarlo, Slatko non sarà più un problema per la mia famiglia!"

"Lo so, ma c'è anche la vita di un uomo che devo cercare di salvare. Devo trovare Slatko...posso spiegarti..."

"Come ti chiami?"

"Giulio."

"Giulio vieni con me, devo lavorare un poco. Così mi puoi spiegare tutto."

Lo seguii nel parcheggio dell'albergo dove notai l'enorme fuoristrada con i vetri oscurati che avevo visto giù al porto, salimmo proprio su quel mezzo.

Le mani di Snaga avvolgevano completamente il volante e quell'auto così imponente sembrava un giocattolo nelle sue mani.

"Perché ti interessa Slatko?"

Gli raccontai che teneva in ostaggio un italiano, che voleva tanti soldi per liberarlo, che la libertà di suo cugino dipendeva dalla riuscita di questa operazione, che Slatko non avrebbe fatto più del male a nessuno se lo avessi trovato.

"Sei un poliziotto?"

"Una specie..."

Annuì.

"Ah, ho capito."

Non credo avesse davvero capito, dovette credermi un agente segreto.

"Mi aiuterai?"

Non mi rispose, nel frattempo eravamo arrivati al porto e lui si era affiancato ad una altra macchina parlando con il conducente. Non avevo ancora prestato attenzione al paesaggio ma ora mi concentrai su di esso e rimasi allibito. Sembrava che in quel posto fosse scoppiata una bomba atomica il giorno prima.

La quasi totalità degli edifici era fatiscente, le strade sembravano delle forme di gruviera, liquami scorrevano ai lati delle strade ed i rifiuti erano sparsi dappertutto.

Per le strade c'era tanta gente ma non sembravano impegnate in nessuna attività, la confusione era totale ed il traffico caotico viste le condizioni delle strade. C'era un gruppetto di bambini, di sei o sette anni, che giocavano in una pozzanghera di fango e seduto a pochi metri da loro un uomo con una divisa sdrucita che imbracciava un AK 47.

Snaga finì di parlare con gli occupanti dell'altra auto e si rivolse a me dandomi la risposta alla mia precedente domanda.

"Ho giurato che a Milan Slatko gliela avrei fatta pagare…"

Sembrava quasi che la sua preoccupazione fosse quella di volere l'esclusiva sulla vendetta, decisi di rompere gli indugi.

"E allora perché non lo fai, cosa aspetti che faccia ancora del male alla tua famiglia?"

Mi guardò sorpreso di quella domanda che era anche un atto d'accusa, mi rispose quasi giustificandosi.

"Lui mi conosce e mi teme, per me è molto difficile avvicinarmi a lui. Devo aspettare il momento buono…"

"Ma nel frattempo chi difenderà tuo cugino ed i tuoi zii, io sono un perfetto sconosciuto e la tua vendetta si compirà attraverso me. Sono il martello che colpirà al posto tuo."

Gli occhi di Snaga avevano una dolcezza che contrastava con l'aspetto mastodontico del suo viso, mi guardò per qualche secondo come se volesse capire fino a che punto fossi sincero.

"Giulio ti aiuterò! Ma non dovrai fallire altrimenti avrai un nemico in più da cui difenderti."

"Non fallirò e tu avrai un amico in più di cui fidarti!"

Questa frasi ad effetto sono sempre apprezzate dai malavitosi, danno un impressione di forza e di coraggio. Snaga mi porse ancora una volta la sua mano smisurata e il patto fu sancito.

"Adesso passo dal mio capo e dopo ti porto a pranzo."

Le cose andavano a gonfie vele, in poco più di un ora ero riuscito ad assicurarmi la collaborazione di Snaga e tra poco saremmo andati anche a pranzo, cosa volere di più.

"Ma il tuo lavoro qual è"

"Faccio la guardia del corpo ad un uomo d'affari di Tirana."

"Ha qualche fabbrica?"

"Lo sai che non ci sono fabbriche, dillo chiaramente quello che vuoi sapere. Il mio capo controlla le dogane."

Dovevo stare attento a non urtare la sensibilità del mio nuovo amico, sembrava un ragazzo intelligente e non dovevo dargli l'impressione di prenderlo in giro.

"Adesso stiamo andando a Tirana?"

"Andiamo alla villa del mio capo che è un po' prima di Tirana"

Mi astenni dal fare altre domande per non fargli nascere il dubbio che il mio vero obbiettivo potesse essere il suo capo, mi concentrai sul paesaggio.

Il fuoristrada viaggiava veloce saltando in modo impressionante sulle miriadi di buche dell'asfalto, ai margini della strada si alternavano catapecchie e villini illuminati come alla festa della Madonna dell'Arco, fatiscenti bunker si ergevano in ogni direzione a ricordo del periodo di utopico isolamento del paese.

Avevo letto che in Albania c'erano più bunker che fucili e mi chiedevo che scopo avessero avuto visto che erano costruiti in semplice cemento armato; *l'avamposto di Tito* doveva essere solo una manifestazione di vuoto orgoglio nazionalistico dal momento che nessuno poteva pensare ad una effettiva efficacia di quei bunker.

Ogni tanto incrociavamo auto di grossa cilindrata, Mercedes e Bmw, con targa italiana e mi immaginavo i *cummenda* milanesi che rimpiangevano le loro auto rubategli dal garage; Snaga si accorse del mio interesse per quelle auto e mi disse che in Albania la polizia non controllava i documenti di proprietà delle automobili, così un auto rubata diventava totalmente legittima. Mi disse anche dei prezzi vantaggiosi e mi raccontò della sua Ferrari che aveva pagato quaranta milioni.

"Guadagni molto qui?"

"Duemila dollari al mese, qui vivo alla grande con cinquecento ed il resto lo mando ai miei."

Lungo il tragitto incontravamo anche degli strani carretti, trinati da asini, che avevano una sorta di cabina in alluminio dove si sedeva il cocchiere; sembrava un'Ape a trazione animale.

Dopo una curva l'agglomerato urbano si diradò e lo spettacolo divenne ancor più surreale.

La terra era incolta ed abbandonata, cumuli altissimi di macerie ed immondizia la facevano da padrone, in baracche di legno e plastica si esponevano appesi pezzi di carne ricoperti da mosche, su alcuni carretti si trovava della frutta in vendita, ai bordi della strada ci si imbatteva in improvvisati venditori di autoricambi. Il tutto aveva un aspetto spettrale, dava un angoscioso senso di provvisorietà, aveva l'aria di un immenso campo nomadi. Mi chiesi se l'Italia avesse avuto questo aspetto disastrato alla fine del quarantasei, i documentari dell'epoca ed i racconti degli anziani mi facevano propendere per una risposta negativa. L'Albania mi sembrava indietro di almeno cinquant'anni da ogni forma di civiltà.

Giungemmo alla villa del boss che sembrava una di quelle costruzioni abusive del litorale domizio, all'ingresso facevano bella mostra le statue di due leoni ruggenti ed il viale d'ingresso era illuminato da un numero sproporzionato di lampioni. Aspettai in macchina mentre Snaga andò a parlare con il suo datore di lavoro, guardandomi intorno vidi che anche i balconi e le finestre della casa erano illuminati.

Attesi appena dieci minuti prima che il colosso fece ritorno accompagnato da un altro sgherro.

"Ho avuto una giornata libera, possiamo andare."

Guardai il nuovo arrivato e Snaga mi diede spiegazioni.

"Non preoccuparti parla solo albanese, il capo me lo ha messo alle calcagna per essere sicuro che non incontri nessuno dei suoi avversari."

"Si fida di te, vero?"

"Sono albanesi, venderebbero la loro madre."

"Senti ma perché tutte le case sono illuminate anche se è giorno? Che significa?"

"Niente, è solo perché la corrente elettrica non si paga e allora chi glielo fa fare di spegnere le luci? Qui non ci sono neanche le fogne, ognuno scarica dove vuole. Bel paese eh?"

Mi chiesi che fine facevano i miliardi che l'Italia dava al governo albanese in nome della cooperazione, ma soprattutto mi chiesi se qualche nostro politico avesse mai visto la situazione irreale di questo paese ed avesse mai chiesto spiegazioni sulle destinazioni delle sovvenzioni. Domande inutili, probabilmente molti dei soldi che lo Stato mi sottraeva dalla busta paga andavano a finire nelle tasche del boss di Snaga che, come diceva lui, controllava le dogane.

Dopo una decina di chilometri svoltammo in una traversa e cominciammo a salire verso una collinetta sulla quale campeggiava un cartellone pubblicitario della Coca-Cola.

"Questo è un ristorante italiano, il Marikai, è uno dei migliori."

Snaga credeva di farmi cosa gradita, ma io già mi immaginavo le storpiature dei piatti della nostra cucina a cui avrei dovuto assistere.

Al culmine della collinetta c'era un cancello chiuso, l'altro scagnozzo scese dall'auto e bussò al citofono. Disse una parola in albanese ed il cancello s'aprì, alla destra dell'ingresso si trovava una garitta con tanto di sentinella armata che salutò Snaga con un cenno del capo. L'edificio si presentava come un rustico delle campagne toscane, completamente circondato da alberi di alto fusto e da piante grasse; l'esterno era molto bello ed assumeva l'aspetto di un'oasi in quel deserto di miseria e sporcizia. L'interno mi sorprese ancora di più, l'ingresso era rappresentato da un lungo corridoio pavimentato in cotto alla fine del quale si apriva una piccola sala. Quest'ambiente era adibito a guardaroba, c'era un pianoforte d'epoca e cassapanche in legno istoriato; una giovane ragazza si prese cura delle nostre giacche e noi ci inoltrammo nella sala da pranzo. Era una sorta di giardino d'inverno ma le travi erano a viste e da esse scendevano salumi degni della migliore norcineria emiliana: prosciutti di Parma, prosciutti San Daniele, salame di Felino, mortadelle gigantesche e perfino il lardo di Colonnata.

Snaga mi guardava soddisfatto, certo che l'ambiente non potesse che ricevere la mia approvazione.

"Ti piace?"

"Bello, non me lo sarei mai aspettato!"

"Il proprietario è di Roma, ha sposato un'albanese. Ora te lo presento."

Si avvicinò un uomo barbuto, viterbese, che mi parlò in italiano certo che fossi un suo connazionale; gli feci i complimenti per il locale e lui mi chiese se fossi un militare ottenendo un secco diniego. Mi chiese il permesso di provvedere lui alla scelta dei vini e delle portate, glielo accordai con piacere poiché ero ansioso di parlare con il mio colosso senza altre distrazioni.

"Come sei finito a lavorare in Albania?"

"Per colpa della guerra, di quella maledetta guerra. Prima di allora la mia vita era stata come l'avevo sempre sognata, ero un ragazzo semplice ed allegro ora non riesco più a sorridere. Frequentavo l'Università, studiavo ingegneria, e la mia vita la dividevo tra lo studio e gli allenamenti…ero un campione di lotta libera, sono stato campione nazionale juniores ed assoluto…sarei andato alle Olimpiadi se non ci fosse stata la guerra…"

Ogni tanto quell'uomo mastodontico si fermava a riflettere, a ricordare, ed allora il suo viso assumeva l'espressione triste di un cucciolo abbandonato.

"…ero conosciuto sai, ero una bella speranza dello sport; al mio paese tutti tifavano per me e mi dicevano che sarei diventato campione olimpico…avrei potuto farcela. Poi è arrivata la guerra ed è finito tutto, anni di sacrifici buttati via e la vita che non è più quella che volevo. Non sono più la stessa persona, lo Snaga di prima non esiste più…sono un uomo che sogna la vendetta che vuole a tutti costi la morte di altri uomini. Spero che quando la mia vendetta sarà compiuta riuscirò finalmente a liberarmi dall'angoscia che mi tormenta ogni minuto della mia esistenza…hanno violentato ed ucciso la mia fidanzata, hanno trucidato mio fratello…niente più è come prima, nemmeno io stesso. Non ho più sogni, tranne la vendetta, non ho più amore, non ho più gioia…gli uomini come Milan mi hanno portato via tutto, mi hanno fatto smettere di vivere…ti assicuro che non ho nessuno paura di morire, forse perché non ho più tanta voglia di vivere…il mio corpo contiene un'anima che non è la mia, che non riconosco, il vero Snaga è morto tanti anni fa. C'era un compagno di squadra, lui era di Petrinka ed in Nazionale ci allenavamo sempre insieme, combattevamo nella stessa categoria..."

Gli occhi di Snaga erano come uno schermo su cui scorreva il film dei ricordi.

"...quando è cominciata la guerra lui è entrato a far parte delle milizie serbe, un giorno seppi che era arrivato con i suoi compari nel mio paese, lo osservai da lontano, nascosto,...squartava e rideva, spaccava le ossa cercando di fare più male possibile...era peggio di un animale ed io mi chiesi cosa l'aveva trasformato così, ora sto chiedendomi cosa ha trasformato me in un uomo senza vita. Ho combattuto, ho difeso la mia casa e la mia famiglia ma mio fratello è morto senza che potessi far nulla per salvarlo...lo hanno catturato lungo il fiume e lo hanno torturato per sette giorni prima che riuscisse a morire...del suo corpo ho ritrovato solo il busto, gli arti e la testa non esistevano più. La mia ragazza si chiamava Biba ed era la persona più dolce del mondo, studiava con me all'università ed era la mia prima tifosa...dopo le Olimpiadi ci saremmo sposati, speravamo in una medaglia e nel premio della federazione per sistemarci un po'...una mattina, mentre io ero sui monti, era andata a cercare da mangiare e non è più tornata...le hanno strappato tutti i denti, tagliato il mignolo e l'anulare delle mani per far restare solo il simbolo serbo, l'hanno stuprata in tanti, l'hanno sporcata con le loro bestialità e poi le hanno fatto saltare la testa con una mina..."

Gli occhi di Snaga erano pieni di lacrime ed io non sapevo cosa fare, forse era meglio farlo sfogare.

"...perché dovrei continuare a vivere, il mondo non mi piace e non potrò certo cambiarlo io...il mio mondo non esiste più, lo hanno spazzato via, lo hanno cancellato come se fosse una riga sulla lavagna...di notte sogno sempre quei giorni terribili ed al risveglio sono sempre più solo...vorrei fuggire da questo corpo, da questa coscienza e da questa anima, dov'è finito tutto ciò che amavo, dov'è finita la vita che mi faceva andare a letto la sera col sorriso sulle labbra?

Amavo la vita e le cose semplici, l'impegno nello sport, le passeggiate con Biba, le serate vicino al fuoco...ora per me il cielo non ha colore, il sole non ha luce, la notte non ha fascino e il domani non esiste…Snaga è morto anche lui laggiù, con suo fratello, con la sua fidanzata, con la sua gente…non c'è nulla che potrà portarlo in vita."

Nel frattempo era arrivato il vino, un Sangiovese del Rubicone. Il ragazzo riempì i bicchieri e con gli occhi iniettati di odio alzo il calice in un brindisi.

"Bevo alla morte di Milan Slatko e di tutti quelli come lui!"

Mandò giù il vino tutto d'un fiato, l'altro scagnozzo si unì passivamente al brindisi.

Il pranzo proseguì ed ebbi la possibilità di assaggiare un ottimo antipasto di salumi e formaggi, un discreto tris di primi piatti, una tagliata di vitello con rucola eccezionale e dei curiosi dolcetti di pasta di mandorle.

Mentre stavamo mangiando entrarono degli altri avventori che si andarono a sedere in una sala privata che si sviluppava sul lato destro di quella principale, quando passarono al nostro fianco salutarono Snaga ed io capii che erano italiani.

"Quelli sono italiani come te."

"Me ne sono accorto…lavorano qui?"

"Si, riforniscono l'esercito italiano. Sono dei buoni clienti perché sdoganano due trailer a settimana, mi sono simpatici e così cerco di fargli sempre un po' di sconto."

"Ma la vostra attività è tollerata."

"Si perché il mio boss paga una percentuale ad alcuni ministri."

"Ed i militari che stanno qui non intervengono?"

"No, loro si fanno gli affari loro. Ordini dall'alto!"

Snaga condì l'affermazione con una grossa risata, quasi come se fosse contento che il proprio cinismo trovasse della conferme quotidiane.

Pensai tra me a cosa servisse allora la presenza del nostro esercito, ma evitai di approfondire il discorso.

Snaga chiese il conto quando il mio istinto prese il sopravvento e dissi ciò che pensavo senza pensare alle conseguenze.

"Lo sai che sei un vigliacco? Stai qui a piangerti addosso perché dei figli di puttana hanno distrutto la tua vita, i tuoi ideali, e tu adesso non sai fare altro che comportarti come loro. Troppo comodo rinunciare a lottare, forse quello che ti hanno tolto non era poi così importante..."

Mi accorsi che il gigante serrò i pugni, non dovevo calcare troppo la mano.

"...credi che forse che Biba o tuo fratello vorrebbero vederti così, fare il guardaspalle ad un bastardo che non è meglio di Milan Slatko. No, secondo me ti stanno maledicendo da lassù! Sei solo e forse non basti per cambiare il mondo ma questo non vuol dire che devi diventare come loro. Urla forte il tuo no, lotta a testa bassa, credi in ciò che fai e solo allora la vita tornerà a nascere dentro di te, solo allora troverai di nuovo il vecchio Snaga...potrai guardarti allo specchio e riconoscere quegli occhi che incenerivano gli avversari, quella voglia di vincere che contava più di qualunque muscolo...tu sei in debito con la vita perché sei ancora vivo, i tuoi amici, i tuoi compagni, vorrebbero essere al tuo posto e tu cosa fai? Niente, non vivi e così disonori il loro ricordo...ricordati che sei in debito ed il solo modo per pagare e quello di vivere una vita giusta, una vita pulita, di essere ancora il ragazzo che tutti salutavano per le strade del paese e non perché era grosso ma perché era giusto. Perché vivi così? Per che cosa? Per vedere tua madre piangere di nuovo per un figlio...perché ti uccideranno, lo sai...i tuoi muscoli, la tua forza, la tua altezza, non conteranno niente...un giorno verrà un ometto qualunque, brutto e viscido come questo che mangia con noi, e ti pianterà un colpo in testa...per lui sarai costato solo un quarto di dollaro, il prezzo di una pallottola. Tutti quelli che salutavano Snaga, il campione, quel giorno non piangeranno perché lo stanno già facendo ora."

Il ragazzo mi guardava attonito, forse travolto dalla realtà delle mie parole; mi pareva di ascoltare il rumore dei suoi pensieri, il tormento delle sue idee.

Riempii il mio bicchiere e sorseggiai il vino con calma, dopo qualche istante Snaga fece altrettanto; si soffermò a lungo a guardare nel bicchiere, come se cercasse una risposta tra il mosto vermiglio, poi lo assaporò lungamente.

"Tu sei bravo a parlare, hai mai vissuto una guerra?"

"No, e forse non sarei sopravvissuto a ciò che ti hanno fatto. Ma tu sei stato più forte della guerra ed ora ti stai arrendendo ai suoi fantasmi."

"Cosa dovrei fare?"

"Fammi trovare Milan Slatko e ti assicuro che da lassù qualcuno riderà. Se vuoi smettere con questa vita puoi farlo quando vuoi. Non credere di guadagnare tanto, certo hai più soldi di me ma questo non è difficile; forse ti mancherà la Ferrari ma cosa te ne fai se non puoi dividerla con nessuno. Vieni in Italia ed io ti aiuterò, a Milano c'è una persona che lavorava con me che ti farà lavorare pagandoti bene. Tu fai paura alla gente solo stando fermo ed a Milano vogliono ragazzi come te per proteggere le modelle, conosci l'inglese e lo slavo; quasi tutte quelle ragazze vengono dall'Est e a loro farà piacere trovare una faccia amica, qualcuno che parli la loro lingua e le faccia sentire al sicuro."

"Io parlo anche russo…"

"Duemila o tremila euro al mese non te li toglie nessuno, starai vicino ai tuoi cugini e sarai importante per la gente perbene. Snaga potrà farsi di nuovo onore, come quando schienava gli avversari con lealtà."

Il contò arrivò, il gigante dal cuore tenero pagò distrattamente.

"Ora ti riaccompagno in albergo, stasera verrò da te e vedremo come stanare quel figlio di puttana."

All'interno della mia stanza continuavo a pensare al modo di stanare quel criminale, mi accorgevo che ormai la faccenda aveva preso una piega strana. La priorità assoluta doveva essere quella di liberare il Matta ma ora sembrava che la cosa a cui tenessi di più era quella di fottere Milan Slatko; mi chiedevo se per criminali come quelli non fosse lecito sostenere la pena di morte. Quando ero più giovane ero convinto della necessità della pena capitale ma poi, col passare degli anni, mi ero convinto che reato e pena non potcvano configurarsi nello stesso modo; però non bisognava indulgere in senso contrario, se fosse stato per me l'articolo 41 bis sarebbe stato solo un dolce ricordo. Avevo un progetto: tre carceri di massima sicurezza ubicate su isole o in zone isolatissime, celle singole di tre metri per tre, niente televisione e giornali, ora d'aria trisettimanale, visita parenti trimestrale; chi fosse stato detenuto in quelle condizioni per trent'anni forse avrebbe agognato la pena di morte.

Dal balcone potevo guardare la spiaggia che si dipanava lungo tutto il golfo, era cesellata da quei ridicoli bunkers e completamente ricoperta di rifiuti; non mi sembrava possibile che ci fosse un popolo capace di violentare la natura in quel modo, incapace di sfruttare quello che gli era stato donato, voglioso di vivere in condizioni inumane. Mi venivano in mente le immagini che avevo visto in un documentario sulla Polinesia, gli abitanti omaggiavano la natura benigna intonando canti al sorgere del sole che avrebbe fatto crescere messi abbondanti. Mancare di rispetto alla natura era un peccato gravissimo perché essa era la loro unica fonte di sostentamento; com'erano lontane quella mentalità e quell'ecologismo permeato di panteismo.

Ma quale natura maligna aveva mai potuto concepire un essere come Slatko? Trovarlo mi sembrava un'impresa quasi disperata ma speravo, la speranza accompagna il nostro coraggio, ci rende curiosi di aspettare il domani, ci sprona a perseguire i nostri ideali.

Chissà se Slatko si trovava in Bosnia, in Serbia o dove altro ancora, chissà se il Matta era tenuto prigioniero in uno di quei paesi, chissà se era ancora vivo; troppi chissà, era meglio staccare la spina, ingannai il tempo ricontrollando l'attrezzatura e pulendo la calibro 22.

Il mio ciclopico amico si presentò alle venti con due panini al prosciutto ed una bottiglia di Dolcetto d'Alba.

"Ho portato da mangiare, così non perderemo tempo con la cena. Sei d'accordo?"

"Certamente, mettiamoci al lavoro."

Snaga si sedette sul letto aprendo dinanzi a sé una cartina geografica della Bosnia Herzegovina.

"Milan è di Tuzla, questo lo sai, la cittadina si trova qui...a circa duecento chilometri da Sarajevo, che è qui. Il nostro uomo va spesso a Tuzla per ricordare che è lui il capozona della mala, i suoi affari si svolgono però soprattutto a Belgrado e in Macedonia. Se si trova lontano dalla Bosnia possiamo anche scordarci di stanarlo, è troppo avvantaggiato perché nessuno lo conosce; se viene a Tuzla o a

Sarajevo ci sono dei miei amici che possono permetterci di scovarlo. Gira sempre armato e con una scorta di quattro uomini, ha poi altri scagnozzi che lavorano per lui…lo temono ma non lo rispettano, potrebbe esserci anche qualcuno che ce lo vende. Della sua scorta bisogna fare attenzione a Vujodic che è il boia di Milan Slatko, ammazzerebbe solo perché uno lo guarda strano…"

"Non hai mica una foto di questo Vujodic?"

"No, ma è un tipo che puoi riconoscere facilmente. E' alto quasi quanto me ed ha il corpo quasi totalmente tatuato, dove sta Slatko lì è Vujodic…ho contattato una mia amica di Tuzla che lavora a Sarajevo, lei ti aiuterà per qualunque cosa…può darsi che ci voglia molto tempo per incrociare Slatko, bisogna aspettare che si trovi in Bosnia."

"Come può aiutarmi la tua amica?"

"E' una ragazza in gamba, ti farà vedere tutto ciò che devi sapere…contatterà lei le altre persone che potranno aiutarci, c'è un suo cugino che vive a Tuzla che vuole vendicarsi di Slatko…non si farà scappare l'occasione. Non è detto che l'italiano si trovi nello stesso luogo di Milan ma una volta trovato il boss tutte le porte si apriranno."

"Quando mi aspetta la tua amica?"

"Gli ho detto che tra un paio di giorni sarai a Sarajevo…qui c'è il nome e il posto dove la troverai."

Snaga mi passò un bigliettino.

"Come credi che sia meglio arrivare a Sarajevo?"

"Puoi andare in macchina passando in Macedonia, attraverso il passo di Morini, ci vorranno almeno venti ore di guida…molti posti di blocco…molte domande e molta gente che riferisce…io passerei dalla Croazia, da Ploce in quattro ore sei a Sarajevo."

"Potrei tornare in Italia ed imbarcarmi ad Ancona per Spalato…"

"…è la cosa migliore!"

Facemmo una pausa per addentare i panini e sorseggiare un bicchiere di vino.

"Cosa debbo aspettarmi da Slatko, ha qualche debolezza?"

"Non è uno stupido, è un animale ma un animale intelligente. Tu conosci lui ma lui non sa chi sei, non si aspetta dei nemici che giungano da lontano…molti lo odiano ma sono tutte persone meno spietate, influenti ed armate di lui. E' su questo che si basa, ha molte amicizie influenti ed è sicuro di non essere toccato da chi potrebbe spazzarlo via… i pesci piccoli lui se li mangia se si accorge che cominciano a diventare pericolosi. Ricordati che dovrai essere spietato, non dargli una benché minima via d'uscita o te ne pentirai…lui ha ucciso con le sue mani più di duecento persone, è la cosa che sa fare meglio, per sconfiggerlo devi scendere al suo stesso livello…"

Le parole di Snaga mi fecero tornare alla mente una massima a cui ero molto affezionato ai tempi della Scuola militare: *bisogna essere come i pipistrelli, topo coi topi e uccello con gli uccelli.*

Era proprio così che dovevo comportarmi, la legge non esisteva più; le regole erano quelle della guerra, quelle della sopravvivenza.

Dovevo spogliarmi della mia forma mentis di tutore dell'ordine ed assumere, piuttosto, quella di un vendicatore; non sapevo se ne sarei stato capace ma dovevo provare se volevo battere il mio nemico, per farlo avevo anche bisogno di conoscerlo il più possibile.

"Slatko può essere ricattato su qualcosa? Ha una moglie, dei genitori, dei figli?"

"Suo padre e sua madre sono morti durante la guerra e da quel momento è diventato anche lui un assassino…non è sposato e non ha figli, ha qualche donna ma non gli importa un granché di loro. Ha un fratello che però cura i suoi interessi in Serbia, quindi è difficilmente avvicinabile."

"Ha qualche vizio, frequenta assiduamente qualche posto?"

"Mi ricordo che gli piacevano molto le donne ed il calcio…non so dirti molto di più, le nostre vite si sono separate da molto tempo. A Sarajevo potrai sapere molto di più, mi dispiace di non poter fare altro…"

"Hai fatto già tanto, grazie. Domani allora parto…"

"L'aliscafo parte alle nove di mattina se il mare è calmo, altrimenti dovrai aspettare la nave della sera."

"Speriamo che il mare sia calmo così potrò imbarcarmi in serata da Ancona."

"Senti quello che hai detto prima al ristorante, la possibilità di lavorare in Italia, credi sia davvero possibile?"

"Certo che è possibile basta solo che tu dia un calcio al passato e pensi a ricostruirti una nuova vita."

"Quel lavoro a cui mi hai accennato mi piacerebbe…"

Il ragazzo fece una pausa come se scorresse nei suoi occhi il film del suo futuro.

"…potrei conoscere tanta gente, aiutare qualcuno del mio Paese. Magari potrei conoscere anche una brava ragazza e chissà…"

Presi carta e penna e scrissi l'indirizzo ed il numero di telefono dell'ex brigadiere che aveva ingranato con un'agenzia di security a Milano; su un altro foglio scrissi due righe per raccomandare il latore della lettera, presentai il tutto come un favore personale a cui tenevo molto.

"Puoi telefonare a questo numero e dire che sei un amico di Max, se vai di persona sono sicuro che sarà meglio. Appena ti vedranno non faranno problemi, gli darai questa lettera e vedrai che il lavoro sarà tuo; non credo che per te ci sono problemi a mettere qualcuno al tappeto in un provino, vero?"

Snaga rise di gusto mollandomi una pacca che quasi mi lussava la spalla, poi mi ringraziò commosso.

"Non so se prenderò mai la decisione di sfruttare il tuo invito, ma ti ringrazio di cuore. Era tanto che nessuno faceva qualcosa per me.

"Lascia perdere questi contrabbandieri, tu non sei come loro. Guarda che se non vieni in Italia da solo vengo a prenderti io, con la forza."

Ci scambiammo i numeri di cellulare raccomandandoci vicendevolmente di chiamare per qualunque bisogno.

"Domani ti accompagno al porto così ci salutiamo, alle sette e trenta ci vediamo nella hall. Devo passare un attimo prima a lavoro e poi ti accompagno."

"Grazie, allora a domani. Buonanotte."

La mattina seguente ci recammo presso l'inceneritore dove Snaga doveva riscuotere le tangenti per lo smaltimento dei rifiuti. In quel posto vidi una scena che non avrei mai più dimenticato e che da quel momento identificò, nel mio animo la stessa immagine dell'Albania.

Rimanemmo presso l'inceneritore per soli dieci minuti ma in quel breve lasso di tempo potei assistere allo scarico di tre automezzi, uno dei quali era un mezzo dell'esercito italiano; il posto non differiva di molto dal resto della città con la sola eccezione di un piccolo cratere, posto a duecento metri dal cancello di legno, nel quale si scaricavano i rifiuti. Non appena l'automezzo entrava, da piccoli mucchi di detriti posti lungo il tragitto uscivano una decina di ragazzini di età fra i sette ed i dodici anni. Erano sporchi e denutriti oltre l'inverosimile.

Alcuni di loro, con l'agilità propria della loro età, si arrampicavano sul cassone de camion e gettavano un po' di rifiuti ai loro compagni; terminata l'operazione si nutrivano tutti di quell'inumano pasto con avidità e disperazione. L'operazione si ripeté anche con il secondo automezzo, la cosa mi lasciò sbigottito. Com'era possibile che a pochi chilometri dall'Italia ci fossero situazioni del genere, che fine facevano i soldi che gli italiani inviavano in Albania? Lo stomaco era in subbuglio un moto di ribellione affiorava dal mio sangue. La scena subì una variante quando fu il turno del mezzo militare. Non mi parve che pagarono per entrare, ed una volta avviatisi verso il cratere il capomacchina, evidentemente consapevole di ciò che sarebbe successo, lanciò alcuni sacchetti verso quella tribù simile ad una muta di cani randagi. Nei sacchetti c'era del pane e qualche cioccolata, in tal modo fu evitata la pericolosa scalata al cassone del camion e fu dato un po' di cibo vero a quelle creature. Quello che sembrava essere il capobanda, di circa dodici anni, si trascinava dietro il più piccolo del gruppo; aveva circa quattro anni e quando i miei occhi incrociarono i suoi mi chiesi perché doveva esistere al mondo tutta quella disperazione.

Rimasi in silenzio fino a che giungemmo al porto, il mio animo era esacerbato da quella visione che mortificava ogni dignità umana. *La Vikinga* stava già scaldando i motori, il mare era calmo, si partiva. Ebbi giusto il tempo di fare il biglietto e stringere la mano a Snaga, poi salii a bordo. Prima di entrare a sedermi mi voltai verso il mio amico.

"Vieni via da qui, come fai a sopportare tutto questo?"

Giove Pluvio era mio alleato, il tempo era talmente buono da consentirci di arrivare a Bari un po' in anticipo. Grazie a ciò, e ad un tassista dal piede pesante, riuscii ad afferrare l'Eurostar per Ancona delle 14,15; nell'aria c'era già profumo di Natale, i pochi passeggeri erano carichi di pacchetti e le pubblicità di panettoni si sprecavano su giornali e riviste. Lessi il *Corriere della Sera* per vedere se la stampa si occupava del caso, solitamente nel periodo natalizio i giornali sfruttano l'occasione per ricordare tutti coloro che non potranno passare il Natale in famiglia. Così, una volta all'anno, ci si ricorda dei negletti, dei pazzi, degli extracomunitari buoni ed anche dei rapiti; non trovai nessun riferimento al rapimento del Matta, forse mancavano ancora troppi giorni alle festività.

Controllai sul mio cellulare se erano giunti dei messaggi, ne trovai sei. Il primo era di mia sorella che mi pregava di farle sapere come andava, le risposi subito tranquillizzandola. Gli altri cinque erano di Pierino che mi chiedeva ragguagli sulla situazione e mi chiedeva, o intimava, di tenerlo costantemente aggiornato; lasciai cadere gli appelli nel vuoto, avevo deciso di giocare quella partita da solo e non volevo dare ai *romani* nessun vantaggio.

Giunsi ad Ancona intorno alle venti, raggiunsi velocemente il porto e comprai un biglietto di prima classe su una nave passeggeri molto bella; la partenza era prevista per le ventidue e l'arrivo a Spalato per le prime ore del giorno dopo, avrei avuto tempo di girare ancora un po' ma preferii salire a bordo.

Cenai al ristorante della nave e mi ritirai subito in cabina, diedi un'altra occhiata alla cartina per rivedere il percorso che avrei dovuto compiere il giorno seguente. Sarei andato da Spalato a Ploce, e da lì a Sarajevo; avevo bisogno di noleggiare un'auto e mi sorse un dubbio terribile che mi lasciò molta ansia addosso. A volte un contrattempo stupido, una banalità, può mandare all'aria piani accuratissimi; figuriamoci se non avrebbe potuto intralciare me che non avevo neanche uno straccio di piano. Mi veniva il dubbio che per noleggiare un'auto era indispensabile il pagamento tramite carta di credito, non ne ero sicuro ma questo sospetto bastò per farmi trascorrere una notte agitata perché avrei preferito pagare in contanti per non lasciare tracce del mio passaggio.

Arrivati a Spalato misi in relazione lo sbarco in quella città con quello che avevo effettuato a Durazzo, le differenze erano abissali. La città croata era decisamente europea ed aveva il caratteristico fascino delle città di mare, con la felice eccezione, almeno mi parve, di essere scevra da quell'inevitabile caos proprio dei crocevia del mondo.

Pensai di rivolgermi ad un ufficio turistico per noleggiare una vettura ma, davanti alla stazione marittima, notai un ufficio della Crowne sulla porta del quale campeggiava il simbolo della Nato. Nel piazzale a lato vi erano parcheggiate una ventina di vetture, tutte di fabbricazione inglese, con preponderante maggioranza di fuoristrada.

L'impiegata dell'autonoleggio mi accolse con un saluto in italiano e continuò ad esprimersi correttamente nella mia lingua, viaggiando all'estero mi era capitato spesso di essere subito riconosciuto come italiano e mi chiedevo spesso come facessero ad andare a colpo sicuro; l'abbigliamento era di certo l'indiziato principale ma credo che anche i tratti somatici potessero essere, agli occhi di chi italiano non era, inconfondibili. La razionalità si fece largo nei miei pensieri suggerendomi che probabilmente quella ragazza sapeva bene gli orari di arrivo delle navi dall'Italia, trovandomi lì a quell'ora ed essendo chiaramente un viaggiatore era verosimile che venissi dall'Italia.

"Vorrei noleggiare un'autovettura."

"Quale tipo le interessa e per quanti giorni?"

Pensai che le strade in Bosnia dovevano essere abbastanza dissestate da suggerire l'utilizzo di una vettura *all terrain*.

"Credo che una Range Rover andrà bene. Non so di preciso ma credo che mi occorra per una settimana."

"Lei è della Nato?"

"Lavoro per un'agenzia Onu."

"E' lo stesso, mi da un documento personale ed uno di servizio?"

Le porsi il passaporto diplomatico e la tessera Sfor.

"Vanno bene questi?"

"Benissimo, come paga?"

"Ho solo contanti."

"In questo caso deve lasciarmi una cauzione di mille dollari che le saranno restituiti, decurtando il prezzo del noleggio, al momento della restituzione dell'auto. Il costo del noleggio è di settanta dollari al giorno, chilometraggio illimitato."

"Dove posso restituire l'auto?"

"In qualunque nostro ufficio in Croazia, Bosnia, Macedonia o Kosovo, nel caso non restituisca qui l'auto c'è un sovrapprezzo di cento dollari. In questa mappa sono indicati tutti i nostri uffici."

Pagai alla solerte impiegata pensando che i soldi cominciavano a scarseggiare visto che al cambio lasciai sul banco circa settecento euro.

Chiesi informazioni sulla strada per Ploce e mi fu detto che non potevo certo sbagliarmi vista la segnaletica e la facilità del percorso.

Mi accomodai sull'auto spendendo qualche secondo per focalizzare la dislocazione dei principali comandi, misi in moto ed accesi il riscaldamento vista la temperatura pungente. Mi sfilai il giubbotto ma indossai i guanti di pelle, quelli in gore-tex mi sembrarono eccessivi, per avere le mani calde.

Le rassicurazioni della signorina erano veritiere dal momento che all'uscita del porto trovai subito l'indicazione per Ploce, percorsi un vialone molto ampio che mi condusse fuori città e da qui mi innestai su una strada provinciale che correva vicino al mare.

Il traffico era abbastanza sostenuto, soprattutto di automezzi pesanti, e questo non mi permetteva di godermi eccessivamente il panorama circostante. La strada era infatti molto bella poiché correva lungo un costone roccioso che si affacciava, ora a picco ora più gradatamente, sul mare. Mi ricordò molto una strada a me molto famigliare, quella che conduce da Sapri a Maratea; per mia fortuna c'erano meno curve e la sede stradale era più ampia, il panorama era però simile anche se forse meno caratteristico.

Ogni tanto mi imbattevo in un camion che mi precedeva a passo di lumaca, le possibilità di sorpasso non erano molte e bisognava attendere con pazienza l'attimo propizio; la cosa mi innervosiva, avevo fretta di arrivare ma non ne sapevo i motivi.

Certamente qualche ora in più o in meno non sarebbe stata determinante ai fini della missione, pensai che fosse giunto il momento di valutare seriamente la concreta possibilità che non sarei riuscito a trovare il Matta. Dovevo farlo perché le possibilità di riuscita non erano oggettivamente molte mentre io davo per scontato di riuscirci; non volevo che il mio entusiasmo, o la mia incoscienza, mi avessero portato ad agire con poca oculatezza. Era insomma giunto il momento della verità e bisognava pensare anche a salvare le penne.

La mia guida si rilassò e mi sforzai di convincermi a prendere gli avvenimenti con calma ed un pizzico di fatalismo.

Capii di essere arrivato a Ploce dal numero crescente di automezzi militari che incontravo, sapevo che quel posto, vista la vicinanza con il confine, era un importante polo logistico per le forze della Nato impiegate in Bosnia-Herzegovina. Una lunga teoria di autovetture e mezzi commerciali incolonnati mi annunciò la mia vicinanza con il punto di frontiera di Metkovic, un cartello galeotto che annunciava il confine a dieci chilometri mi diede una sonora mazzata. Quei dieci chilometri di coda mi parvero interminabili ed in un certo senso lo furono, rimasi incolonnato per più di tre ore prima di giungere alla dogana; per ingannare l'attesa ogni tanto scendevo dall'auto e percorrevo qualche metro a piedi, la presenza di molte famiglie che sembravano tornare in patria per le festività mi diede un po' di buonumore.

Le riflessioni sul Natale contribuirono a tenere la mia mente impegnata, mi chiedevo infatti quanti cattolici ci fossero in Bosnia; pur non essendo molto esperto in teologia non mi sembrava plausibile che musulmani ed ortodossi festeggiassero anche loro il venticinque di dicembre, cercai di scorgere all'interno delle auto qualche indizio chiarificatore. In Italia sarebbe stato semplice cercare con lo sguardo confezioni di dolci natalizi o pacchetti infiocchettati, ma lì cosa poteva mai segnalarmi il motivo del viaggio di tutta quella gente? Mi fece piacere pensare che fosse un traffico normale e che quelle in fila erano alcune delle tante famiglie che giornalmente ritornavano alle loro case dopo gli orrori della guerra, magari era un segno che la situazione stava tornando alla normalità ma il mio scetticismo cozzava contro questi refoli di ottimismo.

Nei pochi minuti che trascorrevo all'aperto mi accorsi che la temperatura dell'aria si era notevolmente abbassata nonostante fossimo nelle ore più calde del giorno, il mare cominciava a non mitigare più il clima e gli effetti si avvertivano palesemente. Pensai che a Sarajevo dovesse fare veramente freddo e ciò mi portò a tenere a portata di mano un pesante *pile*; non sapevo molto di quella città ma ricordavo che vi si erano svolte le Olimpiadi invernali e pertanto il clima doveva essere abbastanza rigido. Dai racconti che avevo sentito da alcuni colleghi emergeva il ritratto di una città molto vivibile, circondata da montagne che rendevano l'aria salubre e frizzante. I miei colleghi erano stati lì in missione di pace ed avevano avuto parole positive per quella città, immaginavo come dovesse essere prima della guerra.

Con un po' di pazienza avrei potuto constatare quel giorno stesso.

Quando si avvicinò il mio turno per attraversare il confine tra Croazia e Bosnia crebbe un po' la tensione, avrei dovuto fornire dei documenti falsi e la cosa certamente presentava qualche rischio.

C'erano solo poche auto dinanzi a me e potei rendermi conto di come avveniva il controllo: da un lato c'era la polizia croata, che sembrava quasi spingere le automobili verso la Bosnia, per decongestionare il traffico presente sul loro territorio o forse per licenziare ospiti poco graditi, e dall'altro i militari della Nato che insieme alla polizia bosniaca controllavano le persone in entrata. Tra essi c'erano anche degli italiani ma la maggior parte mi sembrò composta da francesi e tedeschi, particolare attenzione veniva riservata agli automezzi commerciali che transitavano attraverso le stesse piste delle normali autovetture, contribuendo così in maniera determinante alla formazione delle code. All'arrivo a Spalato nessuno mi aveva chiesto documenti ed avevo visto fermare solo qualche camion, anche queste differenze sottolineavano la diversa situazione politica delle due nazioni.

Tenni a portata di mano il passaporto e l'accredito della Nato costituito dalla tessera Sfor, i croati mi degnarono a malapena di uno sguardo preoccupandosi principalmente che proseguissi la mia marcia; sul versante bosniaco mi fu subito intimato l'alt da un militare francese, mi chiese i documenti nella sua lingua e questo mi diede molto fastidio. Avrei voluto fingere di non capire le sue richieste ma nella mia situazione era meglio non far polemiche. La prosopopea di quel popolo mi mandava letteralmente in bestia, pretendevano che tutti dovevano adeguarsi alla loro lingua e non facevano il minimo sforzo per mettere a proprio agio il loro interlocutore. A capo della loro personale guerra contro i termini anglofoni, erano riusciti a far riconoscere anche il francese come lingua ufficiale della Nato, o dell'Otan come dicevano loro; noi italiani avremmo allora dovuto dire l'Otna per indicare l'organismo militare internazionale, ma a noi, miseri sconfitti della Seconda Guerra, questo non era concesso. Il risultato di questa guerra semantica condotta dai francesi era sfociato nella necessità di tradurre tutti i documenti prodotti nelle due lingue ufficiali, l'inglese ed il francese.

Il militare guardò con attenzione il passaporto mentre bastò un occhiata alla tessera Sfor per farlo desistere da ogni altro controllo, mi restituì i documenti chiedendomi se fosse la prima volta che venivo in Bosnia. La domanda era talmente stupida che non poteva non essere un tentativo di trabocchetto, come avrei potuto avere un accredito senza essere mai stato prima in quel paese. Ormai i documenti li aveva controllati e potevo anche compiere la mia piccola vendetta, gli risposi in inglese dicendogli che non capivo la sua lingua. Mi fece cenno di proseguire senza aggiungere altro ma salutandomi militarmente in modo distaccato.

Ormai ero in Bosnia ed avevo la consapevolezza che la mia id. card era una sorta di lasciapassare potentissimo, se non avessi compiuto gesti avventati non avrei dovuto temere controlli.

Subito dopo il confine la strada cominciava ad inerpicarsi in maniera più decisa assumendo quasi l'aspetto di una strada d montagna, anche la temperatura testimoniava, con il suo abbassamento, le maggiori quote che si stavano raggiungendo. Dopo una quarantina di chilometri, nei pressi di Mostar, trovai un distributore di benzina dove numerosissime vetture si erano fermate per fare rifornimento, pensai che quella calca potesse significare l'assenza di ulteriori distributori per molti chilometri e decisi di fermarmi anch'io. Appena sceso dalla macchina rimasi quasi ibernato sul colpo, rientrai immediatamente per indossare la giacca a vento e mi accorsi che un termometro, posto sulla pensilina del distributore, segnava la temperatura di tre gradi sottozero. Per me rappresentava un freddo polare e mi affrettai ad aumentare il riscaldamento all'interno dell'abitacolo, dopo aver rifornito dovetti affrontare di nuovo le intemperie per andare in bagno; questa volta il freddo mi sembrò meno intenso e, comunque, si trattava di un clima molto secco che permetteva di resistere bene alle basse temperature a patto di essere ben equipaggiato. Approfittai della sosta per indossare gli anfibi in gore-tex e tenere, così, anche i piedi al caldo.

Prima di ripartire diedi un'occhiata alla mappa per rendermi conto della strada che dovevo ancora compiere prima di arrivare a Sarajevo, il disegno appariva come un serpente sinuoso che si allungava sul territorio.

I chilometri che seguirono confermarono appieno l'impressione che si poteva ricavare dalla piantina. Era una strada vietata ai deboli di stomaco, con tornanti continui e quasi tutti in pendenza; spesso guardando in lontananza potevo scorgere la strada per parecchi chilometri in avanti, sembrava raggomitolarsi su sé stessa, procedendo a sinistra e destra per tornare sempre sulla stessa direttrice. Ebbi l'impressione di trovarmi all'interno del videogioco che andava di moda quando ero ragazzino, il Pac-man. Quella bocca vorace, che mangiava tutto quanto incontrava sul suo cammino, si muoveva sul video proprio come stavo facendo io su quella strada.

Il paesaggio era comunque molto bello, dalle caratteristiche prettamente montane. Ai lati della strada boschi di abeti che si stagliavano sulle rocce innevate come candeline su una torta di meringhe. I paesini che attraversavo, a volte formati da poche costruzioni, presentavano tutti delle case dai tetti spioventi e dai comignoli fumanti.

Fui colpito dalla quantità di ristoranti che incontrai lungo il tragitto, molti di essi avevano uno spiedo in bella vista con un cartello che recava la scritta *agnatina* ed un prezzo espresso in marchi convertibili. Dal disegno che accompagnava alcuni di questi cartelli capii che doveva trattarsi di agnello cotto alla brace.

Sul costone occidentale della stretta vallata lungo la quale si snodava la strada, si poteva scorgere, all'incirca a mezza costa, una ferrovia a binario singolo che portava alla mente scene da far west.

Nel fondo valle scorreva la Neretva, un fiume di buona portata, che assumeva una colorazione verdastra e che formava delle profonde anse lungo i propri argini; i ponti che lo attraversavano davano l'idea di essere abbastanza precari ed evidentemente ricostruiti dopo le battaglie svoltesi in quei luoghi. Talvolta i tornanti mi portavano molto vicino al fiume e potevo scorgere del ghiaccio sulle rocce che affioravano dall'acqua; questa atmosfera rupestre e natalizia mi faceva sembrare impossibile che in quei luoghi, apparentemente ameni e tranquilli, fossero stati teatro della peggiore espressione della bestialità umana. Un po' di ghiaccio si trovava anche sul ciglio della strada, nei punti poco battuti dalle ruote delle automobili, la presenza della trazione integrale sulla mia macchina mi tranquillizzava molto sotto quell'aspetto. Le pendenze mettevano in difficoltà gli autoarticolati e, sovente, non si poteva fare altro che accodarsi pazientemente in attesa di uno spiraglio per sorpassare; questa possibilità veniva segnalata dagli stessi camionisti, attraverso il loro linguaggio universale, che, vista la strada dinanzi a loro libera, inserivano la freccia a destra per rassicurare chi li seguiva e non aveva la visibilità migliore.

Il viaggio durò complessivamente più di cinque ore e quando giunsi alla periferia di Sarajevo il sole stava quasi per tramontare del tutto.

Entrai in città attraversando un largo vialone che presentava tre corsie per ogni senso di marcia, le due carreggiate erano separate dai binari del tram. Ai lati di quella strada, che in seguito seppi chiamarsi viale Maresciallo Tito, erano ancora visibili i segni del conflitto.

Molti erano i palazzi fatiscenti che presentavano sui muri fori di proiettili o granate, in qualche angolo si scorgevano carcasse di auto distrutte, e in un'aiuola posta al centro di un senso rotatorio potei vedere una decina di tombe. Erano tutte contrassegnate con delle croci di marmo bianche che contrastavano con il marmo scuro delle lapidi, sulle quali, oltre ai nomi, erano anche scolpiti anche i visi dei caduti.

Sulla mia destra scorsi improvvisamente un edificio che mi sembrava famigliare, si trattava di una struttura moderna composta da tre palazzi preceduti da una breve scalinata; la parte centrale era quasi del tutto distrutta e sembrava accartocciata su sé stessa, le altre due erano in piedi per i due terzi della loro altezza e presentavano il ferro del cemento armato a penzoloni, come se fossero le radici di un dente estirpato a viva forza. La distruzione aveva in quell'edificio una certa armonia, sembrava quasi una di quelle opere postmoderne il cui titolo sarebbe potuto essere *"no future"*.

Ricordai di aver visto tante volte quell'immagine in televisione, era diventata un simbolo stesso della guerra; se la memoria non mi ingannava doveva trattarsi della sede dei giornali e della televisione di Bosnia, uno dei principali obiettivi delle artiglierie durante quei giorni terribili. Se così era allora quello che stavo percorrendo doveva essere il famigerato viale dei cecchini, ricordavo le immagini delle persone che cercavano riparo dietro le carrozze dei tram dai colpi dei cecchini asserragliati negli edifici ai lati della strada. Stavo percorrendo dei luoghi che erano stati teatro di morte ed atrocità, un brivido mi corse lungo la schiena e stavolta non era colpa del freddo.

A qualche crocevia vedevo dei blindati italiani che vigilavano e dei giovani bersaglieri che pattugliavano vicino ad obiettivi sensibili.

Dovevo raggiungere il mercato di Skenderja perché era lì che lavorava l'amica di Snaga, il mio contatto; il gigante mi aveva detto che era in pieno centro, tre-quattrocento metri dopo *l'Holiday Inn* che avrei certamente riconosciuto.

Difatti l'albergo mi apparve alla mia sinistra, completamente ristrutturato ed attorniato da un bel giardino.

Aveva la forma di un parallelepipedo gigante, di colore giallo e con le bandiere di tanti paesi che lo circondavano; era da qui che i cronisti di tutto il mondo avevano documentato l'agonia di Sarajevo ed ora quel palazzo appariva splendido quasi come monito alla ripresa della vita.

Proprio di fronte all'albergo, sul lato destro del viale, sorgeva un grattacielo completamente crivellato di colpi che aveva tutta l'aria di essere stato un edificio pubblico di grande importanza; la facciata doveva essere originariamente composta di specchi e l'uso generoso del marmo conferiva all'edificio una pomposa maestosità.

Da quel momento posi molta attenzione alle indicazioni stradali per cercare di scorgere quella che potesse indicarmi il mercato, mi distrassi solo per il passaggio di un moderno autobus snodato sul quale campeggiava la scritta *Japan for Bosnia Herzegovina.*

La freccia per Skenderja mi mandava a destra, verso un ponte che attraversava il fiume; subito dopo il ponte vi era una grande piazza e pensai che quello dovesse essere il mercato che cercavo, parcheggiai l'auto e rilessi le indicazioni di Snaga.

La sua amica lavorava in un negozio chiamato Rujo nel mercato di Skenderja, cominciò a venirmi il dubbio che quello che Snaga indicava come *market* fosse un centro commerciale e non un mercato. Al termine di una piccola scalinata si apriva una grossa piazza con edifici moderni, vi si trovavano alcuni negozi di abbigliamento e di articoli sportivi; mi misi alla ricerca di quello con l'insegna Rujo ma non riuscivo a trovarlo, addentrandomi sempre più finii per entrare in una sorta di palazzetto dello sport così decisi che era il caso di chiedere informazioni.

In posizione centrale nella piazza sorgeva un bar con numerose scritte luminose, tra le quali una indicava, in inglese, la presenza di bigliardi. Mi sembrò il posto adatto per prendere qualcosa di caldo e farmi indirizzare in modo corretto.

L'ambiente era accogliente, di stile americano, con poltrone e tavolini un po' troppo sgargianti ma sicuramente nuovi; il barman era molto giovane e mi rivolsi a lui in inglese chiedendo un tè, mi rispose con buon accento chiedendomi di pazientare giusto il tempo di scaldare l'acqua.

Bevvi con calma il mio tè riflettendo sul fatto che quella città appariva sicuramente avviata alla normalità, se non completamente ripresasi. Me l'aspettavo molto più militarizzata ed invece la presenza della Nato si avvertiva e si vedeva, ma era certamente meno invasiva di quello che si potesse immaginare; in un contesto del genere non mi doveva essere molto difficile passare inosservato.

La presenza di agenti dei servizi segreti di molte nazioni era certamente cospicua, ma bastava parlare poco e non dare nell'occhio per lasciare le *barbe finte* a compiti sicuramente più seri.

Dopo il tè chiesi al barista informazioni per raggiungere il negozio che mi interessava, mi spiegò che alla base della scalinata c'era l'entrata dello Skenderja Market e lì si trovava il negozio. Sul lato destro della scalinata che portava alla piazza, scorsi l'ingresso di quello che oramai era chiaro essere un centro commerciale; si estendeva in pratica sotto la piazza che avevo invano percorso alla ricerca del negozio, la sua metratura era pari a quella visibile in superficie.

Scendendo le scale entrai in un mondo sotterraneo ricco di negozi in stile occidentale; abbigliamento, mobili, calzature, estetica erano rappresentati dai negozi esistenti. Il caldo all'interno del centro commerciale era notevole e mi indusse a sfilarmi la giacca a vento, osservavo stupito la somiglianza della moda con quella in voga in Italia pensando che il consumismo genera l'effetto del villaggi globale. Per quanto esteso il centro non era immenso, così ritenni superfluo chiedere informazioni e cercai il Rujo passeggiando tranquillamente come un cliente qualunque. Presso l'entrata opposta a quella dalla quale avevo fatto il mio ingresso, scorsi il negozio che cercavo, mi avvicinai con cautela e rimasi ad osservare le vetrine. Si trattava di un negozio di articoli sportivi, mi sembrò che trattasse più abbigliamento che attrezzature ma il tutto era moderno ed attuale. All'interno mi sembrò di scorgere un ragazzo ed una ragazza che servivano dei clienti, se non ci fossero state altre commesse quella doveva essere il mio contatto. Entrai e continuai a dare un'occhiata in giro mostrandomi interessato ad una tuta da sci, fortunatamente la ragazza servì per prima i suoi clienti così da avvicinarsi a me.

Era più alta di me, con i capelli corvini e crespi raccolti in una coda; il viso era piccolo con occhi grandi e scuri, il corpo magro e slanciato, ispirava simpatia.

La guardai mentre avanza verso di me, slanciava le gambe in avanti con un movimento un po' dinoccolato che me la fece paragonare ad Olivia, la compagna di Braccio di Ferro.

Mi rivolse la parola nella sua lingua, mi chiese certamente se avessi bisogno di aiuto.

Le risposi in inglese chiedendole se fosse lei Melisa, mi guardò per qualche secondo e poi sorrise un po' imbarazzata.

"Non parlo inglese ma conosco l'italiano, sei l'amico di Slatko?"

"Si, sono io. Mi chiamo Giulio."

"Non credevo che tu arrivassi oggi, non mi sono ancora organizzata ma se mi dai un po' di tempo…"

"Non c'è problema, mi dispiace se per te ci sono delle difficoltà."

"No, è solo che avevo preso delle ferie da domani così avrei potuto accompagnarti dappertutto. Ora devo ancora lavorare ma se torni tra un'ora sarò libera. Hai dove andare a dormire?"

"No, ma qualunque albergo va bene."

"Okay, allora faremo anche questo…ci vediamo dopo?"

"Certamente, grazie."

Uscii dal negozio col sorriso sulle labbra, quella ragazza ispirava simpatia e tenerezza. Parlava in italiano molto bene e dalla sua disponibilità immediata pensai che doveva avere un buon motivo per amare l'Italia, magari un fidanzato. Era una ragazza giovane, di poco più di vent'anni e non sapevo se sarebbe stata in grado di aiutarmi sul serio ma sentivo che tutto ciò che poteva fare l'avrebbe fatto col cuore.

Ingannai l'attesa sedendomi ad un bar dove chiesi un altro tè.

Allo scadere dell'ora mi avviai nuovamente verso il negozio, mi affacciai facendomi vedere dalla ragazza ma evitai di entrare per non disturbare.

Lei uscì dopo pochi minuti.

"Ho una settimana di ferie, adesso spero di poterti aiutare."

"Lo spero anch'io, sei molto gentile. Come mai parli così bene l'italiano?"

"Sono stata fidanzata con un ragazzo italiano, della Calabria. Ora è finita ma è stato bello."

"L'hai conosciuto in Italia?"

"No, qui a Sarajevo. Lui è un militare ed è stato qui un anno in missione."

Tra di noi si era subito instaurato un rapporto confidenziale, una simpatia epidermica.

"Snaga mi ha detto che sei un suo caro amico ed hai bisogno di aiuto. Di cosa si tratta?"

La domanda diretta di Melisa fece risuonare un campanello d'allarme nella mia mente, questa ragazza era amica di Snaga e questi era cugino di Dario Galic, un uomo che lavorava per Milan Slatko. Se fosse stato tutto architettato per portarmi in bocca a quel criminale? L'ipotesi non era da scartare anche perché in questo paese non avevo nessun potere, però non avevo altra scelta che quella di fidarmi di Melisa.

Dovevo cercare di non rimanere completamente isolato in un paese straniero, ma al tempo stesso non volevo far conoscere i miei movimenti a Roma; decisi che avrei mandato dei messaggi con il cellulare a mia sorella indicandogli tutti i miei spostamenti ed i nomi delle persone con cui venivo a contatto, se una sera non avesse ricevuto mie notizie avrebbe dovuto avvisare Pierino perché ero sicuramente in pericolo. Mi ripromisi di attuare questo piano appena giunto in albergo.

"Io lavoro per lo stato italiano e voglio catturare Milan Slatko."

La ragazza mi fisso con i suoi occhi profondi, quasi volesse leggere dentro di me le ragioni di ciò.

"Cosa t'importa di Milan Slatko?"

"Ha commesso un reato in Italia ed io voglio fargliela pagare."

"Quale reato?"

"Un rapimento."

"Ma tu sai chi è Slatko?"

"Si, un bastardo che non merita di vivere."

"Proprio cosi, un animale."

"Tu pensi di potermi aiutare."

"Si, posso. Non da sola ma ti aiuterò."

Ci avviammo verso la mia macchina e Melisa mi suggerì di non prendere una camera in albergo perché tutti i registri delle presenze erano controllati dagli americani, sarebbe stato meglio prendere una stanza a casa si una signora che lei conosceva. Mi sembrava un ottima idea e la mia nuova amica dimostrava anche di essere una ragazza in gamba, del resto Snaga me lo aveva detto.

"Quanti anni hai?"

"Ventidue, ma con quattro di guerra."

La sua precisazione fu quasi una richiesta di non considerarla una ragazzina.

"E tu quanti anni hai.?"

"Trentadue, dieci più di te."

"Sei un vecchio allora!"

Mi prese in giro ridendo con allegria e coinvolgendo anche me nella sua risata.

"Di che segno sei?"

"Sono del Capricorno..."

"Anch'io, di gennaio."

"Allora speriamo di essere amici, fra Capricorni..."

"Jarac, Capricorno si dice Jarac."

"Allora perché non mi chiami così da ora in poi?"

"Va bene, amico Jarac. James Bond Jarac, suona bene."

La ragazza era proprio sveglia.

Mentre arrivavamo all'alloggio Melisa mi indicò alcuni luoghi caratteristici della città, il ponte dove ci fu l'attentato a Francesco Giuseppe, la Biblioteca in fase di restauro, alcuni comandi militari.

La strada che percorrevamo correva lungo il fiume, nelle vicinanze della Biblioteca vi era uno slargo con un parcheggio dei taxi ed un bar chiamato *Venezia*, Melisa mi fece parcheggiare lì.

"Questa è una zona molto centrale, a due passi c'è il quartiere musulmano e la parte antica della città. Continuando lungo questa strada si va fuori città, sui monti che circondano Sarajevo dove ci sono molti posti di osservazione militari. Secondo me è un buon posto per stare vicini alle ambasciate ed ai comandi militari ma senza dare troppo nell'occhio. La proprietaria degli appartamenti è un'amica dei miei genitori, ci si può fidare. Anch'io abito qui, con una mia amica che lavora per i militari italiani; noi siamo al secondo piano della palazzina, la proprietaria è al primo e per te dovrebbe essere libero il terzo piano."

Entrammo nel piccolo palazzo che mi sembrò decoroso e pulito, salimmo le scale fino alla porta della proprietaria. Ci aprì una signora tarchiata, piuttosto grassottella, il viso sembrava un *Super Santos* e le guance erano rubizze; era difficile riuscire a darle un'età, ma se avessi dovuto azzardare avrei detto quarantacinque anni.

Melisa parlò in modo molto tranquillo con la donna la quale mi squadrò a lungo, fece un sorriso e porse un mazzo di chiavi alla ragazza.

"L'appartamento costa cinquanta dollari al giorno compresa la colazione, ti va bene?"

"Va bene, inizio a pagare per una settimana."

Melisa mi accompagno nel mio alloggio che era composta da una camera da letto, molto piccola, cucina e bagno senza bidet. In casa faceva molto freddo e la ragazza mi spiegò velocemente il funzionamento della stufa a legna, la mettemmo in funzione per scaldare un po' l'ambiente.

"Prima che faccia caldo ci vorranno un paio d'ore, andiamo a casa mia così mangiamo anche."

Accolsi volentieri l'invito di Melisa perché stavo cominciando ad avere i primi sintomi d'assideramento.

Il suo appartamento era identico al mio, vivendoci in due c'era molto disordine ma era comunque pulito. Ci sedemmo in cucina e lei cominciò a fumare mentre preparava del caffè turco.

"Ti va un po' di caffè?"

"No grazie, davvero."

"Non ti piace perché non è l'espresso, però è buono se ci fai l'abitudine."

"Lo so, l'ho assaggiato qualche volta ma io non bevo molti caffè. Nemmeno l'espresso…"

"Va bene, allora non mi offenderò…"

Melisa accompagnava spesso le parole con un sorriso e la sua carica umana era davvero notevole.

"…per cena ti preparo dei cevapcici, sono delle salsicce di carne di mucca, non di maiale. Ti vanno?"

"Va benissimo per me, sei molto gentile. La tua amica non c'è?"

"No lei lavora al bar della caserma Tito, a volte torna tardi se ha il turno di sera. Tu in Italia dove vivi?"

"Vivo in Sardegna, la conosci?"

"No."

"E' una grande isola che si trova verso la Spagna, il mare è molto bello e ci sono un sacco di turisti. Io però sono di Napoli…"

"Ah, Napoli. Allora *tu si nu' figlio 'e zoccola.*"

Rimasi per alcuni secondi a bocca aperta, poi ci mettemmo a ridere insieme.

"Ma come fai a conoscere queste parole?"

"Me le insegne la mia amica Amela che le impara in caserma. I primi italiani che sono arrivati qui erano tutti napoletani, della Brigata Garibaldi e così abbiamo imparato dai nostri amici parecchie parole."

Continuammo a parlare e scherzare in allegria, passavamo da un argomento di conversazione all'altro con la voglia di chi vuole conoscersi in fretta. Melisa era simpaticissima ed il suo modo di parlare in italiano, per non dire del dialetto, era spassosissimo. Cenammo con le salsicce bovine che mi aveva preparato, me ne diede cinque e ne tenne una sola per sé; il sapore era particolare ma mi piacevano molto, le accompagnavo con un pane arabo che era squisito e la cena fu davvero ottima.

Pensai che l'amica di Melisa, Amela, non avrebbe tardato molto a rientrare quindi era meglio parlare subito dei nostri progetti.

"Come possiamo fare a trovare Milan Slatko?"

La mia domanda fu improvvisa ed il cambio di umore della ragazza altrettanto repentino.

"Domani faremo il giro di tutti i miei amici di Tuzla che sono qui a Sarajevo. Non è difficilissimo trovare Milan Slatko perché lo conoscono in tanti, ma è difficile farsi aiutare da qualcuno perché lo temono, hanno paura di lui."

"Credi che qualcuno lo troveremo?"

"Forse si, ma dipende anche da che cosa offriamo in cambio."

"I soldi non sono un problema..."

"I soldi non sono necessari, la paura non passa con i soldi ma con la vendetta."

"E' per questo che mi aiuti?"

"Si voglio vendetta, la vendetta per la mia adolescenza che non è mai esistita e per il mio futuro che non è diventato mai presente."

"Tu non hai paura di Milan Slatko?"

"Si ma che m'importa, c'è James Bond Jarac a proteggermi."

Melisa sorrise con dolcezza e mostrò per la prima volta tutta la fanciullezza legata alla sua giovane età, era cresciuta troppo in fretta ma il suo cuore era ancora puro e sognatore. Risposi al suo sorriso cercando di rassicurarla, l'arrivo di Amela interruppe i nostri discorsi.

Anche la sua amica era simpatica ma più maliziosa, si capiva che trascorreva la maggior parte del tempo in mezzo a uomini arrapati che cercavano di mettersi in mostra per lei. Dopo aver chiacchierato un altro po' decisi di andare a letto, le fatiche di quel viaggio così travagliato cominciavano a farsi sentire.

Salutai le ragazze e salii nel mio appartamento, il tepore si era impadronito di esso e la cosa mi fece immenso piacere. Mi infilai nel letto e notai immediatamente che era troppo morbido per i miei gusti, presi anche il materasso dell'altro lettino e lo misi sotto il mio per avere una superficie un po' più rigida; il rimedio non era certamente eccezionale e mi riproposi di procurarmi una tavola di legno.

La legna scoppiettava nella stufa, la grossa coperta a quadri mi teneva bello caldo e mi portava alla mente le serate trascorse in montagna a Rivisindoli quando ero ragazzo; se non fosse stato per il motivo per il quale ero lì e per i segni di distruzione che avevo visto in città, l'atmosfera si poteva definire addirittura romantica. Romantico era forse il mio tentativo di far trionfare la legge quando anche lo Stasto si era tirato indietro, romantica era la vendetta di Melisa in nome dei suoi sogni infranti. Prima di dormire dovevo inviare i messaggi a mia sorella, non sapevo se questo tipo di comunicazione fosse facilmente captabile ma mi sembrava il più sicuro. Dovetti inviare sei messaggi per completare le informazioni e le istruzioni necessarie; per non dimenticare l'invio giornaliero impostai un avviso sul telefonino per ogni sera alle venti, poi mi addormentai esausto.

Il mattino seguente Melisa bussò alla mia porta alle nove, ero già sveglio da un pezzo ma ero rimasto nel letto a crogiolarmi nel tepore delle coperte. Uscimmo in strada ben coperti, una fitta nevicata cadeva da alcune ore e la temperatura non era molto rigida; sotto la coltre di neve la città assumeva un aspetto incantato, ogni rumore giungeva ovattato come se provenisse da una dimensione fantastica.

Passammo dinanzi alla biblioteca che era stata dichiarata patrimonio mondiale dell'umanità, ci addentrammo nel quartiere musulmano con i suoi caratteristici negozi in pietra e legno, girammo attorno alla moschea e ci fermammo al bar di fianco la cattedrale. Melisa mi ragguagliava sui luoghi dove più frequentemente si trovavano i militari e che quindi era preferibile evitare, mi faceva anche da cicerone raccontandomi la storia dei luoghi che incontravamo. Ci sedemmo ad un tavolino per fare colazione, lei prese un caffè ed io il solito tè, avevo notato dei piccoli pasticcini di cioccolato, dalla forma vagamente fallica, che avevano l'aria molto appetitosa. Chiesi a Melisa se poteva ordinarmeli.

"Il cameriere vuole sapere quanti ne vuoi."

Indicai con le dita della mano il numero di tre e l'espressione del cameriere si fece subito truce, si rivolse a Melisa con tono seccato mentre lei sembrava giustificarsi.

"Non fare mai più quel gesto!"

"Ma perché cosa ho fatto?"

"Le tre dita alzate in quel modo sono il simbolo dei serbi! Durante la guerra tante persone sono state mutilate affinché gli rimanesse in eterno il marchio della Serbia addosso, anche le statue e i dipinti sono stati mutilati in quel modo. Qui a Sarajevo quel gesto è vietato! Se vuoi indicare il numero tre devi fare così."

Mi mostrò la sua mano con il pollice e il mignolo piegati, le altre dita distese.

"Mi dispiace non credevo di offendere qualcuno…"

"Non fa niente, come potevi saperlo."

La ragazza sorrise dolcemente per farmi intendere che tutto era superato.

"Dopo colazione facciamo il giro dei miei amici, credo di potermi fidare di sei persone, e spargo la voce. Speriamo che qualcuno ci aiuti."

"Già speriamo o la vendetta rimarrà un macigno che pesa sulla nostra coscienza."

"Cosa vuol dire macigno?"

"E' una grossa pietra.."

"Si, deve essere molto grossa."

Ci spostammo con la mia auto ed attraversammo buona parte della città. Alcuni quartieri periferici erano ancora fatiscenti, le loro ferite ancora sanguinanti e lacere; in centro sembrava invece di essere in una metropoli mittleuropea, strade eleganti, belle ragazze e negozi alla moda. Mentre transitavamo per una delle due strade che circumnavigavano il centro della città, Melisa si intristì.

"Ti ricordi la strage al mercato dei fiori? Morirono decine di persone per una granata che piombò tra la folla."

"Si mi ricordo, fu un massacro terribile. Una granata serba…morirono tanti bambini."

"Quella è la piazza del mercato, il luogo della strage."

Mi sarei aspettato una vera e propria piazza, aperta al fuoco delle artiglierie, invece mi trovai dinanzi un cortile incastonato tra alti palazzi dai tetti spioventi.

"Quella lì? Ma è piccolissima, come ha fatto la granata ad arrivare sulla folla senza colpire prima i palazzi?"

"Il comandante delle artiglierie serbe era un giovane studente di ingegneria. Era di Sarajevo ed aveva tutte le piante e le altimetrie della città, la sua precisione è diventata leggenda. Lo chiamavano *il boia che arriva da lontano*, ora gira tranquillamente per la città…un tribunale ha stabilito che ha svolto una normale attività di soldato, senza macchiarsi di particolari crimini…magari lo incontriamo e te lo presento."

Nelle parole di Melisa c'era tutta la rabbia di una giustizia sconosciuta.

Ogni tanto ci fermavamo dinanzi ad una abitazione, un negozio, una bottega, lei scendeva per parlare con qualcuno e faceva ritorno in una decina di minuti.

"Ho parlato con tutti, domani ripasseremo per sentire le risposte…speriamo bene."

"Ora cosa facciamo?"

La ragazza mi guardò per qualche istante, mi sorrise dolcemente con aria fanciullesca.

"Jarac ti va di portarmi sul monte Igman, sulla montagna delle Olimpiadi?"

"Certo, è molto lontano?"

"In periferia, in dieci minuti siamo lì. E' molto bello sai."

"Andiamo, indicami la strada."

Trascorremmo il resto della giornata su quella montagna che era stata prima simbolo di pace e fratellanza universale durante le

Olimpiadi, e poi base di partenza per gli attacchi d morte durante la guerra.

La montagna era ricoperta da alti alberi, sui rami si addensavano cumuli di neve ed ogni tanto si udiva il crepitio di un ramo spezzatosi sotto il peso della folta coltre; pranzammo in una sorta di baita che sorgeva dinanzi al trampolino del salto con gli sci. Assaggiai una sorta di quiche ripiena di formaggio ed un'altra ripiena di verdure, Melisa, che non mangiava mai tanto, prese un rotolo caramellato ripieno di carne dall'aspetto non molto invitante.

Mi raccontò che da questa montagna si teneva assediata Sarajevo, una lunga agonia con la popolazione ridotta alla fame e sterminata dai colpi delle artiglierie e dei cecchini. Mi parlò del viale dei cecchini dove molte persone avevano perso la vita mentre cercavano di procurarsi del cibo, attorno al viale si era lottato casa per casa in una lotta anche all'arma bianca. Vicini, compagni di scuola, colleghi di lavoro, erano lì a scannarsi l'uno con l'altro in preda ad una follia collettiva; il lato destro del viale era conquistato dai serbi che sferravano attacchi ai bosniaci, che resistevano ancora sul lato sinistro. Si era anche diffuso un nuovo sport, *la caccia al passante*. Ricchi signori senza scrupoli pagavano i cecchini, il più famoso era quello asserragliato nel palazzo della stampa, per prendere il loro posto per qualche ora; sostituivano cervi e cinghiali con donne e bambini e poi se ne tornavano a casa ad abbracciare i loro figli.

Accennò agli stupri di massa, ai figli costretti a massacrare i loro padri, ai denti cavati via alle donne a viva forza per marchiarle, alle scarpe degli uomini usate come madie per il pane. Melisa parlava con un tono di voce impersonale, diverso da quello suo solito; sembrava quasi che commentasse delle immagini lontane che affioravano confuse nella sua memoria, come una medium appariva quasi in trance, stordita dalla forza di quei ricordi. Non le facevo domande, non volevo forzarla, lasciando che lei stessa decidesse quanto e di cosa parlare.

La strada del ritorno non fu la stessa che percorremmo all'andata, ne seguimmo una più breve ma dalle pendenze maggiori; ai bordi della strada grossi cartelli e nastri segnalatori annunciavano la presenza di mine, di tanto in tanto delle radure si intravedevano nella fitta vegetazione e si potevano notare le postazioni delle batterie di artiglieria. Le poche case che incontrammo apparivano in buone condizioni, tranne per i tetti che erano completamente saltati; Melisa mi spiegò che quella era la tecnica usata da chi era costretto ad abbandonare la propria casa per scappare, facevano saltare il tetto utilizzando le bombole del gas, in modo da rendere la casa inutilizzabile per il nemico, ma nella speranza di trovarla ancora in piedi quando avrebbero potuto farvi ritorno.

In un tratto di ripida discesa, dove ero costretto ad usare la seconda marcia, inontramo un cippo alla memoria di sei soldati francesi precipitati con la loro auto in quel punto. Melisa ebbe una reazione che non mi sarei aspettato.

"Bastardi, avete fatto un bel volo!"

"Perché fai così, non hai rispetto dei morti?"

"I francesi non ne hanno avuto per i nostri morti…quando arrivarono a Sarajevo, e poi nei paesi vicini, la situazione non era ancora definita…loro appoggiarono ora l'una ed ora l'altra fazione in lotta, partecipando attivamente ai massacri. Uccisero tante persone, soprattutto musulmani."

"Tu di che religione sei?"

"Sono musulmana, ma non me ne frega niente. Snaga è cattolico, Amela è ortodossa ed io vado d'accordo con tutti, le persone non si giudicano dalla loro fede."

"Mi spieghi una cosa? Perché tu non vai vestita come quelle donne tutte coperte che abbiamo viste davanti alla moschea?"

"Non c'è bisogno di vestirsi in quel modo per essere musulmani…tu sei cattolico vero?"

"Si."

"Rispetti tutti i tuoi comandamenti?"

"No, forse solo un paio."

"Vedi, tu però ti consideri un cattolico. Noi non siamo diversi, anzi le ragazze più carine ed alla moda che vedrai in città è molto probabile che siano musulmane, soprattutto se hanno i capelli rossi."

"Perché?"

"Una moda, una razione alle regole, la voglia di tornare a vivere."

Mentre tornavamo in città, Melisa ricevette una telefonata sul suo cellulare; parlò per poco tempo e quasi sempre a monosillabi, quando attaccò mi sembrò felice.

"Era uno dei miei amici che ho incontrato stamattina, ha detto che può aiutarci ma vuole parlare con te per dettare le condizioni."

"Va benissimo, quando ci incontriamo?"

"Gli ho detto che domattina passeremo da lui."

"E' una bella notizia, speriamo che le sue condizioni non siano inaccettabili."

"Non ti preoccupare, non lo saranno."

Ci fermammo a comprare del latte e cenammo con quello, andammo a letto presto anche perché sapevamo che il giorno dopo sarebbe stato molto importante per noi.

Melisa mi diede la buonanotte con un affettuoso bacio sulla guancia.

"Grazie Jarac, sono stata molto felice oggi."

Prima di addormentarmi mandai i messaggi a mia sorella.

Non potevo saperlo, ma da quel momento tutta la vicenda avrebbe avuto un'evoluzione improvvisa e rapida che non mi sarei mai aspettato.

Capitolo 6

Anche quel diciassette dicembre Melisa bussò alla mia porta alle nove in punto, portandomi una tazza di latte caldo.

"Buongiorno, sei pronto? Non facciamo aspettare troppo i nostri amici."

"Dammi dieci minuti ed andiamo, buongiorno a te."

Dopo un quarto d'ora eravamo in strada, ci dirigemmo verso la bottega di falegname, che avevamo visitata per seconda la mattina precedente. Melisa scese e fece subito ritorno con il suo amico, mi fece cenno con il capo di seguirli. Entrarono al bar *Fashion*, io ero subito dietro loro. La ragazza fece le presentazioni e poi tradusse le nostre parole.

"Perché ti interessa Milan Slatko?"

"E' un criminale di guerra...ha una persona che mi interessa molto."

"Lo so, un italiano che vale molti soldi."

"Cos'altro sai?"

"Tante cose...cose che tu non scopriresti mai."

"Cosa vuoi per aiutarci?"

"Non so se posso fidarmi di te..."

Melisa intervenne rivolgendosi al suo amico con tono piuttosto seccato, credo che garantì personalmente per me. L'uomo apparve più mansueto, era una persona sfuggente che non ti guardava mai negli occhi.

"Diciamo che alcuni amici vogliono soldi, tanti soldi..."

"Quanti soldi?"

"Trentamila dollari."

Erano circa trentamila euro, una cifra che avrei trovato in un batter d'occhio.

"Sono tanti soldi ma potrei anche darteli, tu cosa vuoi?"

"Io voglio una cosa che non ha prezzo, Milan Slatko."

Era la vendetta l'unica molla che azionava queste persone, la vendetta che può covare solo chi ha perso tutto nella vita.

" E tu cosa mi dai per tutto questo?"

"Ti porto il tuo amico italiano, sano e salvo."

"Slatko è un criminale di guerra perché non lo fai catturare dalla Nato?"

"A quelli non interessa niente, sono manovrati dai politici e non cattureranno mai nessuno. Se anche lo prendessero cosa gli farebbero, un processo…i giudici si corrompono, dalle carceri si può evadere…l'unica giudizio certo è la morte. Voglio la morte di Milan Slatko."

"Io sono d'accordo ma devo sapere più dettagli, mi devo organizzare e devo trovare i soldi."

"Bisognerà muoversi presto perché Slatko sta per venire qui, bisognerà muoversi alle mie condizioni."

"Dimmi quali sono…"

"Stasera a casa di Melisa, devo verificare alcune cose."

Il nostro uomo uscì da solo, io e la ragazza rimanemmo seduti. Ero nervoso, tutto era così campato in aria, tutto era da verificare, magari quella sera sarebbero venuti da Melisa e mi avrebbero fatto fuori.

"Tu lo conosci bene?"

"Conosco bene lui e sua moglie. Conosco i suoi genitori e suo fratello, ma soprattutto sua sorella: Amela."

"E' il fratello di Amela?"

"Si."

"Vorrei che stasera ci fosse anche lei quando verrà a casa…"

"Non devi aver paura di un tradimento, ma se vuoi Amela sarà presente."

Certo che volevo e volevo anche stare molto vicino a lei, pronto a puntarle la pistola alla tempia se fosse stato necessario.

Il resto della giornata trascorse in attesa dell'incontro serale, Melisa era calma e gentile, io lo ero un po' meno.

"Melisa hai vissuto la guerra?"

"Certo che l'ho vissuta, almeno fino a quando non sono stata costretta a scappare in Belgio…l'ho vissuta e sono anche morta…"

"Perché dici questo?"

"Perché io non sono più la stessa persona di prima, avevo dei sogni, avevo l'allegria, mi piaceva vivere…ora non ho più niente, molti dei miei amici sono morti, mio zio è stato assassinato davanti ai miei occhi, non so perché continuo a vivere. Invecchierò facendo qualche lavoretto e cercando di sopravvivere, non potrò mai avere una casa mia, viaggiare e vedere il mondo, i miei occhi non potranno più sorridere. La mia anima è imprigionata in una gabbia d'odio, il mio corpo in una prigione di miseria…sono stata costretta vivere come un animale braccato, a lasciare la mia casa, i miei genitori, per non essere anch'io stuprata e squartata…ho mangiato l'immondizia e bevuto la mia urina, ho smesso di essere una donna…per due anni non ho più avuto mestruazioni. Se arrivasse qualcuno e mi dicesse che vuole uccidermi lo guarderei negli occhi e gli sorriderei…sarebbe una liberazione, non dovrei assistere ai massacri futuri, alle guerre che verranno…è stato fatto troppo male e il ricordo non si cancella, la vendetta si tramanderà da padre in figlio, da nonno a nipote e prima o poi scorrerà altro sangue."

"Perché non vai via da qui?"

"Perché sono stanca di fuggire, perché questa è la mia terra, perché sarei sempre una straniera…prima della guerra pensavo che sarebbe stato bello vivere in Europa, con tutta la gente che è morta per questa terra non me la sento più di andare via. Vorrei poter costruire qualcosa, avere uno scopo per vivere…invece ho solo la solitudine nelle mie viscere e gli incubi nella mia mente, non ho un futuro, ho un passatto terribile ed un presente di miseria. Sai perché ti aiuto? Anche per vendetta, ma non è il solo motivo…è perché nei tuoi occhi ho visto, dopo tanto tempo, la speranza, la voglia di lottare contro il male, il desiderio di completare qualcosa…so che hai paura ma vai avanti perché i tuoi sogni sono più forti del terrore, la speranza più incisiva della fatica...ti aiuto per vivere qualche giorno dei tuoi sogni, io che di sogni non ne ho più."

Rimanemmo a lungo in silenzio, guardandoci commossi negli occhi. Mi alzai e le accarezzai il viso, poi le strinsi forte le mani.

"Se tu vorrai io sarò tuo amico, per sempre. Ti aiuterò in qualunque modo potrò farlo e non sarai mai sola, perché quando tu vorrai io sarò al tuo fianco."

Affondò il viso sul mio petto, alzò gli occhi verso di me con un leggero sorriso.

"Grazie, fratello Jarac."

Amela tornò a casa verso le quattro del pomeriggio e suo fratello si presentò alle sette e mezza. Ci sedemmo tutti e quattro intorno al tavolo, con tre tazze di caffè ed una di tè.

"Ho parlato con i miei amici e la cosa si può fare, sempre al prezzo che ti ho detto stamattina..."

"Quello non è in discussione, voglio sapere come mi consegnerai l'italiano e come farò io a consegnarti Slatko."

"Va bene, è meglio parlare chiaro ma ricordati che chi tradisce paga con la morte..."

Melisa intervenne seccata.

"...va bene, niente minacce. Il mio piano è questo. L'italiano è tenuto prigioniero in un posto che non ti dirò mai, lo sorvegliano tre uomini di Slatko...si tratta di tre ragazzini che giocano a fare i delinquenti, il denaro che mi darai andrà a loro per liberare l'italiano. Tutti hanno paura di Slatko e così i tre manterranno il loro patto solo quando saranno certi che il loro capo, ed anche Vujodic, sono nelle mie mani."

"Chi mi dice che manterranno i patti una volta che ti avrò consegnato Slatko? E quando mi dirai come posso catturarlo?"

"Devi fidarti di me e per dimostrartelo ti dirò adesso dove potrai catturarlo. Slatko ora è in Macedonia ma tra due o tre giorni tornerà in Bosnia, prima di salire a Tuzla passerà certamente da una sua amante...vive vicino Sarajevo, in un posto che poi vedremo insieme..."

"Come saprai quando arriverà di preciso?"

"Questi sono problemi miei."

"Io ho bisogno di saperlo con un po' di anticipo."

"Almeno due ore ti bastano?"

"Se il posto è vicino come dici, si."

"E' vicino, non più di quaranta chilometri."

"Va bene, ma ci sono due cose che bisogna cambiare. Tra quando ti consegno Slatko e Vujodic ed il momento in cui avrò l'italiano quanto tempo passerà?"

"Credo tre ore, il tempo di arrivare."

"E' troppo, devo averlo al massimo in mezz'ora."

"Mezz'ora? E' troppo poco, perché tutta questa fretta?"

"Sono affari miei, puoi darmelo in mezz'ora o no?"

"Ma come faccio?"

"Sono affari tuoi…io sono l'unico che può darti Slatko su un piatto d'argento, non far passare l'occasione."

"Dovrei convincerli a muoversi prima, e a rilasciare l'ostaggio al mio segnale…i soldi dovrai darli a me, è l'unica arma che ho per farli stare ai patti."

"Non ho problemi, per me i soldi puoi anche tenerteli tu…c'è un altro problema."

"Quale?"

"Secondo il tuo piano ad un certo punto tu avrai i soldi, Slatko e l'italiano. Io cosa avrò? Niente e in più ci troviamo anche a casa tua, non voglio suicidarmi."

L'intervento di Amela giunse inaspettato.

"Tu avrai noi, me e Melisa. Saremo tuoi ostaggi fino a che mio fratello non avrà mantenuto i patti."

"Per me va bene, se sta bene a tuo fratello…"

Seguì una breve ma intensa conversazione tra l'uomo e le due ragazze.

"Va bene anche per me. Rimaniamo d'accordo così, domani telefonerò a Melisa per farti vedere il posto dove cattureremo Slatko, nel frattempo convincerò i suoi scagnozzi a consegnarti l'ostaggio entro mezz'ora. A domani."

Non potevo crederci, tutto si era messo per il verso giusto. La partita era cominciata ed ora si trattava di non sbagliare le mosse, sapevo che per i soldi e la cattura del criminale potevo contare su

Claudio Berretti; ciò che mi preoccupava era la maniera con cui avrei portato via il Matta da lì.

Volevo arrivare in Italia inaspettato, per non dar tempo a Roma di preparare la notizia, per non consentire ai cinici burocrati di salire sul carro dei vincitori; dovevo fare tutto da solo, ingannando anche il mio collega.

"Qual è la strada più veloce per uscire dalla Bosnia?"

"E' meglio passare dalla Croazia, è la via più sicura."

"Melisa, quando avrò l'italiano dovrò portarlo in Italia al massimo per la mattina dopo. Come posso fare?"

"Ora non lo so, possiamo informarci domani…"

"Avrò bisogno anche di un passaporto per lui."

"Questo non è un problema, se hai una foto domani mattina avremo il passaporto. Tanta gente è fuggita via con passaporti falsi, conosco un tizio che ce lo procurerà."

Era arrivato il tempo di contattare Berretti, il giorno seguente avrei dovuto parlare con lui per la cattura di Slatko; tirai fuori il telefono satellitare dove era memorizzato il suo numero e lo chiamai.

"Claudio sono Max Rossi."

"Ma che fine avevi fatto? Da Roma mi chiamano ogni giorno per avere tue notizie…"

"Sto bene, tranquillizzali pure. Quando possiamo vederci?"

"Quando vuoi."

"Domani va bene?"

"Si, dove?"

"Dimmelo tu che sei della zona."

"All'aeroporto."

"Va bene, ci vediamo alle undici. Senti è un problema avere venticinquemila euro per spese confidenziali."

"No, nessun problema. Abbiamo carta bianca per questa operazione."

"Puoi portarmeli all'appuntamento?"

"Senz'altro."

"A domani allora."

"Ciao."

Con il mio cellulare ragguagliai mia sorella sugli ultimi sviluppi, e nel contempo la tranquillizzai circa la mia salute. Dovevo sfruttare Claudio per poi tenerlo fuori dalla consegna dell'ostaggio, non sapevo come fare ma dovevo riuscirci.

Forse la notte mi avrebbe portato consiglio.

La mattina seguente toccò a me dare la sveglia alla mia amica, sentivo l'adrenalina salire e mi riusciva difficile stare fermo a letto.

La accompagnai dal tizio dei passaporti, le diedi una fototessera del Matta e lei si inoltrò in un tetro palazzo di un quartiere periferico. Tornò dopo pochi minuti, sembrava soddisfatta.

"Il passaporto me lo prepara subito, possiamo scegliere tra uno francese ed uno spagnolo."

In giro c'erano troppi francesi, tra un italiano ed uno spagnolo c'erano meno differenze e poi il Matta era di Alghero, magari sapeva parlare il catalano.

"Prendi quello spagnolo, è meglio. Io vado all'appuntamento con il mio collega, non voglio che ti veda…ci vediamo più tardi a casa, se puoi informati per i mezzi in partenza per l'Italia."

"Va bene, allora ti aspetto più tardi. Se dovessero chiamarmi per il sopralluogo dirò di chiamare quando ci sei tu."

"Va bene Melisa, grazie."

La ragazza mi spiegò la strada per l'aeroporto, poi ci separammo.

Arrivai alla mia destinazione velocemente, la zona sembrava una delle più colpite dai bombardamenti. Sulla pista giaceva il relitto crivellato di un aereo arrugginito che evidentemente non aveva fatto in tempo a decollare, nei campi tutt'intorno era un susseguirsi continuo di nastro segnalatore e cartelli che indicavano le zone minate. Le case di fronte all'aeroporto erano per la maggior parte diroccate anche se un gruppo di esse apparivano appena restaurate, c'era molto fermento nella zona; erano numerosi i negozi e sembrava avviata anche la costruzione di un centro commerciale, l'ingresso del piazzale dove si poteva sostare era controllato da militari francesi.

Attesi il via libera da parte del moviere e mi avvicinai lentamente alla sentinella, gli mostrai la tessera e questi sollevò la sbarra consentendomi l'accesso, in lontananza riconobbi il mio collega che mi attendeva vestendo un abito borghese.

Apprezzai particolarmente la circostanza perché in questo modo non avremmo dato nell'occhio, mi accostai a lui con l'auto e gli feci cenno di salire.

"Uè Max, come stai?"

"Bene, a parte il casino in cui sono invischiato."

"Da Roma mi hanno raccontato, lo so."

"Non credo che ti abbiano detto tutto, hanno cercato di incastrarmi."

"Li conosco i metodi di quelli, ma se ti conosco un poco tu non ti farai fottere."

"Senti Claudio sai quanto ti voglio bene, perciò voglio essere sincero con te. Non so quali ordini tu abbia ricevuto da Roma, se vuoi dammi una mano ma non cercare di controllarmi; se devi farmi pedinare fa in modo che i tuoi uomini mi perdano. Non facciamoci la guerra tra di noi...ricordati che ti passavo sempre le versioni di latino."

"'O Max, ma che ti credi che te la voglio buttare al culo proprio a te. Sai che mi è successo in Somalia, no? Figurati se me ne fotte più un cazzo."

"Ce l'abbiamo una squadra addestrata per fare irruzione, per un conflitto a fuoco?"

"Minchia se ce l'abbiamo, facciamo questo da anni."

"Io so dove trovare Milan Slatko, dovremo combattere per prenderlo..."

"Nessun problema!"

"...lui è un criminale di guerra quindi potremo prenderlo in via anche ufficiale, se vogliamo..."

"Questo glielo devo chiedere al capo."

"...comunque solo se consegniamo Slatko ai miei contatti avremo in cambio l'ostaggio. Me lo consegneranno due giorni dopo la cattura del criminale...

"Due giorni dopo? E tu ti fidi?"

"...o mi fido o mi attacco... comunque ho preso anch'io degli ostaggi che libererò solo quando avrò il Matta. Sono seguito dai miei contatti che vogliono trattare solo con me, se voi vi intromettete salta tutto…l'azione è a breve, oggi faremo un sopralluogo del posto dove potremmo catturarlo. Vieni con me?"

"Certo che vengo e sennò io che minchia faccio."

"Credi che gli uomini dei Servizi potranno darci dei fastidi?"

"Ma se quelli non se lo trovano nemmeno quando pisciano…sai il casino che hanno combinato in Kosovo?"

"No."

"Due di loro si erano infiltrati nell'UCK, festeggiavano la liberazione di un prigioniero sparando in aria. I due geni sparavano pure loro ma non si sono accorti di essere finiti nel settore americano e sono stati arrestati. Per liberarli il comando italiano è stato costretto a bruciarli ma gli americani hanno fatto orecchie da mercanti, è intervenuto il capo supremo, quello col nome da cantante, che ha detto: *la questione è un affare tra i governi di Roma e Washington*. Così siamo dovuti andare col cappello in mano dagli americani per far liberare due minchioni, che figura di merda."

"Speriamo che qui non ci sia gente più sveglia."

"E' difficile."

"Mi hai portato i soldi?"

"Sono qua."

Claudio mi porse una sacca di tela.

"Portami in un posto che ti faccio vedere io, è lì che ci incontreremo per andare al sopralluogo."

"Va bene, indicami la strada."

"Questi figli di bottana hanno disegnato tutta l'Europa, e solo la Sicilia si sono scordati…"

Le invettive dl mio collega erano rivolte ad una cartellone, sul quale era raffigurata la mappa dell'Europa, che ricopriva i palazzi in via di restauro.

"…Max qua siamo nella zona serba, ci sono delle facce che altro che lo Zen. Lasciami li, all'angolo con quella specie di autolavaggio.

E' dove facciamo lavare i nostri mezzi, per me sarà più facile raggiungerlo. Aspetto tue notizie, nel frattempo preparo gli uomini."

"A dopo Claudio."

Riuscii a tornare facilmente a casa, il nostro uomo non aveva ancora chiamato per il sopralluogo.

"Melisa, perché non ce ne andiamo a mangiare a ristorante che ho una fame terribile."

"Non ti piace quello che cucino io, eh?"

"Mi piace ma non voglio farti stancare, usciamo."

Camminavamo sotto l'ombrello per proteggerci dalla neve, Melisa mi raccontava che anche loro festeggiavano il Natale ma solo come festa pagana. Ci fermammo a mangiare dal turco, un locale con sedie e tavolini in ferro battuto che sembravano fatti apposta per i sette nani; la carne era ottima e divorai in un attimo la grigliata mista che avevamo ordinato.

"Ieri sera hai accettato solo perché hai me ed Amela in ostaggio?"

"No, lo sai che non potrei farvi del male...ad Amela sicuramente, a te potrei anche riempirti di botte..."

Ridevamo di gusto, ci divertivamo insieme.

"...ho accettato perché non avevo scelte e perché mi fido di te."

"Vedrai che andrà tutto bene, l'unica persona a cui devi fare attenzione è Slatko. Pensi di scappare con la nave di mezzanotte da Spalato?"

"Può darsi, dipende se ce la faccio in tempo."

Tornando a casa ci soffermammo a vedere le vetrine delle antiche botteghe orafe, alla ragazza brillavano gli occhi nel vedere quei gioielli ma ogni volta che le chiedevo se gli piacessero mi rispondeva di no. Il suo amor proprio le impediva di desiderare qualcosa che non poteva permettersi, volevo fargli un regalo ma se glielo avessi detto non avrebbe mai accettato.

"Melisa, voglio comprare un ricordo di Sarajevo. Voglio un ciondolo d'oro con il simbolo dello Jarac e la data di oggi incisa. Mi aiuti a comprarlo?"

Entrammo nella bottega che sembrava essere la migliore, scegliemmo un ciondolo molto grande e lo facemmo incidere; all'uscita consegnai alla ragazza il pacchetto.

"Questo è per te sorella Jarac, così potrai ricordarti di me."

Melisa mi abbracciò forte, aveva gli occhi lucidi e sussurrò con un filo di voce.

"Tu sarai il fratello che non ho."

Appena varcammo la porta di casa, ricevemmo la telefonata che aspettavamo.

"E' riuscito a convincere gli uomini di Slatko a fare come dicevi tu, dobbiamo andare a fare il sopralluogo perché lui sarà qui domani o dopodomani. Abbiamo appuntamento tra mezz'ora al campo di Zetra."

Chiamai il mio collega dandogli appuntamento dopo quarantacinque minuti al posto che lui mi aveva indicato, presi l'attrezzatura che mi occorreva ed uscimmo velocemente. L'appuntamento era sulla collina di Zetra, laddove una volta sorgeva il più grande ospedale della città; durante la guerra era divenuto un comando militare ed un luogo di torture. Mentre salivamo, ai bordi della strada si vedevano immense aiuole disseminate di croci bianche; riuscivo a leggere le date di nascita dei morti, molti erano dei ragazzi ventenni. In lontananza si scorgeva un'altra collina che era completamente ricoperta di tombe, saranno state almeno cinquemila e quello spettacolo mi pugnalò allo stomaco. Chiesi a Melisa se quei luoghi erano adibiti a cimiteri anche prima della guerra, mi rispose di no; mi spiegò che erano state scelte quelle collinette perché, essendo ben visibili, potessero fungere da monito per posteri.

Il nostro uomo era già lì quando arrivammo, sembrava nervoso o forse eccitato.

"Domani o al massimo dopodomani Slatko andrà dalla sua donna...quando lo beccheremo io sarò con te e, dopo venti o trenta minuti, ti consegnerò l'italiano."

"Con me ci saranno anche Melisa e tua sorella, se non manterrete i patti saranno loro a pagare."

"Non preoccuparti noi non tradiremo. La donna di Slatko è a Kakanj, un paesino a quaranta chilometri da qui. Dobbiamo fare attenzione a non insospettire nessuno, la casa si trova di fronte ad un albergo che si chiama *il castello di pietra*."

"Nessuno si accorgerà di niente, ma prima devo passare a prendere la persona che mi aiuterà a catturare Milan Slatko. Lui non vi farà domande e voi non fatene a lui."

Dopo venti minuti eravamo arrivati all'appuntamento con Claudio, passando per la zona serba della città Melisa sembrava un belva in gabbia. Guardava i passanti con occhi iniettati di odio, urlava improperi verso di loro, sembrava volesse sbranarli. Cercai di farla calmare.

"Melisa non fare così, devi cercare di dimenticare."

"Dimenticare, come posso dimenticare quello che questi animali hanno fatto alla mia gente? Come posso dimenticare la mia fuga e la fame, il sangue e la morte. Tu non hai mai vissuto la guerra, non puoi capire."

Forse era vero non potevo capire il dolore e l'umiliazione che avevano patito quelle persone, era meglio stare zitto.

Claudio era puntuale, salì a bordo senza dire una parola.

"Stiamo andando sul luogo dell'agguato."

Non mi rispose ma i suoi occhi da quel momento erano attenti ad ogni particolare, la sua penna scorreva veloce sul block-notes. Claudio era un ottimo elemento da azione, da tanti anni militava nel Gis e con lui si poteva andare in battaglia tranquilli.

Impiegammo poco più di mezz'ora per giungere sull'obiettivo, anch'io memorizzavo i tempi necessari per la mia fuga e quel posto era abbastanza vicino all'imbocco per la strada per Ploce.

"Il posto è dopo quella curva, rallenta...l'albergo è questo e la casa è quella con le finestre verdi."

Proseguii per altri duecento metri per poi parcheggiare l'auto in una radura.

"Voi aspettate qui, non vi muovete."

Io e Claudio scendemmo e ci avviammo verso l'obiettivo passando dal bosco.

"Chi sono quei due?"

"Uno è il mio contatto e l'altro il mio ostaggio."

"Che ha detto il tuo capo?"

"Ben contento di eliminare un figlio di puttana."

"In via ufficiale."

"Certamente altrimenti lui che ci guadagna? Servirà solo un po' di messinscena, questa zona è anche nel nostro settore."

"Cosa ne pensi?"

"L'obiettivo è facilmente accessibile, ha un solo piano quindi non servirà calarsi dal tetto. Siamo molto vicini all'albergo quindi dovremo usare armi silenziate…sai quanti sono i bersagli?"

"Dovrebbero essere quattro più il pesce grosso, uno degli scagnozzi è molto pericoloso."

"Dovrebbero bastare quattro uomini compreso il sottoscritto più te e due snipers…non sappiamo se saranno tutti in casa?"

"Questo viene qui per scopare, non credo che voglia il raduno nazionale dei figli di puttana intorno."

"Già probabilmente lascerà qualcuno fuori ed al massimo uno o due dentro…per me dovremmo andare lisci…aspetta un po' che prendo delle misure e poi passiamo sul retro per vedere se ci sono porte e quante finestre."

Completammo velocemente la nostra perlustrazione, tornammo alla macchina e facemmo ritorno verso Sarajevo.

"Da che parte arriveranno i nostri uomini?"

Melisa, come sempre, traduceva le risposte del fratello di Amela alle domande di Claudio.

"Dalla stessa strada che abbiamo fatto noi, ma dalla parte opposta."

"Lui sa quanti ne rimarranno fuori?"

"Tutti, forse solo Vujovic entrerà insieme a Slatko."

"Se è così, ancora meglio. L'auto con cui arriveranno è blindata?"

"Sicuramente."

Claudio mi fece segno che in seguito avrebbe dovuto dirmi qualcosa.

Tornammo in città e lasciai il mio collega nello stesso posto in cui lo avevo prelevato, scendemmo dall'auto per scambiarci qualche impressione.

"Stasera stessa farò il briefing ai miei uomini e da quel momento saremo in stand-by. Useremo delle nostro auto civili e, siccome l'operazione è ufficiale, le nostre armi…tu hai bisogno di qualcosa?"

"Ho con me una ventidue."

"E che ci fai spari alle formiche, ti porto io qualcosa a puntamento laser. Cosa preferisci?"

"Un fucile, non importa quale."

"Ci penso io...con questo freddo è probabile che gli uomini di scorta staranno al calduccio in macchina, quando sentiranno il rumore dell'irruzione salteranno giù e di loro si occuperanno gli snipers.

Credo che non circonderanno la casa, ma se lo faranno saremo costretti ad eliminare prima i guardaspalle perché noi siamo obbligati ad entrare dal retro. Non credo ci saranno problemi...aspetto tuoi ordini e provvedo io a tutta l'attrezzatura. In caso di azione ci vediamo due chilometri prima dell'obiettivo, sulla destra della strada c'è un viottolo prima di un pilone della luce, la parola per l'azione è *il castello è da espugnare*. Ti occorre altro?"

"E come potrebbe, con un socio come te."

Il mio collega mi abbracciò e si allontanò, era incredibile come riuscisse ad essere professionale sul lavoro ed un eterno immaturo nella vita. Ciò che contava e che con lui mi sentivo davvero in una botte di ferro.

Riaccompagnammo il nostro uomo a Zetra.

"Mi raccomando tenetevi pronti, da domattina ogni momento è buono."

"Non preoccuparti, pensa solo ad istruire bene quelli che dovranno portare l'italiano. Dacci il massimo preavviso che puoi."

"Va bene ci sentiamo solo per l'azione o se tutto va a monte."

Quella sera Melisa mi chiese se poteva salire a dormire da me, sarebbero potute essere le ultime ore che avremmo trascorso insieme e non voleva rimanere sola. Le dissi di si e lei fu contentissima, si preparò il letto accanto al mio e si infilò dentro tirandosi le coperte fino agli occhi. Mandai i consueti messaggi in Italia e mi infilai sotto le coperte, ero tranquillo perché la presenza di Claudio mi sollevava da parecchi problemi; dovevo solo stare attento a tutte le variabili in gioco e nulla di spiacevole sarebbe successo, il lato più difficile era quello del ritorno in Italia e dovevo gioco forza affidarmi alla Fortuna.

Parlammo a lungo e Melisa mi disse del suo ragazzo calabrese, di quanto lei gli volesse bene e del perché fosse finita; io gli raccontai della mia famiglia, di mio fratello che aveva la sua età, della vita che conducevo. Sembravamo amici da sempre eppure ci conoscevamo da soli due giorni, potevamo davvero essere fratelli tanto era forte l'umanità che ci univa.

Prima di addormentarci lei mi fece un'ultima domanda.

"Giulio non è il tuo vero nome, vuoi dirmi come ti chiami?"

"Massimiliano, Massimiliano Rossi."

Un alito di vento gelido penetrò sotto le coperte che qualcuno aveva scostato, mi raggomitolai ancora di più su me stesso cercando nel profondo della mia pelle il calore che mi mancava. Una sensazione indescrivibile mi avvolse improvvisamente, una fonte di calore mi premeva dolcemente sulla schiena facendomi provare dei brividi dolcissimi. Capii in ritardo che si trattava del seno di Melisa, era entrata nel mio letto e mi abbracciava dolcemente dalle spalle avvolgendo le mie gambe con le sue. Le labbra mi sfioravano il collo ed il suo respiro leggermente affannato sembrava lasciare una scia di piacere sulla mia pelle, con le mani accarezzò il mio ventre fino a sfiorarmi l'inguine. Sapevo che non era giusto lasciarmi andare così, sapevo che era una storia senza futuro, sapevo che lo splendido rapporto che ci univa poteva essere rovinato, ma la voglia di stringerla e baciarla ebbe il sopravvento. Feci naturalmente ciò che desideravo fare, cacciando in un solo istante razionalità e congetture. Ci abbandonammo ad un amore tenero e disperato, consapevoli entrambi dell'unicità di quel momento da assaporare con l'avidità di un naufrago giunto all'ultima goccia d'acqua. I nostri corpi sembravano contorti come secolari ulivi, intrecciati come viti friulane, il nostro piacere era semplice e naturale, scevro da qualunque esagerazione ed esibizionismo. I suoi baci erano profondi quasi volesse succhiare la vita che quella maledetta guerra le aveva interrotto, si abbandonava ai miei in attesa di sensazioni che le sembravano irrimediabilmente sopite. L'alba mi sorprese in dormiveglia, una gelida luce filtrava attraverso le imposte. Rimasi con gli occhi sbarrati cercando di capire cosa fosse successo, pochi secondi bastarono a spazzar via le ultime sensazioni di quel sogno inebriante. Per un attimo il rammarico di non aver provato realmente quelle sensazioni fu grande ma poi mi venne in mente un episodio che mi capitò da ragazzo. All'epoca non avevo mai fatto l'amore con una ragazza e talvolta mi capitava di sognarlo provando nel sonno sempre le stesse sensazioni. Il giorno in cui feci l'amore per la prima volta mi accorsi che quelle sensazioni oniriche erano del tutto identiche alla realtà. Anche in quell'algido mattino ero convinto che in fondo il sogno non fosse stato altro che la proiezione fedele della realtà, magari avevamo condiviso lo stesso sogno. Mi voltai verso il suo e la vidi con gli occhi spalancati che mi osservava.

"Anche tu sei già sveglia?"

"Ho dormito poco, anche tu mi sembra."

"Già, chissà se Amela ha dormito."

"Quella dorme anche sotto i bombardamenti, e non è un modo di dire. Meglio che andiamo a svegliarla."

Ci alzammo, la stufa si era spenta per mancanza di legna e l'aria era gelida. Ci lavammo in fretta, mi vestii in modo pesante e radunai tutti i miei bagagli per portarli nell'appartamento di sotto. Nel farlo mi imbattei nel passaporto spagnolo con la foto del Matta, Melisa me lo aveva dato ma io non avevo avuto ancora tempo di guardarlo; sembrava fatto molto bene e non presentava visibili tracce di alterazione, lessi il nome dell'intestatario e mi scappò una risata. Diego De La Vega.

"Melisa, ma questo non è il nome di Zorro?"

"Davvero, ecco perché è stato il primo che mi è venuto in mente. Mi dispiace, dobbiamo rifarlo?"

"No, lasciamo stare. Speriamo che non ci fermi il Sergente Garcia..."

Bella coppia che facevamo io e il Matta, Mogol e Zorro.

Amela era ancora a letto e Melisa ci mise un po' per convincerla ad alzarsi, io scesi in strada per mettere in moto l'auto; non volevo che banali contrattempi, come una batteria a terra, potessero rovinare tutto.

Una volta rientrato decisi di radermi per ingannare l'attesa. Il volto riflesso nello specchio era quello di un uomo stanco e teso, la barba ispida, le occhiaie estese ed i segni del freddo che solcavano le gote; anche i miei occhi non sembravano vivi ma offuscati da una patina grigiastra. Dopo la rasatura la situazione non migliorò di molto.

Le ore passarono molto lentamente, con le orecchie tese allo squillo del cellulare di Melisa; lei mi stava molto vicina, come se volesse sfruttare al massimo quegli istanti in comune.

Accendemmo radio e televisore ma non servì a sciogliere la tensione.

"Speriamo che l'azione si svolga oggi, altrimenti un altro giorno così ci ammazza!"

Amela appariva invece tranquilla e rilassata, si era messa lo smalto e lavata i capelli come se si stesse preparando per un giorno di festa. Melisa sembrava più triste che preoccupata, forse la mia partenza la turbava più di ogni altra cosa. Ciò che invece passava per la mia testa era tutto indissolubilmente legato alla cattura di Slatko ed alla liberazione dell'ostaggio.

Alle undici e dieci il cellulare di Melisa squillò, a me sembrò di aver intuito l'arrivo della telefonata già qualche istante prima.

La telefonata fu fulminea, Melisa non parlò con il suo interlocutore, si limitò ad ascoltare.

"Milan Slatko sta andando dalla sua amante."

Nella casa scese un religioso silenzio, ognuno si preparò in fretta senza disturbare gli altri; mi infilai nel giubbotto la calibro ventidue ed il passaporto spagnolo, poi la mia attenzione si concentrò sulla sacca con i soldi.

Le richieste dei traditori di Slatko ammontavano a trentamila dollari, ma io me ne ero fatti consegnare da Claudio cinquantamila; divisi i ventimila in eccesso dagli altri e li divisi in due mazzetti da diecimila l'uno. Chiamai Melisa in disparte.

"Sorella Jarac, questi sono per te…"

"No, non li voglio. Non voglio i soldi."

"…ascoltami questi sono per te e questi altri sono per Snaga. Li devi prendere perché sono un augurio che ti faccio per iniziare una nuova vita, forse non serviranno a molto ma sicuramente ti aiuteranno a ricominciare. E' questo che devi fare, devi cercare in te stessa la voglia di ricominciare a vivere, la gioia di svegliarti la mattina, il piacere di stare tra la gente. Questo è il mio numero di telefono in Italia e questo è il mio indirizzo. Se vieni in Italia ti potrò aiutare a trovare un lavoro, una casa…partire non vuol dire solo fuggire, a volte si va alla ricerca di qualcosa che si è perduto e tu devi ritrovare il sorriso di Melisa. Promettimi che ci penserai."

La ragazza aveva gli occhi pieni di lacrime ed il naso rosso, mi abbracciò disperata.

"Te lo prometto."

Scendemmo le scale di corsa ed entrammo in macchina, il traffico era come nei giorni precedenti ma a me sembrò caotico, l'appuntamento con il fratello di Amela era sempre sulla collina di Zetra. Mentre guidavo effettuai la chiamata a Claudio Berretti, pronunciai sol una frase: *il castello è da espugnare.*

Il nostro uomo ci aspettava bianco come un cadavere, teso ed agitato anche oltre il consentito.

"Sono partiti, quando vi ho chiamati erano appena partiti. Slatko ci metterà quasi quattro ore ad arrivare a Kakanj, da Tuzla stavano partendo con l'italiano. Mi hanno detto che aspetteranno notizie in un posto molto vicino, a meno di mezz'ora."

"Va bene, però adesso calmati un po'. D'ora in poi devi fare quello che ti dico, non ti azzardare a fare di testa tua o Slatko ci fa fuori tutti quanti!"

Mentre guidavo verso il punto di rendez-vous pensavo che il criminale sarebbe entrato in quella casa che era ancora giorno, speravo che la donna avesse avuto argomenti validi per trattenerlo fino alle prime tenebre. Fare irruzione in pieno giorno comportava senz'altro dei rischi enormemente maggiori.

Vidi Melisa che aveva lo sguardo fisso dinanzi a sé, forse stava cominciando ad avvertire anche lei la tensione del momento, forse oltre alla tristezza si stava facendo largo nel suo cuore anche la paura.

Le strinsi la mano e gliela tenni fino a che non giungemmo a destinazione, la cosa la rassicurò molto e mi ringraziò con uno dei suoi sorrisi.

Imboccai la stradina accanto al pilone della luce e percorsi lentamente un centinaio di metri, da un albero sbucò fuori un uomo che indossava tuta nera e passamontagna che mi intimò d fermarmi. Si sfilò il *mefisto* scoprendo il suo volto, era Claudio.

"Accosta la macchina e scendete, i miei uomini la mimetizzeranno."

Dalla boscaglia sbucarono due persone che coprirono con una rete scenografica la vettura, poi la ricoprirono con del fieno.

"Dovrebbero arrivare qui verso le tre, tre e mezza. Un po' troppo presto vero?"

"Si è ancora giorno, ma non ci sono problemi...ti ho portato tutto l'occorrente, qui c'è la tuta ed il casco, qui il giubbotto e qui il fucile...preparati."

Claudio mi porse tre borse con tutto l'occorrente, erano attrezzature speciali in uso ai Gis; indossai la tuta ignifuga ed agganciai il casco antiproiettile al cinturone, mi infilai giubbotto antiproiettile e passamontagna, diedi un'occhiata all'arma che mi sembrò leggerissima.

Gli uomini di Claudio si andarono a piazzare nelle postazioni che lui aveva stabilito, i due snipers si misero sul fronte della casa a circa trecento metri dalla stessa, fu il mio collega ad indicarmi la loro posizione perché erano praticamente invisibili. Noi ci piazzammo sul retro della casa, tra alcune balle d'erba ancora fresca, uno degli uomini di Claudio si portava dietro una tracolla con tutte le attrezzature ed il mio collega aveva un auricolare per il contatto radio con gli snipers. I tre civili furono fatti appiattire qualche decina di metri dietro di noi e notai che un uomo li teneva costantemente, ma con discrezione, sotto tiro. In Italia funzionano poche cose, l'organizzazione di Claudio era una di quelle.

"'O Max, mò dobbiamo solo aspettare che arrivi il figlio di puttana."

"Va a finire che non ci passa più, come in Accademia."

"Mamma mia, una vita ad aspettare. Tengo 'e cujuni accussì. Meno male che Slatko ha trovato questa troietta vicino Sarajevo, così non abbiamo dovuto fare tanta strada."

"Già, femmine, fontane e feste ti fanno sempre prendere chi vuoi."

"La vecchia regola delle tre effe, eh?"

"Proprio quella, è sempre valida. Claudio, dopo l'azione io vado a consegnare i soldi ai carcerieri, quando saranno in salvo mi indicheranno il nascondiglio del Matta. Spero che al massimo domattina mi facciano sapere, appena so ti avverto."

"Ti serve copertura?"

"No, questi stanno qui per controllare proprio che non ci sia di mezzo altra gente. Dobbiamo fidarci di loro, è l'unica."

"Come vuoi tu, per me sta bene."

Claudio osservò con il visore a rilevazione di calore la situazione all'interno della casa.

"Credo proprio che Slatko si sia organizzato un'orgetta. In casa ci stanno due femmine, faranno una cosa a tre o a quattro?"

"Fammi dare un'occhiata..."

Lo strumento ottico metteva in evidenza due sagome, che fossero femmine lo si capiva dal maggior calore concentrato nel basso ventre.

"....hai visto, c'è qualcosa sotto una delle due finestre del retro."

"Che cos'è?"

"Mi sembra un materasso."

"Ah, l'ho messo io. È per un mio uomo un poco guardone!"

"Sei tutto scemo, credo che quella sia una via di fuga. In Sardegna i latitanti che si nascondono negli ovili, piazzano i materassi sotto la finestra della stanza dove dormono. Se devono scappare precipitosamente si buttano dalla finestra, sanno di atterrare sul morbido. Mi gioco una cena che Slatko scoperà in quella stanza."

"Non scommetto perché mi sa proprio che hai ragione."

Alle tre e venti un fuoristrada Nissan grigio, a sette posti, si fermò dinanzi all'obiettivo.

"Ci siamo, forse cominciamo a ballare."

Claudio era in contatto con gli snipers che dalla loro postazione potevano vedere tutto, poi mi riferiva.

"Due uomini sono entrati in casa, uno sta pisciando dietro la macchina ed altri due sono rimasti in auto. Forse sarà una cosa a quattro... si sono seduti a tavola...gli uomini mangiano qualcosa, bene così, aspettiamo un po' di buio."

Per mezz'ora la situazione rimase di stallo, Claudio ed i suoi uomini avevano sempre gli occhi incollati ai visori. La giornata era plumbea, il cielo carico di nuvole basse, la luce scarsa ed algida; poco dopo le quattro le tenebre cominciavano ad arrivare.

"L'ambiente si sta scaldando, si stanno spostando...due in una stanza e due nell'altra, è gente riservata."

"E' probabile che l'altro sia Vujodic, il suo braccio destro. E' molto pericoloso."

"Cercheremo di renderlo innocuo...direi di aspettare un quarto d'ora, diamogli il tempo di avvinghiarsi per bene e poi glielo facciamo ammosciare...io ed un altro entreremo dalla finestra sul lato sinistro, una unità entrerà dal lato destro, tu ed un altro coprite le finestre sul retro...occhio alle pallottole che potrebbero uscire e ad eventuali fughe, hai domande."

"No, non credo."

"Ok, cominciamo ad avvicinarci."

Claudio fece dei segnali ai suoi uomini che si mossero con sincronismo e velocità, in pochi istanti e nel più assoluto silenzio si portarono nelle loro posizioni. Il mio collega fece avanzare Melisa, Amela ed il fratello nella nostra posizione, poi anche noi ci portammo verso la casa. Mi posizionai sotto la finestra con il materasso, il corpo schiacciato a terra ed il cuore che mi batteva nelle tempie; le armi erano pronte all'uso, il casco indossato e l'interfono aperto, al cinturone avevo messo anche la calibro ventidue. Ascoltavo le parole in codice di Claudio, il suo respiro affannoso e quello degli altri; mi sembrava di essere fuori dalla realtà, l'adrenalina mi aveva come anestetizzato dalle emozioni esteriori. Sembrava che tutto quello non stesse accadendo a me, sembravo lo spettatore di un videogioco.

Provai la stessa sensazione quando con i miei colleghi rimanemmo in attesa per tutto il giorno davanti ad una banca di Faenza, aspettavamo i bastardi di Via Leonetto Cipriani, i carnefici della strage del Pilastro. Sapevamo che quel giorno ci sarebbero stati dei cadaveri sull'asfalto ed ognuno aspettava in silenzio, forse pensando che sarebbe potuta essere la sua ora; la concentrazione diventa massima, la *trance* è mentale e fisica, vivi in un'altra dimensione, quasi incorporea. Quel giorno non ci furono morti, per una soffiata la trappola non ebbe esito. In questo paesino sperduto della Bosnia-Herzegovina nessun evento poteva cambiare il corso del destino.

Il freddo era intenso, la terra dura ed umida, la luce era algida e dalla casa arrivavano ovattate le espressioni di baldoria; dietro l'angolo c'è sempre il destino di ognuno di noi che aspetta in agguato, i nostri obiettivi festeggiavano e da lì a breve avrebbero perso la vita.

"Un minuto all'azione!"

L'avvertimento di Claudio mi riempì le orecchie come una sinfonia di Beethoven. Un minuto per decidere tutto, per vedere la vita e la morte incontrarsi in una piccola casa di campagna, un minuto per scegliere la posizione giusta per sopravvivere. Mi defilo maggiormente verso sinistra, controllo due o tre volte le armi, mi assicuro che siano pronte a far fuoco.

"Trenta secondi!"

Penso ai miei genitori, ad un albero di Natale bianco che toccava il soffito del soggiorno quando ero bambino; che gioia in quelle mattine di festa, sdraiarmi sul divano a seguire le gesta di Thoeni e Stenmark riscaldato dal tepore della casa e dall'amore di mia madre. Ora non c'erano né l'uno né l'altro, ero solo con me stesso con il mio coraggio e la mia paura; pulisco la visiera anche se è perfettamente lucida, respiro profondamente e fisso intensamente la finestra.

Un ordine secco di Claudio, rumore di vetri infranti, tre spari ovattati, un urlo di donna presto soffocato. Gli uomini della scorta impiegano anche più del necessario per capire e scendere dall'auto, lo fanno solo in due e non fanno molta strada. I colpi degli snipers sono alla nuca, senza scampo; il terzo uomo di scorta non scende, mette in moto e tenta la fuga. I cecchini sparano alle gomme fermando l'auto, l'uomo non abbandona l'abitacolo ma quando i due carabinieri sparano all'impazzata sul parabrezza, si impaurisce e comincia a correre. Il colpo per lui è alla fronte. Dieci secondi lunghi come una vita, le parole *libero* ad indicare l'assenza di pericolo per gli uomini all'interno della casa, la finestra sopra di me in frantumi ed un uomo che mi passa sopra finendo sul materasso. Mi getto addosso, sono sopra Milan Slatko, riesco a tenerlo giù per un istante con una testata in faccia; il suo sguardo è quello di una belva assassina, mi fa paura, tiro fuori la calibro ventidue. In alcuni istanti il tuo cervello corre ad una velocità pazzesca, in un decimo di secondo scorrono nei miei occhi tutte le brutture della guerra; vedo le donne umiliate, gli uomini martoriati, i bambini orfani e mutilati, i giovani senza più un futuro ed i vecchi senza più passato. La mia arma è pronta a sparare, senza sicura, la appoggiò su una gamba della bestia e faccio fuoco due volte, poi è la volta di un colpo nel braccio con il quale tentava di spingermi via. La ventidue è un'arma piccola, nella concitazione del momento puoi anche non sentire i colpi che penetrano nella tua carne; molti colleghi preferiscono armi più scomode ma più potenti, con un potere d'arresto maggiore. Rimango concentrato, so che tre colpi potrebbero non bastare ma non occorre infierire oltre. Un istante dopo sono circondato dai miei colleghi, quello che era rimasto fuori con me punta il suo fucile alla tempia di Slatko, con un calcio alla mascella doma i suoi residui bollori; dall'interfono sento la voce degli snipers: *tre bersagli annullati.* Guardo Claudio e lo interrogo con un cenno del capo per sapere di Vujodic, mi risponde con il segno della mano benedicente. Il luogotenente di Slatko aveva fatto appena in tempo a guardare in direzione della sua pistola Astra e Claudio lo aveva freddato all'istante, almeno la coscienza del mio collega era tacitata.

Tutto è finito, o forse non ancora.

C'è da pagare il prezzo della vendetta, lo scotto del rimorso, i conti con la propria coscienza di uomo di legge; penso che in fondo i buoni siamo noi, che il Matta vale molto più di quell'animale che giace ferito a pochi passi da me, ma dentro me stesso so che questa è una tesi assai labile che farò a pezzi migliaia di volte nei giorni che verranno. Chi sono io per giudicare la vita di un uomo? Quale diritto mi dà la facoltà di mostrare il pollice verso? Non lo so ma devo farlo, il momento di tirarsi indietro è già passato.

Faccio un fischio alla Trapattoni, il fratello di Amela corre a perdifiato verso di noi, gli do la calibro ventidue e mi allontano con Claudio.

Gli altri uomini sparano alcuni colpi con le pistole dei morti per allestire la messinscena di un conflitto a fuoco, sento la voce sommessa del fratello di Amela. E' una litania greve, una sentenza di morte, le parole sono profonde e scandite con tagliente lentezza; non so cosa dicono ma è come se capissi ogni parola, ogni sillaba che maledice quell'uomo accompagnandolo nell'aldilà. Slatko caccia un urlo disumano, tre colpi e poi il silenzio.

Tornammo veloci alle nostre auto, un abbraccio con Claudio.

"Grazie di tutto, siete stati perfetti."

"Hai organizzato tutto tu, il merito è tuo."

"Vado a consegnare i soldi, ti faccio sapere gli sviluppi…"

"Guarda che con Roma posso reggerti il gioco fino a domani sera, stai attento con il Matta ed arriva in Italia presto, altrimenti mi metti nei casini."

Claudio aveva scoperto il mio gioco, forse lo aveva sempre saputo ma a lui non importava; lui aveva fatto il suo dovere e la sua missione si esauriva lì, la pensava in quel modo da sempre ed io speravo che non fosse cambiato. Evidentemente non lo era.

"Grazie Claudio, ti devo molto."

"Così siamo pari con i compiti di latino."

Liberai velocemente l'automobile dalla mimetizzazione e partimmo verso l'incontro con l'uomo per il quale era successo tutto questo, la liberazione di quel ragazzo sardo era stata l'*incipit* di una storia più grande di tutti noi.

In auto il silenzio era glaciale ma dai volti di quei ragazzi che mi accompagnavano traspariva una serenità fino ad allora sconosciuta, sembravano dei bambini svegliatisi dopo un brutto sogno, felici di scoprire che tutto ciò che li aveva terrorizzati era solo un incubo e non la realtà. Cinque chilometri dopo il fratello di Amela mi disse di voltare in una mulattiera, percorremmo circa trecento metri e ci fermammo in una radura. Un'altra automobile era ferma ad aspettare, sperai con tutto me stesso di non dovere usare la forza per avere il mio uomo ma ad ogni modo riarmai la mia pistola.

"Sono loro, vado a vedere se è tutto a posto."

La voce del fratello di Amela era calma ma io non potevo correre rischi, la cosa mi rivoltava ma non avevo scelta. Puntai la pistola alla tempia della sorella.

"Non fare scherzi e dì ai tuoi amici che non ho tempo da perdere, la mia parte l'ho fatta, ora tocca a voi."

Appena l'uomo si allontanò allontanai la pistola da Amela, lei mi sorrise.

"Non preoccuparti, so che devi farlo ma so anche che non mi faresti mai del male."

Risposi al suo sorriso.

"Scusami, ma è proprio così…però non dirlo a tuo fratello."

Il ragazzo fece ritorno alla nostra auto.

"L'italiano è con loro, vogliono i soldi e te lo consegnano subito."

"Adesso tu vai a metà strada tra noi e loro e ti fermi lì, porta i soldi con te, fai scendere il prigioniero, aspetta che arrivi da me e poi ti avvicini a loro per consegnare i soldi. Sono stato chiaro?"

Mi rispose con un cenno del capo e si avviò lentamente verso il punto di mezzo della strada, mentre camminava dettava le istruzioni ai carcerieri. La porta posteriore destra del fuoristrada si aprì e ne scesero due uomini di cui uno era incappucciato, l'uomo a volto scoperto accompagnò l'altro per alcuni metri e poi tornò indietro. Il Matta camminava a fatica, le condizioni fisiche, la paura di quel momento, la mancanza di orientamento lo facevano sembrare una gazzella neonata che si sforza di rimanere in piedi e ricade sulle ginocchia. Mi sentii di incoraggiarlo.

"Matta vieni avanti così, stai tranquillo che va tutto bene."

Mi sembrò che il suo passo assunse un incedere più sicuro, sorpassò il fratello di Amela che lo indirizzò meglio nella direzione della nostra auto; dopo alcuni momenti interminabili giunse da me, mai cammino verso la libertà fu più incerto e sospirato.

Lo feci poggiare sul sedile posteriore ma seguii ancora lo sviluppo dello scambio, i soldi arrivarono a destinazione e chiesi a Melissa di far allontanare l'auto dei carcerieri. La mia amica urlò con quanto fiato avesse in gola e quegli uomini si allontanarono velocemente, altrettanto velocemente il fratello di Amela tornò da noi.

Solo allora mi dedicai al Matta togliendoli il cappuccio.

Quello che conoscevo io era un altro uomo, mi trovavo davanti un ragazzo di cento anni. La faccia scavata, la pelle bruciata dal freddo e la barba canuta, gli occhi inespressivi ed impauriti, languidi. Le sue mani erano tremanti, il respiro affannoso; mi accorsi che i suoi vestiti erano totalmente inadeguati a quel clima freddo, aiutato da Melissa gli infilai due dei miei maglioni. Non aveva ancora parlato e mi sovvenne il dubbio che fosse in grado di farlo.

"Mi riconosci, sono il capitano Rossi. Riesci a sentirmi?"

Mi guardò come se avesse visto un fantasma, spalancò la bocca ed emise un lamento profondo, gli occhi si allagarono, un pianto convulso gli scosse il petto. Lo abbracciai cercando di farlo sentire al sicuro.

"E' tutto finito, non devi più aver paura. Ora ti riporto a casa, ti riporto da Marina. Dobbiamo fare un lungo viaggio però, devi essere forte ed aiutarmi. Forza, Alghero ci aspetta."

Lo adagiai sul sedile posteriore, al suo fianco sedettero le due ragazze che lo dissetarono con del caffè caldo contenuto in un thermos.

Guidai velocemente verso l'imbocco della strada per Ploce, avrei lasciato Amela, suo fratello e Melissa allo svincolo per Sarajevo.

Non avevo tanto tempo dovevo mettere sul piatto della bilancia la concreta possibilità di essere fermato per dei controlli, vista l'ora tarda. Lo stato fisico del Matta rappresentava un problema perché avrebbe certamente insospettito chiunque avesse controllato i nostri documenti, non potevo fare nulla se non rischiare.

Giunse il momento di separarmi dai miei compagni di Sarajevo e la cosa fu più dolorosa di quanto potessi immaginare, mi consolò la sensazione di cogliere nei loro sguardi una luce nuova. Mi sembrarono ringiovaniti, possessori di un ritrovato entusiasmo, alvei di nuova linfa vitale, quasi che la morte di Slatko avesse restituito loro la vita.

Amela ed il fratello mi abbracciarono forte, la prima con molto slancio, il secondo con iniziale titubanza. Poi fu la volta di Melissa e l'emozione fu violenta; le lacrime scorsero lungo il suo viso ed i miei occhi si inumidirono, mi gettò le braccia al collo.

"Fratello Jarac tu mi hai restituito la fiducia negli uomini e la voglia di lottare per un ideale, se tu vorrai sarò per sempre per te come una sorella ed il mio cuore sarà sempre vicino al tuo, ovunque sarai."

Mi passò un bigliettino.

"Questa è la poesia di un poeta italiano, non mi ricordo come si chiama ma dice delle cose che io vorrei dire a te."

Io non fui capace di parlarle, mi limitai ad abbracciarla più forte che potessi e le consegnai una lettera. Mi infilai in macchina e partii velocemente per Spalato.

Per i primi chilometri guidai in uno stato di trance, i miei pensieri erano per quei ragazzi che tanto mi avevano dato sotto il profilo umano e che forse non avrei più rivisto. Immaginai Melissa che leggeva la mia lettera.

"*Cara Melissa, affido a questa lettera il compito di parlarti di tutto ciò che alberga nel mio cuore. A volte la vita ti riserva delle sorprese che mai avresti immaginato, ed io non avrei mai immaginato di trovare in un paese così lontano dal mio una persona che mi somigliasse così tanto; in pochi giorni ho imparato a capirti ad apprezzarti ed a volerti tanto bene, credo che per te sia stato lo stesso. Sono fortunato ad averti incontrata perché ora la mia anima è più ricca per tutto ciò che mi hai insegnato, non so se il destino benevolo che ci ha fatti incontrare vorrà in futuro ricongiungerci. Lo spero tanto e ti invito a prendere in seria considerazione la possibilità di trasferirti con Snaga in Italia, vi potrei aiutare a trovare lavoro e potrei svolgere meglio il mio ruolo di fratello maggiore. Meriti tutto il meglio che la vita può offrirti e se potrò fare qualcosa per darti ciò che il tuo cuore desidera, lo farò con tutte le mie forze.*

Un bacio grande e a presto.

Tuo fratello Jarac."

P.S. Questa è una delle mie poesie preferite e vorrei che la tenessi per sempre.

Per una lacrima in più che solcherà l'alveo delle mie gote,

per una goccia di rugiada che bagnerà il fradicio campo del mio cuore,

per uno strappo ancora alla mia anima sdrucita,

per un altro singhiozzo al pianto sommesso della delusione,

per un vigliacco no che colpirà violento,

per un sorriso acerbo che sfiorirà sul nascere,

per uno sguardo severo che mi giudicherà di nuovo.

Per questo ed altro io non mi arrenderò,

rinforzerò i miei argini, prosciugherò il mio campo,

cucirò una toppa, mi aggrapperò alle corde,

schiuderò le labbra, aspetterò il verdetto.

Celato in un forziere lo so che è custodito

quanto io voglio al mondo,

e aspetterò paziente che emerga dagli abissi

che sgorghi all'improvviso da te che sei la fonte.
Potrò così sorseggiare la vita che sarà,
che un giorno io intravidi e so che tornerà"

Mi ricordai del Matta sdraiato sul sedile posteriore e rallentai la marcia per verificare le sue condizioni, era sdraiato, le mani giunte in preghiera, e dormiva profondamente a giudicare dal respiro pesante; mi piacque pensare che quello fosse il primo sonno sereno da tanti mesi. Accostai un istante per coprirlo con una giacca, temevo molto la sua debolezza in relazione al nostro lungo viaggio; approfittai della breve sosta per leggere il bigliettino di Melissa.

"Era atarassia dei sensi, era astenia del corpo, era la morte giunta quando ancora ero vivo. Era. Poi dall'impari lotta sei uscita vincitrice e sono sensi acuti, attenti ed animati. Sono il mio corpo vivo, guizzante e innamorato. Sono."

Una immensa malinconia mi invase il cuore e dovetti fare appello a tutta la mia fredda razionalità per cacciare via ogni illanguidimento e riprendere risoluto il mio cammino.

Lungo la strada dovetti compiere numerosi sorpassi di autocolonne militari e autoarticolati con targa croata che evidentemente tornavano in Patria; restai concentrato sulla guida per essere il più veloce possibile, l'unica distrazione che mi concessi furono gli sguardi che lanciavo di tanto in tanto per controllare il mio compagno di viaggio.

Incontrai due posti di blocco ma per fortuna non mi fermarono per un controllo, sembravano più interessati alle merci trasportate dai Tir.

Dopo un'ora e mezza mi giunse una voce che sembrava provenire dall'aldilà.

"Dove mi state portando, che volete fare?"

Matta si era svegliato e mi sembrò essere ancora in stato confusionario, dovetti fermare la macchina per assisterlo.

"Stai calmo, ti ricordi sono il capitano Rossi? Stiamo andando a casa, non devi aver paura perché è tutto finito. Ora devi pensare che domani riabbraccerai i tuoi, Marina, rivedrai la tua casa. Come ti senti, vuoi mangiare qualcosa?"

Dagli occhi di quel ragazzo scomparve pian piano quella patina che li spegneva, fu come se solo allora cominciasse a realizzare che la sua agonia era finita; la vita cominciò ad impadronirsi nuovamente del suo corpo e della sua mente, come un atleta che si rende conto in ritardo della grande impresa appena compiuta, il Matta si guardò attorno per cercare conferma alle mie parole ed il pianto lo scosse nuovamente.

Era un pianto diverso, leggero e commosso, che nasce dinanzi a qualcosa di talmente bello che non avremmo mai sperato potesse accadere. Più le lacrime scendevano e più sembrava prendere coscienza della situazione, aggiungeva così lacrime a lacrime.

Lo feci spostare sul sedile anteriore e lo imbracai con la cintura di sicurezza, gli diedi un sacchetto con diversi alimenti e bevande.

"Cerca di mangiare qualcosa, non vorrai che tua madre ti veda tutto pelle e ossa?"

Lo trattavo come se fosse un bambino di sette anni, in quel momento la sua labilità lo faceva essere proprio un bambino bisognoso di protezione ed affetto.

"Ora ripartiamo, tu cerca di riposarti e stai tranquillo. Pensa a tutte le cose belle che farai domani."

Ripresi a guidare, lui mangiò qualcosa e poi chiuse nuovamente gli occhi ma non mi sembrò che si riaddormentasse.

Giungemmo a Metkovic con largo anticipo sull'orario di partenza della nave, se non ci fossero stati contrattempi eccezionali avremmo fatto sicuramente in tempo ad imbarcarci a Spalato. Il primo ostacolo poteva essere la frontiera, non dovevamo correre rischi e così decisi di dare istruzioni al Matta; lo scossi leggermente per un braccio e la rapidità con la quale aprì gli occhi mi confermò che non stava dormendo.

"Ascoltami bene. Qui c'è la frontiera tra la Bosnia e la Croazia, tu stai viaggiando con un passaporto spagnolo perciò fai finta di dormire e lascia fare a me. Se dovessero interrogarti rispondi in inglese a meno che tu non conosca lo spagnolo…"

"In Bosnia, mi hanno portato in Bosnia? Perché, chi mi ha rapito?"

"Ora passiamo la frontiera e poi ti racconterò tutto, hai capito quello che ti ho detto?"

"Claro."

Il ragazzo dava segni di ripresa.

Dalla parte bosniaca il controllo fu effettuato da un giovane poliziotto che mi sembrò felice di pronunciare qualche parola nel suo italiano imperfetto.

"Il mio amico sta dormendo perché ha un po' di febbre, vuole che lo svegli?"

"No, non bisogno. Dammi anche suo passaporto…ah, è spagnolo. Tornate Italia?"

"Si per qualche giorno, poi di nuovo a lavorare."

"Ah Juventus, Milan, Alessandro Del Piero molto forte. Saluta Italia."

"Grazie, buon lavoro."

Il giovane bosniaco non rappresentò un ostacolo ma dopo qualche metro fu la volta della polizia croata. Il poliziotto si rivolse a me in inglese e mi chiese di svegliare il passeggero, guardò a lungo il Matta che in effetti non somigliava più alla sua foto e cominciò a parlare solo con lui.

"Dove state andando signore?"

"In Italia."

"Lei è italiano?"

"No sono spagnolo, non lo vede dal passaporto?!"

"Perché va in Italia?"

"Perché ho qualche giorno di ferie e vado a riposarmi. E' dura lavorare in Bosnia."

Il poliziotto mi parve dubbioso ma mi fece segno di proseguire forse perché non aveva tanta voglia di discutere in una lingua non sua. Tirai un sospiro di sollievo, l'ostacolo più grande era stato superato e non ci restava altro che imbarcarci per Ancona; la presenza di spirito dimostrata improvvisamente dal Matta mi consolò molto.

"Complimenti, sei stato bravissimo."

"Complimenti a te che sei venuto a liberarmi in Bosnia. Non potrò mai ringraziarti abbastanza. Ma chi mi ha portato quaggiù, chi ha fatto tutto questo?"

Gli raccontai tutta la storia del suo rapimento, lui mi ascoltava con attenzione ed alla fine del mio racconto mi porse la mano; gliela strinsi e lui accennò un sorriso.

"Quello che hai fatto è incredibile, ti devo la vita. Sono sicuro che mi avrebbero ucciso, ho avuto più volte quella sensazione e sono certo che lo avrebbero fatto. Ti sarò riconoscente per tutta la vita, qualunque cosa io possa fare ti prego di contare sempre su di me e sulla mia famiglia. Sai come stanno?"

"Non ti preoccupare, naturalmente sono affranti ma vedrai che domani saranno al settimo cielo."

Il ragazzo cominciò a parlarmi della sua prigionia guardando fisso dinanzi a sé, come se cercasse nelle curve della memoria immagini e sensazioni.

"Sono stati brutali, mi hanno lasciato spesso senza cibo ed acqua: Ho avuto subito la sensazione che mi stessero portando via dalla Sardegna perché ho capito di essere su una nave...credevo di essere in Calabria, sull'Aspromonte perché faceva molto freddo...non li ho mai sentiti parlare anche perché mi turavano le orecchie con della cera...sono stato sempre legato ed incappucciato...ogni giorno veniva un uomo a togliermi il cappuccio per farmi riabituare alla luce...portava un passamontagna ma credo che fosse lo stesso che mi dava anche da mangiare...sempre pane e formaggio, un paio di volte della carne salata, mi lasciava il cibo e l'acqua in due ciotole sul pavimento ed io mangiavo come un cane...non ho mai parlato con nessuno ed ora ho difficoltà a trovare le parole..."

"Non preoccuparti è normale, per tutto quello che hai passato sei anche in forma. Vi siete spostati, hanno cambiato nascondiglio?"

"No mai, quando siamo arrivati in quel posto dove mi tenevano prigioniero non ci siamo più mossi...ogni tanto mi lavavano infilandomi in una tinozza d'acqua saponata...per fortuna potevo muovermi nella stanza, così non mi sono venute le piaghe...devo avere un'infezione alla pelle e parecchi denti cariati..."

"Quando saremo a casa ti riprenderai del tutto, sulla nave ti farai una bella doccia e ti sentirai meglio."

Pensai che quell'improvviso riprendersi del Matta non poteva durare a lungo, a sentire le condizioni in cui era stato tenuto. Sicuramente era la forza dei nervi e l'adrenalina per la liberazione che lo facevano resistere ma avevo paura che potesse avere un crollo improvviso, era magrissimo ed emaciato e mi chiedevo come il poliziotto croato non si fosse insospettito maggiormente.

"Ora basta, non ti devi stancare parlando. Abbiamo ancora un po' di strada da fare prima di arrivare a Spalato, perché non ti riposi un po'"

Il ragazzo mi diede ascolto e si tuffò in un altro sonno rigeneratore fino al nostro arrivo a Spalato.

Giungemmo al porto con un ora di anticipo sull'orario di partenza della nave, avevo tutto il tempo per fare i biglietti e riconsegnare la macchina; parcheggiai di fianco alla biglietteria e scesi per acquistare i biglietti, evitai di svegliare il Matta ma fui attento a tenerlo d'occhio da lontano nel caso si fosse svegliato. Comprai il passaggio in una cabina di prima classe superiore per essere sicuro che il ragazzo potesse riposare comodamente, tornai in macchina e mi diressi verso l'autonoleggio per riconsegnarla; svegliai Matta e gli feci indossare dei miei abiti puliti per non dare troppo nell'occhio, infilai le chiavi dell'auto nella apposita buchetta sulla porta dell'ufficio conscio che la cauzione copriva abbondantemente le spese di noleggio. Ci avviammo verso la nave. Il ragazzo camminava ancora un po' a fatica e lo sorressi vigorosamente, per nostra fortuna la nave era ormeggiata di fianco alla stazione marittima e l'accesso a bordo avveniva da una passerella anziché dalla scaletta. L'impresa risultò agevole anche per la presenza di un ascensore all'interno della stazione, appena giunti a bordo ci infilammo in cabina; aiutai il ragazzo a svestirsi e lo infilai sotto la doccia dove vi rimase per buoni venti minuti, la barba era incolta ma la pelle era troppo arrossata per consentire una rasatura. Terminata la doccia feci stendere il ragazzo sul letto.

"Ora vado a prendere qualcosa da mangiare, tu stai tranquillo qui e riposati. Vuoi qualcosa di particolare.?"

"Vorrei fumare…"

"No, non so se posso darti una sigaretta nelle tue condizioni. E' meglio che aspetti domani, quando ti avrà visitato un medico. Torno tra poco, dormi."

Uscii dalla cabina portami dietro le chiavi, in modo da poter rientrare senza svegliare il ragazzo; andai al ristorante e mangiai una bella bistecca al sangue con contorno di patatine fritte. Anche per me la tensione si stava pian piano sciogliendo, lasciando il posto ad un vago senso di euforia; ce l'avevo fatta, tutto ciò che mi ero prefisso era giunto a buon fine e l'impresa non era certo di poco conto. Cominciai ad immaginare la faccia de miei colleghi quando l'indomani mi sarei presentato ad Alghero con il Matta vivo e vegeto, la gioia della famiglia nel riabbracciare il proprio caro ed anche le *reprimenda* dei superiori per non aver tenuto una condotta corretta. Al diavolo, se avessero voluto un comportamento da buon burocrate avrebbero potuto agire in modo diverso anziché mandarmi a rischiare la pelle; quella era la mia missione e l'avevo condotta a modo mio, avevo anche giustiziato un uomo e la mia coscienza era l'unica con cui dovevo fare i conti. Finii d cenare e presi un pasto d'asporto per portarlo in cabina, presi del pollo e della verdura cotta per non appesantire l'apparato digerente ormai desueto al cibo; comprai anche due bottiglie di *gatorade* per assicurare il giusto apporto di sali minerali all'organismo del ragazzo. Queste accortezze che adottai mi fecero riflettere ancora una volta sul pessimo aspetto del rapito e su quanto questo avrebbe potuto complicarci la vita, fermai un membro dell'equipaggio e gli chiesi dove potevo tagliarmi i capelli. Ci capivamo più che altro a gesti. Mi disse che non c'era un barbiere sulla nave ma io immaginai che, alla stregua di ciò che succede in caserma, doveva pur esserci un marinaio che tagliasse i capelli a tutti gli altri; di fatti c'era, ed una volta condotto da lui diedi dieci dollari di mancia al primo marinaio e trenta al barbiere dilettante per far tagliare i capelli al Matta. Il giovane marinaio mi disse che avrebbe potuto dopo la partenza della nave, così gli diedi il numero della cabina e dissi che lo avrei aspettato. Il Matta dormiva ancora ma si svegliò poco dopo il mio ritorno.

"Ti ho portato da mangiare, forza che devi rimetterti in forze."

Lo imboccai, forse in un eccesso di zelo, riuscendo a fargli mangiare la carne ed obbligandolo a bere un'intera bottiglietta di sali minerali.

"Sai non mi sento molto bene, forse ho la febbre…"

"No che non hai la febbre, tieni duro che domani pomeriggio siamo a casa!"

Il ragazzo mi sembrava davvero provato, decisi di dargli una scossa tirandolo su di morale.

"Sai che facciamo, ti faccio parlare con una persona..."

Presi il cellulare e composi il numero di Marina.

"Pronto Marina? Ciao sono Massimiliano...."

Il ragazzo sgranò gli occhi ed allungò le braccia per afferrare il telefono, gli feci cenno di aspettare.

"....mi devi promettere di non fare cenno a nessuno di ciò che sto per dirti, è molto importante. Una questione di vita o di morte."

"Che succede Massimiliano, ci sono novità?"

"Si, grandi novità...ti passo una persona che potrà spiegarti meglio."

Passai il telefono al Matta che rimase un attimo interdetto, poi parlò con la voce rotta dall'emozione.

"Marina..."

Uscii dalla cabina per donare un po' di privacy a quel momento così bello, vi feci ritorno dopo un paio di minuti per porre fine alla conversazione; mi feci ripassare Marina e le impartii delle istruzioni.

"Domani vai pure ad Alghero ma non andare subito a casa, noi arriveremo nel pomeriggio ed io ti chiamerò quando saremo all'aeroporto. Tu aspettaci a Fertilia, è importante che tu faccia quello che ti dico..."

"Certo, certo, farò tutto quello che vuoi! Grazie Massimiliano, grazie! Mi hai regalato una gioia immensa, non lo dimenticherò mai."

"Te lo avevo promesso..."

"E sei stato di parola, grazie! E' finito un incubo, per me vuol dire ritornare a vivere."

"A domani Marina, mi raccomando..."

"Buonanotte, grazie ancora!"

Anche il ragazzo mi ringraziò ancora tante volte mettendomi quasi in imbarazzo, però era davvero bello far felice la gente; come in un gioco di specchi riflessi, la felicità di quelle persone si rifletteva su di me rendendo il mio spirito leggero e soddisfatto.

Un quarto d'ora dopo la partenza della nave, bussò alla porta della cabina il marinaio barbiere; il taglio di capelli restituì al Matta un aspetto più umano ed un'aria meno cavernicola. Ci addormentammo, entrambi sfiniti dalla fatica e dalle emozioni.

Mi svegliai quando la nave era già in porto, mi preparai in fretta per lasciare più tempo al Matta di prepararsi; mentre lui si lavava andai a comprare cornetti e tè per la colazione, al mio ritorno era già pronto ed aveva un'aria quantomeno rassicurata.

Il treno per Bologna partiva alle sette e cinquantatre, ci infilammo in un taxi e raggiungemmo in fretta la stazione; sul treno riuscimmo a tenere uno scompartimento tutto per noi fino a Rimini, quando salirono a bordo degli studenti.

Il Matta si sedette vicino al finestrino e non distolse lo sguardo dal paesaggio che scorreva di fianco, quasi come se volesse riconoscere il suo mondo, riaprirsi alla vita.

Dopo un'ora di viaggio cominciò a parlare in modo greve.

"La mia vita è cambiata, la mia anima è cambiata...tutto ciò che prima era al centro della mie attenzioni ora mi sembra inutile...la ricchezza ha fatto si che provassi un'esperienza atroce, che morissi per poi ritornare a vivere. La prigionia è forse quanto di più disumano ci possa capitare, è l'annullamento della persona, della volontà, è la morte dello spirito, la prigione dell'anima. Forse è proprio in quella prigione che ho lasciato il mio vecchio io, la paura della morte mi ha fatto capire la vita...loro venivano spesso vicino a me e mi puntavano una pistola alla tempia, a volte me l'infilavano in bocca...mi hanno ucciso decine di volte ed ogni volta pensavo a tutto ciò che stavo lasciando con il rimpianto di non averlo saputo vivere in modo diverso. Ora voglio vivere fino all'ultimo istante della mia vita nella maniera che più mi piace, con la persona che amo...chiederò a Marina di andare a vivere dove ci piace, dove il lusso non è una ragione di vita, dove ti realizzi nelle piccolezze quotidiane. Sono morto per quattro mesi ed in quell'inferno mi sono accorto che non avevo mai vissuto prima, tutte cose insulse, tutti divertimenti sterili...anche l'amore ho sottovalutato, bisogna donarsi senza reticenze, senza risparmio, un giorno potremmo non avere più il tempo di dire e fare ciò che non abbiamo mai detto e fatto. La mia anima è rimasta incatenata alla crudeltà di quegli uomini, alla loro animalità, al loro arbitrio di distruggere la mia vita...io non li conoscevo, non ho mai fatto loro del male eppure mi hanno colpito...hanno scelto me perché sono ricco, perché i soldi ed il potere possono giustificare tutte le sofferenze del mondo...no, io non ci sto più, mi ritiro da questa partita a perdere. Certi giorni avrei voluto davvero morire, avrei voluto cancellare quell'incubo in via definitiva...invece lo ricorderò per sempre, ricorderò il mio sterco che mi portavo addosso per giorni, le beffe di quegli uomini, la mia dignità di uomo completamente annullata. Cosa c'è di umano nel non vedere per mesi la luce del sole, nel non sentire parola umana o verso di animale, nel non sapere più che tempo stai vivendo, nel non capire se stai ancora vivendo...a volte sentivo degli animali camminarmi sul corpo, forse attratti dallo sterco e dall'urina, e speravo che non se ne andassero che continuassero a tenermi compagnia. Forse erano quegli stessi insetti dall'aspetto orribile che noi tutti rifuggiamo, che schiacciamo con ribrezzo, così diversi da noi, così inferiori a noi...in quei momenti erano come me, migliori di me, la nostra arroganza non ci fa capire che siamo niente in questo mondo...ci sarà sempre qualcuno pronto a schiacciarci come un insetto. Voglio fare qualcosa nella mia vita, inseguire un sogno, un ideale, uno scopo che mi faccia essere orgoglioso di me stesso...forse è lo stesso ideale che ti ha portato fino a me, quello di credere negli altri di darsi per ricevere, di aprirsi per accogliere...tu non mi hai liberato perché hai eseguito un ordine, né perché si tratta del tuo lavoro...ci sei riuscito perché ci credevi, perché per te era giusto, perché hai avuto la gioia di sacrificarti per me. Sono uscito da una prigione e non voglio ritornarci da solo, non voglio più le sbarre del conformismo, le catene dell'inutilità, i ceppi del superfluo...voglio la libertà, la libertà di un sorriso, la libertà dell'onore e del lavoro, la libertà della vita vissuta. Chiunque potrà togliermi ciò che ho in un secondo, se questo dovesse accadere non voglio aver rimpianti, voglio morire dopo essere vissuto...credi che sia pazzo?"

Il discorso di quel ragazzo mi sembrava lucido anche se non sapevo quanto fosse frutto di un'emotività contingente.

"No, credo che hai sofferto molto. Vivi come meglio ritieni ma ricordati sempre di questa sofferenza, non cercare di dimenticare perché anche nel male potrai trovare la linfa vitale."

I nostri discorsi furono interrotti dall'arrivo degli studenti. Per meglio dire furono interrotte le nostre parole, i pensieri furono ripresi dal rap che usciva dal loro walkman.

"Si macchia di rosso la terra avvilita. Piene le fosse di gente passate tra l'odio e l'invidia costretta e ammassata per l'indifferenza di una folla che vive tristemente una storia di sangue. Già vista è la fine prevista. Già pronta la scusa di rito per un mondo finito nel buco più profondo dove gli angeli reietti hanno schifo di addentrarsi, perché è un posto maledetto. Idolatri tutti gli uomini, quelli senza volontà, persi nel peccato per la mesta vanità di primeggiare in un posto ove conta solo il podio più alto, dove non ci arrivi se sei stanco, se non hai motivazioni, se mortifichi emozioni, se aspetti la morte come liberazione per dissociarti da questo posto la cui bandiera ha il colore della desolazione."

Arrivati alla stazione centrale di Bologna trovammo l'Aerobus in partenza e salimmo al volo, mentre ci dirigevamo all'aeroporto telefonai al servizio prenotazioni per conoscere gli orari dei voli.

Prenotai due posti sull'aereo in partenza per Olbia alle 14,30, avremmo avuto il tempo di mangiare qualcosa in aeroporto e, soprattutto, di organizzare il nostro arrivo trionfale.

Dopo quattro mesi mi ritrovavo in quell'aeroporto, in partenza per la stessa destinazione: Sardegna. All'epoca l'ignoto attanagliava la mia mente ed il mio corpo, ora avevo la certezza di aver superato brillantemente una prova terribile e nulla mi faceva più paura. Mi sentivo quasi invulnerabile, certamente le reazioni dei miei superiori non avrebbero potuto scalfire i convincimenti che si erano formati dentro di me; tutto mi appariva chiaro, il mio futuro, la vita che volevo condurre, le persone con cui volevo condividere tutto.

Mangiammo un panino leggero e costrinsi il Matta a bere un'altra bottiglietta di *Gatorade*, poi cominciai a preparare l'atto finale.

Acquistai i biglietti a nome mio e di Giulio Rapetti, non era il caso di correre rischi con nomi stranieri, poi telefonai a Spanu.

"Spanu, sono io stammi bene a sentire."

"Capitano, come sta? Qui sono tutti impazziti, mi chiamano ogni giorno perché vogliono sue notizie....Mi sembrano anche piuttosto incazzati, che sta succedendo?"

"Succede che li abbiamo fottuti tutti, Matta è qui con me!"

"Grande capitano! Moriranno tutti d'invidia...cosa dobbiamo fare?"

"Devi farti trovare all'aeroporto di Fertilia alle cinque e mezza, non devi farti seguire...penso sia meglio che tu prenda una macchina civile."

"Va bene, devo fare altro?"

"No, nient'altro e ricordati che tutte queste disposizioni sono ordini!"

Il mio sottufficiale rimase interdetto dinanzi al mio tono perentorio, ma tutto ciò faceva parte del mio piano.

La seconda telefonata fu per Marina.

"Ciao dove sei?"

"Massimiliano, quando arrivate? Io sono già ad Alghero, in aeroporto."

"Non preoccuparti, tra poco saremo lì da te. Tu ora devi prendere un taxi e farti portare all'aeroporto di Olbia Costa Smeralda, hai capito?"

"Si, certo. Ma voi a che ora arriverete?"

"Non preoccuparti, ci vedrai arrivare. Ora ti passo Marco."

Il mio piano era molto semplice, sapevo che quasi certamente Spanu era controllato e cercavo di depistare quelli dei servizi. Il mio scopo era di attirarli all'aeroporto di Alghero per poi arrivare tranquillamente, ed in anticipo, ad Olbia; non volevo coinvolgere Spanu nelle mie malefatte e perciò avevo dato i crismi dell'ordine alle disposizioni che avevo impartito.

Sulla roulette delle telefonate il numero successivo fu quello di mia sorella.

"Ciao, sono io...si sto bene, è andata bene...l'ho liberato ed ora siamo in partenza per Alghero...si, verrò presto a casa...dai un bacio a mamma e papà e se vuoi ora puoi raccontargli tutto...si, puoi farlo anche perché penso che lo sentiranno in televisione...un bacione, ciao."

Già, la televisione. Era quello l'ultimo tassello che mancava al mio mosaico, non avevo molto tempo ed una sola freccia al mio arco.

Ero a Bologna, la città dove avevo qualche amicizia e tra queste una giornalista de "Il Resto del Carlino", la chiamai.

"Buongiorno dottoressa, sono il capitano Rossi. Si ricorda di me? Bene...senta io avrei urgenza di incontrarla per una questione importantissima...no, è urgente..devo incontrarla adesso e mi creda non se ne pentirà..può raggiungermi immediatamente in aeroporto? Deve farcela perché con quello che le dirò diventerà caporedattore...l'aspetto, faccia presto."

Il tempo era davvero ridotto all'osso, la presenza della giornalista era un passo indispensabile per portare a termine il mio piano.

Spiegai al Matta quali fossero le mie intenzioni, gli spiegai che era necessaria la presenza di una giornalista alla quale lui avrebbe dovuto raccontare tutta la verità. Gli dissi che sapevo di chiedergli un sacrificio ma era necessario per cautelarmi da possibili ed immediate ritorsioni a mio carico, la sua disponibilità fu assoluta. Del resto non credevo davvero che potesse rifiutarmi un favore.

Aspettai con ansia l'arrivo della giornalista, giunse in aeroporto venti minuti prima dell'imbarco.

"Capitano, mi sono precipitata come mi aveva chiesto. Spero che ne valga davvero la pena."

"Credo proprio di si, lei sa che sono stato trasferito ad Alghero e che lì è stato rapito Marco Matta, no?"

Gli occhi della donna si fecero aguzzi come quelli di un falco, i giornalisti sono una razza dannata e capace di azzannarsi per un'esclusiva.

"Vuole dirmi qualcosa a proposito del rapimento?!"

"No, voglio presentarle Marco Matta."

"Sta scherzando?"

"Se fossi in lei mi affretterei a comprare un biglietto per il volo che parte tra poco per Olbia."

Michael Johnson non avrebbe potuto fare di meglio, scattò verso la biglietteria con un balzo fulmineo e con invidiabile equilibrio sui trampoli che indossava; dopo il check-in tornò precipitosamente da me e cominciò a *leccarmi* per ottenere informazioni.

"Come mai hai pensato proprio a me? Il Matta è già ad Alghero? Qualcun'altro sa già della sua liberazione?"

"Guarda sinceramente eri l'unica che potevo contattare, gli altri non sanno nulla anche perché devi promettermi di contattare le agenzie giornalistiche quando te lo dirò io. Il Matta non è ad Alghero, te lo presento subito."

Feci un cenno al ragazzo che si avvicinò, l'equilibrio della giornalista non mi sembrò più tanto stabile.

"Stiamo viaggiando in incognito, perciò parlate a bassa voce. Ora andiamo ad imbarcarci."

Li feci sedere vicini, io mi accomodai dietro di loro ed ascoltavo il Matta tessere le mie lodi sperticate. Dopo quaranta minuti di domande serrate, il ragazzo chiese un break per riposare un pochino; ne approfittai per dare istruzioni alla giornalista.

"Vorrei che tu facessi uscire la tua intervista sul numero di domani."

"Certo, domani aumenteremo anche la tiratura."

"Quando avrai finito la tua intervista, al termine del volo, dovrai chiamare le agenzie giornalistiche e diramare la notizia. Magari potresti anche rilasciare qualche intervista televisiva dando un po' di anticipazioni, io sono stato ai patti..."

"Io farò altrettanto, non preoccuparti."

Atterrammo ad Olbia in perfetto orario, c'era un forte vento di maestrale. Appena scesi dall'aereo contattai Marina e chiesi alla giornalista di fare la telefonata di sua competenza, l'incontro tra i due fidanzati fu commovente.

Si abbracciarono a lungo soffocando reciprocamente le loro parole, si baciarono più e più volte con baci leggeri. Piansero, piansero a lungo in un angolo del Terminal; cercammo di proteggere la loro privacy ponendoci come scudo agli sguardi incuriositi dei passanti. Marina abbracciò anche me, con gli occhi gonfi di lacrime.

"Grazie, sei un angelo che mi ha ridato la vita."

Cosa rispondere ad una frase del genere? Meglio il silenzio.

La giornalista chiese un ultima cortesia, portò via con se qualche nostra foto che scattò con una macchinetta usa e getta.

Il taxi camminava veloce verso Alghero, sul sedile posteriore due ragazzi non smettevano di guardarsi negli occhi, di stringersi le mani, di riconoscere i loro corpi.

Ci infilammo in casa Matta proprio mentre cominciavano ad affluire i primi giornalisti, il tutto sembrava frutto di una perfetta regia occulta; puntuale giunse anche la telefonata di Pierino.

"Dove cazzo sei?"

"Ciao Pierino, che piacere sentirti."

"Non scherzare, dov'è il Matta?"

"Nel posto migliore, a casa sua."

"Ma perché non mi hai avvisato, perché hai combinato 'sto casino?"

"Che bisogno c'era di avvisarti, tu una volta mi hai tradito ricordi? Ora siamo pari. A proposito mi passi un attimo Spanu..."

Capì che lo avevo fregato, irrimediabilmente. Non ce l'avevo con lui ma non sopportavo di essere trattato come un burattino, e Pierino o era con me o contro di me.

Baci e abbracci, lacrime e sorrisi, strette di mano e brindisi, si susseguirono in un'allegria commovente e coinvolgente; cominciarono a giungere tutte le autorità di polizia e i rappresentanti delle istituzioni. Qualcuno, quelli meno addentro alla faccenda, mi facevano i loro complimenti altri mi sferzavano con occhi e parole di fuoco. Era quasi Natale e la mia missione era finita.

Gli effetti dell'intervista furono dirompenti, ricevetti centinaia di telegrammi ed altrettante richieste di interviste, non ne concessi nessuna. Per l'opinione pubblica ero il nuovo Ultimo e sapevo che come lui sarei stato confinato in qualche ufficio di periferia, ormai rappresentavo un elemento di instabilità per i miei superiori.

Dovetti sopportare giorni di interrogatori, riempire decine di verbali, subire le più violente rimostranze, ma anche quello passò; me ne andai in licenza a Napoli, dovevo riordinare le idee e riprendermi sia mentalmente che fisicamente.

Sapevo che la mia vita non sarebbe stata più la stessa, che mi avrebbero atteso al varco per farmela pagare con gli interessi; avevo giocato un brutto tiro all'intero sistema e non potevo farla franca.

Nel pomeriggio del ventiquattro dicembre presi la Vespa del '66 di mio fratello, girai per la città con la testa piena di pensieri; passai più volte dinanzi il Castello dell'Ovo fin quando non mi fermai su una panchina della villa comunale. Il sole era al tramonto, le persone si affrettavano a tornare a casa per festeggiare il Natale, il cielo era screziato da nuvole vermiglie; all'orizzonte si intravedeva ancora il languido profilo di Capri, da lontano giungevano le note tristi degli zampognari.

Ad un tratto tutto mi sembrò chiaro nella mia mente, logico e sequenziale.

Comprai un block-notes ed una biro, cominciai a scrivere; sulla collina di Posillipo si accendevano le prime luci della sera. Scrissi tanto, scrissi la mia storia in quasi duecento pagine e tornai a casa felice; mi aspettavano le ostriche di mio padre, le linguine di mia madre e l'insalata russa di mia zia, ma mi aspettavano soprattutto loro, le persone che mi amavano.

Al Comando Generale furono ben felici di accogliere la mia domanda di aspettativa, almeno quanto fui felice io di tornare a vivere nella mia città. Tutta quella faccenda mi diede una notorietà immensa e non fu difficile trovare lavoro; grazie ad un decreto del ministro Jervolino che tendeva a riportare gli agenti di polizia nelle strade, gli aeroporti italiani avevano dovuto provvedere in proprio alla sicurezza delle infrastrutture. L'aeroporto di Capodichino era stato acquisito da una società britannica, con il mio curriculum non mi fu difficile diventare il responsabile della sicurezza. Avevo anche incominciato a scrivere, scrivevo di tutto per il solo gusto di esprimermi, per il solo gusto di tradurre in parole la mia felicità. Finalmente i cancelli erano stati spalancati, le sbarre divelte, i chiavistelli scassinati, l'anima era libera e la sua prigione solo un ricordo.

Viaggiavo spesso per lavoro, e la cosa mi piaceva perché potevo farlo in assoluta libertà, senza vincoli di orari e luoghi; capitavo spesso a Milano e la cosa mi faceva ancora più piacere. Proprio così, amavo andare in quella città e la ragione era molto semplice; mi piaceva frequentare un piccolo localino dove si ritrovavano le persone che lavoravano nel mondo della moda.

Lo avevano aperto due ragazzi che erano venuti da lontano ed avevano fatto fortuna; lui era un colosso dai modi gentili e lei una ragazza dinoccolata dagli occhi profondi, il nome del locale era *Jarac*.